中國語言文字研究輯刊

二二編

許學仁 主編

第 10 冊

上博楚簡字詞新證

楊奉聯 著

花木蘭文化事業有限公司

國家圖書館出版品預行編目資料

上博楚簡字詞新證／楊奉聯 著 -- 初版 -- 新北市：花木蘭文
化事業有限公司，2022〔民111〕

目 4+208 面；21×29.7 公分

（中國語言文字研究輯刊 二二編；第 10 冊）

ISBN 978-986-518-836-8（精裝）

1.CST：簡牘文字 2.CST：研究考訂

802.08　　　　　　　　　　　　　　　110022446

中國語言文字研究輯刊
二二編　　第 十 冊　　　　ISBN：978-986-518-836-8

上博楚簡字詞新證

作　　　者	楊奉聯
主　　　編	許學仁
總 編 輯	杜潔祥
副總編輯	楊嘉樂
編輯主任	許郁翎
編　　　輯	張雅淋、潘玟靜、劉子瑄　美術編輯　陳逸婷
出　　　版	花木蘭文化事業有限公司
發 行 人	高小娟
聯絡地址	235 新北市中和區中安街七二號十三樓
	電話：02-2923-1455 ／傳真：02-2923-1452
網　　　址	http://www.huamulan.tw 信箱 service@huamulans.com
印　　　刷	普羅文化出版廣告事業
初　　　版	2022 年 3 月
定　　　價	二二編 28 冊（精裝）　台幣 92,000 元

上博楚簡字詞新證

楊奉聯　著

作者簡介

楊奉聯，1985 年生，山東濟寧人，文學博士，中國計量大學人文與外語學院國際文化傳播系教師。研究領域為出土文獻文字、詞彙、語法。2010 年入浙江大學學習漢語史，後繼續攻讀博士學位，系統學習甲骨文、青銅器銘文和簡帛文字，並以上博楚簡為研究對象撰寫博士論文。畢業後就職中國計量大學，教授古代漢語和語言學。

提　要

　　上博楚簡自 2001 年開始公布，相關研究已經走過了 20 多個年頭，每一冊新材料的公布，都會在學界引發研究熱潮，研究者從竹簡編聯、字形隸定、詞義考釋等角度入手，逐漸過渡到歷史、哲學、思想、文學等領域，並將出土文獻與傳世文獻研究結合起來，取得了豐碩的成果。但由於上博楚簡材料本身的複雜性，以及研究者專業背景不同，思維角度和研究方法各異，導致上博楚簡中存在大量眾說紛紜的疑難問題和習焉不察的常用詞問題。近年來新出簡帛材料陸續問世，多學科交叉融合，為上博簡中爭議問題的解決提供了新的材料和思路。本書在已有研究成果的基礎上，結合傳世文獻和新出土的楚簡材料，從語言學的角度入手，對上博楚簡中有爭議的字詞問題進行研究，提出自己新的見解。

　　根據材料的性質，本書研究成果分為事語類文獻、禮記類文獻和楚辭、卜書類文獻三大部分。由於上博楚簡中事語類文獻和禮記類文獻數量較大，研究成果相對較多，在章節設置時，事語類和禮記類均分上下兩章。本文共計六章。第一章緒論，盡可能系統完備地介紹戰國楚簡，特別是上博楚簡的研究現狀，並結合例證總結出研究方法。第二章和第三章為事語類文獻字詞新證。上博楚簡的事語類文獻，所涉及的絕大部分是楚國故事，也有兩篇齊國故事。本書結合傳世的事語類文獻進行研究，該部分的字詞考釋成果較為豐富。第四章和第五章為禮記類文獻字詞新證。該部分文獻題材近似於《禮記》，多講儒家思想和孔子及弟子言行，本書將結合傳世儒家文獻進行研究。第六章為楚辭、卜書類文獻，這部分重點是結合楚辭類文獻《凡物流形》探討疑問代詞「奚」與《凡物流形》之《問物》的起源地域問題，經過對傳世和出土的楚國文獻和齊魯文獻對比考察，初步確定疑問代詞「奚」與《問物》起源於春秋晚期的齊魯地區。

目
次

凡　例

一、為行文簡潔，本書對所涉及的楚簡、網站等均採用簡稱，如《上海博物館藏戰國楚竹書》系列簡稱「上博簡」，《清華大學藏戰國竹簡》系列簡稱「清華簡」，《郭店楚墓竹簡》簡稱「郭店簡」，具體簡冊後附數字，如「上博一」「清華二」等；「復旦大學出土文獻與古文字研究中心」網站簡稱「復旦網」，「清華大學出土文獻研究與保護中心」網站簡稱「清華網」。

二、釋文採用嚴式隸定，缺字用﹝□□﹞，脫字加﹝　﹞補足，誤字用〈　〉訂正，衍文用{ }標識，通用字、正字用（　），合文改為正常樣式。

三、釋文部分採用整理者和後續研究者共同的研究成果，並根據作者本人理解適當調整。竹簡的重新編聯結合當前研究成果。很多學者的早期觀點散見於網絡論壇，若有遺漏，先行致歉。

四、除授業恩師外，本書引用前賢時彥觀點時，不再後附先生、教授等稱呼。

第一章　緒　論

第一節　緣　起

　　1994 年春，香港古玩市場陸續出現了一些竹簡，上海博物館聞訊後搶救回這批珍貴的文獻文物。竹簡送抵上博後，經初步整理，約 1200 餘枚，內容為先秦古籍；秋冬之際，又一批竹簡現身香港，身在香港的上博友人合資收購後捐贈給上博。這批竹簡的特徵和狀況與上批相同，文字內容與上批竹簡有關聯並可綴合，當為同時出土。後經文保部門的檢測和比較，確定竹簡的時代為戰國晚期，是楚國遷郢之前貴族墓中的隨葬品。〔註1〕

　　上博竹簡共計約 2000 枚，內容十分豐富，以儒家類文獻為主、也涉及道、兵、墨等先秦諸家。有些有傳世本可供對照，但更多的是傳世未見的佚書。1997 年，上博召開會議邀請專家進行系統整理和釋讀。自 2001 年起，上博楚簡開始分冊出版，截止 2012 年，已經出版了九冊。第十冊雖經初步整理，但至今尚無確切公布時間。已出版各冊的篇目及整理者情況列表如下。〔註2〕

〔註 1〕馬承源：《上海博物館藏戰國楚竹書（一）前言：戰國楚竹書的發現保護和整理》，
　　　　上海古籍出版社，2001 年。
〔註 2〕有些篇目如《競建內之》和《鮑叔牙與隰朋之諫》，經後期研究發現實屬一篇；有
　　　　些篇名整理者所擬並不符合簡文內容，如《平王與王子木》，講的是王子木與城公
　　　　的故事，與平王並無關係，但為了研究方便，暫用整理者所擬。

表 1.1　上博楚簡各冊篇目與整理者

冊　數	篇　目
第一冊	《孔子詩論》（馬承源）、《紂衣》（陳佩芬）、《性情論》（濮茅左）
第二冊	《民之父母》（濮茅左）、《子羔》（馬承源）、《魯邦大旱》（馬承源）、《從政（甲篇、乙篇）》（張光裕）、《昔者君老》（陳佩芬）、《容成氏》（李零）
第三冊	《周易》（濮茅左）、《中弓》（李朝遠）、《亙先》（李零）、《彭祖》（李零）
第四冊	《采風曲目》（馬承源）、《逸詩》（馬承源）、《昭王毀室・昭王與龔之脽》（陳佩芬）、《柬大王泊旱》（濮茅左）、《內豊》（李朝遠）、《相邦之道》（張光裕）、《曹沫之陳》（李零）
第五冊	《競建內之》（陳佩芬）、《鮑叔牙與隰朋之諫》（陳佩芬）、《季庚子問於孔子》（濮茅左）、《姑成家父》（李朝遠）、《君子為禮》（張光裕）、《弟子問》（張光裕）、《三德》（李零）、《鬼神之明・融師有成氏》（曹錦炎）
第六冊	《競公瘧》（濮茅左）、《孔子見季趄子》（濮茅左）、《莊王既成・申公臣靈王》（陳佩芬）、《平王問鄭壽》（陳佩芬）、《平王與王子木》（陳佩芬）、《慎子曰恭儉》（李朝遠）、《用曰》（張光裕）、《天子建州（甲本、乙本）》（曹錦炎）
第七冊	《武王踐阼》（陳佩芬）、《鄭子家喪（甲本、乙本）》（陳佩芬）、《君人者何必安哉（甲本、乙本）》（濮茅左）、《凡物流形（甲本、乙本）》（曹錦炎）、《吳命》（曹錦炎）
第八冊	《子道餓》（濮茅左）、《顏淵問於孔子》（濮茅左）、《成王既邦》（濮茅左）、《命》（陳佩芬）、《王居》（陳佩芬）、《志書乃言》（陳佩芬）、《李頌》（曹錦炎）、《蘭賦》（曹錦炎）、《有皇將起》（曹錦炎）、《鶹鷅》（曹錦炎）
第九冊	《成王為城濮之行（甲本、乙本）》（陳佩芬）、《靈王遂申》（陳佩芬）、《陳公治兵》（陳佩芬）、《舉治王天下（五篇）》（濮茅左）、《邦人不稱》（濮茅左）、《史蒥問於夫子》（濮茅左）、《卜書》（李零）

　　經過了二十年多年的整理和研究，上博簡已經取得了豐碩成果，也為後續清華簡、安大簡等戰國竹簡的整理研究積累了豐富的經驗。目前的研究重心已經從文本釋讀轉移到各領域的專業系統研究。在漢語史研究中，數量豐富，內容多樣的上博簡可與傳世古籍一起，對研究先秦漢語史的基本面貌，探索上古語音、文字、詞彙、語法等的發展演變，發揮極為重要的作用。

第二節　研究史回顧〔註3〕

　　上博簡在整個簡帛研究系統中起著承前啟後的作用，要回顧它的研究史，就必須要放在簡帛研究等大背景下進行。

〔註3〕本節已發表於《中文學術前沿》第十四輯，根據研究動態略有修改。

　　自上世紀六十年代起，戰國楚簡開始陸續出土，比較重要的有六十年代出土的望山楚簡，內容為卜筮祭禱記錄和遣策。七十年代出土的曾侯乙墓竹簡，以遣策為主。天星觀楚簡內容為禱辭和遣策。八十年代的九店楚簡內容主要分三類：一類是與農作物相關的記載；第二類是日書；第三類是古佚書。其中古佚書殘損較為嚴重，吉光片羽，難以釋讀。包山楚的內容主要是文書，其次是卜筮祝禱記錄和遣策。九十年代的郭店楚簡和新蔡葛陵楚簡陸續出土，還有新世紀以來陸續公布的上博簡，清華簡、浙大簡、安大簡等。這些材料的公布，極大地豐富了楚簡語言文字研究的材料。

　　釋字是楚簡研究的基礎性工作，大體上可以分為兩步工作，第一步為識其形，第二步為得其義。「聖人之製字，有義而後有音，有音而後有形。學者之考字，因形以得其音，因音以得其義。治經莫重於得義，得義莫切於得音。」〔註4〕早期出土的楚簡，如望山楚簡、曾侯乙墓竹簡、九店楚簡等，因為材料較為有限，且內容較為單一，語言文字研究的重點集中在釋字方面。包山楚簡、郭店楚簡和上博楚簡的公布則改變了這一狀況。

一、楚系簡帛研究概況

（一）郭店楚簡研究概況

　　當前楚簡研究材料非常豐富，但新出的材料，如上博簡、清華簡、安大簡等均非考古出土。郭店簡不同於其他，於 1993 年在湖北荊門郭店村楚墓考古出土，共計八百多枚竹簡。內容多樣，大致可以分為兩大類：一類是道家類文獻，如《老子》《太一生水》等篇；另一類為儒家類文獻，如《緇衣》《五行》《尊德義》《性自命出》等篇。材料一經公布，立即引發研究熱潮，涉及到文字考釋、簡序編聯、文本疏證等方面的內容。郭店竹簡發現至今，學界已有各種研究專著（包括論文集、學位論文）合計兩百餘部，各類學術論文近三千篇，成果蔚為壯觀，這是以往任何一批材料所無法相比的。〔註5〕可以說郭店簡的問世直接推動了先秦文史哲研究的全面進步。

　　比較有代表性的研究專著，如崔仁義《荊門郭店楚簡〈老子〉研究》（科學

〔註4〕段玉裁：《廣雅疏證·序》，江蘇古籍出版社，2000 年，第 2 頁。
〔註5〕劉傳賓：《郭店竹簡研究綜論——文本研究篇》，吉林大學博士學位論文，2010 年，第 5 頁。

出版社，1998 年），丁原植《郭店竹簡〈老子〉解析與研究》（臺灣萬卷樓圖書有限公司，1998 年），劉信芳《荊門郭店老子解詁》（臺北藝文印書館，1999年），侯才《郭店楚墓竹簡〈老子〉校讀》（大連出版社，1999 年），龐樸《竹帛〈五行〉篇校注及研究》（萬卷樓圖書有限公司，2000 年），魏啟鵬《簡帛〈五行〉箋釋》（萬卷樓圖書有限公司，2000 年），彭浩《郭店〈老子〉校讀》（湖北人民出版社，2000 年），尹振環《楚簡老子辨析》（中華書局，2001 年），廖名春《郭店楚簡老子校釋》（清華大學出版社，2003 年），李若暉《郭店竹書〈老子〉論考》（齊魯書社，2004 年），聶慶中《郭店楚簡〈五行〉研究》（中華書局，2004 年），劉釗《郭店楚簡校釋》（福建人民出版社，2005 年），李零《郭店楚簡校讀記（增訂本）》（中國人民大學出版社，2007 年）等。

學術論文或討論於網站，或發表於期刊，數量更是浩如煙雲，比較有代表性的，如裘錫圭《郭店〈老子〉簡初探》（《道家文化研究》第 17 輯，三聯書店，1999 年），李家浩《讀〈郭店楚墓竹簡〉鎖議》（《中國哲學》第 20 輯，遼寧教育出版社，1999 年），陳劍《郭店簡〈窮達以時〉、〈語叢四〉的幾處簡序調整》（《國際簡帛研究通訊》第 2 卷第 5 期，2002 年）等。

學者們的早期研究以字詞考釋為主，後期逐漸過渡到史學、哲學、文學、語言等方面的研究（這也是楚簡研究的一個共同流程）。因有相對應的傳世典籍做對讀，郭店楚簡對於古籍校勘、版本流傳等的研究也具有非常重要的意義。總體來講，相比較於以往的楚簡字詞研究，郭店楚簡無論是研究的廣度還是研究的深度，都有了巨大的進步。

（二）包山楚簡和新蔡葛陵楚簡研究概況

包山楚簡內容主要是文書、卜筮祭禱記錄和遣策三大類，內容涉及曆法、律法、地理等諸多方面。主要研究著作如陳偉《包山楚簡初探》（武漢大學出版社，1996 年），將有關包山楚簡的研究資料網羅殆盡，先是充分吸收各家之說，作出了一個準確是釋文定本。這一定本為在此基礎上的進一步深入研究打下了良好的基礎。〔註6〕王穎《包山楚簡詞彙研究》（廈門大學出版社，2008 年）運用詞彙學的基本理論，通過傳世文獻和其他出土文獻的佐證，對包山楚簡的詞彙分類別進行了闡述和研究。朱曉雪《包山楚墓文書簡、卜筮祭禱簡集釋及相

〔註6〕劉釗：《值得推薦的一本好書——〈包山楚簡初探〉讀後》，《史學集刊》，1998 年
　　　第 1 期。

關問題研究》（吉林大學博士學位論文，2011 年）收集了學者對文書、卜筮祭禱等方面的研究成果，做出了一些新的文字隸定和釋讀，對包山楚簡字詞研究做出了一個總結。

新蔡葛陵楚簡於 2003 年公布，內容也主要為卜筮祭禱方面的記錄。關於葛陵楚簡的研究，主要集中在文字考釋方面。陳偉、袁國華、徐在國、袁金平等學者在具體字詞考釋方面進行了一系列探索。在專著方面，宋華強《新蔡葛陵楚簡初探》（武漢大學出版社，2010 年）從文本整理入手，在大量搜集學界研究成果的基礎上，對這批材料進行了詳細的分類和梳理。

（三）清華簡研究概況

2008 年 7 月清華大學通過校友捐贈收藏了一批流失在境外的戰國竹簡，共計 2388 枚。清華簡時代屬於戰國中晚期，應出土於當時楚國境內。內容以書籍為主，其中最為重要的是發現了許多篇《尚書》。都是秦火以前的寫本，有些篇如《金縢》《康誥》等，文句與傳世本多有差異，甚至有的篇題也不相同。或雖見於傳世本，但後者為偽古文。如清華簡中發現有《傅說之命》，即先秦不少文獻引用過的《說命》，和今天流傳的《說命》偽古文不是一回事。此外還有類似於《竹書紀年》的編年體史書，所記事件上起西周初年，下至戰國前期。此外還有類似《國語》的史書，類似《儀禮》的禮書，和《周易》有關的書等。〔註7〕

自 2010 年開始，清華簡基本上每年公布一冊，到現在已經公布了十冊。由於公布時間較短，材料數量較大，目前的研究尚處在注釋、集解階段，系統性的語言學研究正在有序開展。

目前研究較為充分的篇目有《保訓》《繫年》《說命》等篇。《保訓》是清華大學出土文獻研究與保護中心的學者最早整理出的一篇簡文，完全是《尚書》體裁，全篇所記載的是周文王臨終前對其子武王的遺言，講到堯舜和商朝祖先上甲微的傳說。清華大學出土文獻研究與保護中心《清華大學藏戰國竹簡〈保訓〉釋文》（《文物》，2009 年第 6 期）對《保訓》全文進行了釋讀。學者在此基礎上圍繞文字釋讀、竹簡性質、創作時間等問題繼續研究，多有新成果，主要以單篇學術論文的方式在網絡上和期刊上發布。《繫年》共計 138 枚簡，全篇

〔註7〕詳見劉國忠《清華簡保護及研究情況綜述》，《中國史研究動態》，2009 年第 9 期。

分為 23 章，內容豐富，研究價值較大。李學勤、李守奎、趙平安、張世超、陳偉等學者發表了一系列論文，針對《繫年》進行了深入系統的研究。李守奎主編了「清華簡《繫年》與古史新探研究叢書」，包含了李守奎《古文字與古史考—清華簡整理研究》《清華簡〈繫年〉與古史新探》、馬楠《清華簡〈繫年〉輯證》、李松儒《清華簡〈繫年〉集釋》、孫飛燕《清華簡〈繫年〉初探》等十二本著作，該叢書由中西書局於 2015 年出版。

另外，杜勇《清華簡與古史探賾》（科學出版社，2018 年）分為「辨偽篇」「徵史篇」和「稽古篇」三編，從古史角度入手，系統發掘其中可以說明歷史真相的材料。劉麗《清華簡〈保訓〉集釋》（中西書局，2018）對《保訓》的文本進行注釋，對其性質、體裁、年代、史實及思想進行了系統研究。這些都是近年來清華簡研究的重要成果。

（四）安大簡研究概況

2015 年，安徽大學入藏了一批戰國早中期的竹簡，共有編號 1167 個，全部為書籍類文獻，涉及經史哲文等諸多內容，具體包括《詩經》、楚國歷史、孔子語錄等諸子類著作、楚辭以及其他方面的作品，多不見於傳世文獻。〔註 8〕這是目前最新面世並引起廣泛關注的一批材料，2019 年由中西書局出版了第一冊，這一冊內容為《詩經》，共 93 支簡，這批出土《詩經》最有價值的部分是其中的異文資料，這為上古音研究提供了豐富而可靠的材料。由於是新出材料，目前的研究重點還是在字詞考釋方面。

（五）楚帛書研究概況

楚帛書（長沙子彈庫戰國楚帛書）是目前出土的最早的古代帛書，全篇包括九百多個字，內容豐富。分為甲乙丙三部分，甲部分文字最多，講「敬天順時」，乙部分主要講神話，與甲互為表裏，丙部分是 12 章邊文，每章代表一個月份。蔡季驤《晚周繒書考證》（中西書局，2013 年）是第一次向外界透露楚帛書的著作。〔註 9〕其後，饒宗頤《長沙楚墓時占神物圖卷考釋》（《東方文化》第一卷第 1 期，香港中文大學，1954 年）對帛書內容進行考釋。隨後又撰寫《長沙出土戰國繒書新釋》（《選堂叢書》之四，香港義昌記印務公司，1958 年）重

〔註 8〕詳見黃德寬《安徽大學藏戰國竹簡概述》，《文物》2017 年第 9 期。
〔註 9〕此書 1945 年在湖南刊印，存世稀少。1972 年臺灣藝文印書館重印此書，但在內地很難看到。2013 年上海中西書局重印此書。

新寫定釋文考證，所釋文字較前更多。1973 年，澳大利亞國立大學的巴納教授出版了他的新作──《楚帛書譯注》，書中刊布了帛書的紅外線照片及他提供的復原摹本，使舊摹本中不少缺字得以重現，特別是四周部分更增了不少字數，為深入研究楚帛書提供了良好的條件。〔註 10〕曹錦炎先生最早將巴納的復原摹本引入國內，在此基礎上，關於楚帛書的研究有了長足的發展。比較有代表性的，李零《長沙子彈庫戰國楚帛書研究》（中華書局，1985 年）對楚帛書以往研究進行了全面總結，在此基礎上又撰寫了《楚帛書研究 11 種》（中西書局，2013 年）。曾憲通則整理出《長沙楚帛書文字編》（中華書局，1993 年）。徐在國《楚帛書詁林》（安徽大學出版社，2010 年）匯錄了現代百家考釋楚國帛書的文字，對楚帛書的研究進行了總結。

（六）上博簡研究概況

上博簡至今已經公布了九冊，經過學者們多年的努力，在文本的釋讀和注釋方面取得了很大的進展，剩下的一些疑難問題往往眾說紛紜、莫衷一是，學者的研究熱情也漸漸退去，紛紛轉向清華簡、安大簡等新出材料。現階段上博簡的研究重點，主要集中在文學、史學、哲學等方向。與郭店楚簡成果大量以專著形式呈現相比，目前上博簡的研究成果更集中在學術論文和學位論文方面。大多數研究是在整理者注釋的基礎上進行的，主要集中在釋字方面，比如糾正整理者誤識的字、重新破假借、重新釋義等。但由於整理者以及後來的研究者學術背景不同，研究方法各異，在具體研究中往往會注重生僻詞而忽略常用詞，更兼缺乏詞語時代性、地域性觀念，經常出現以極為晚出後世文獻書證證先秦詞語的現象，導致某些注釋說服力不足，造成眾說分歧。

關於上博簡的研究成果最多的是以單篇論文的形式呈現，大量的研究者在學術研究網站刊登論文，繼而將論文或投遞期刊，或收入論集，最終以紙質學術論文的方式形成最終研究成果。這類研究成果浩如煙海，所涉及的或是具體字詞的重新釋讀，或是竹簡順序的重新編聯。字詞重新釋讀的文章，如曹錦炎先生《說上博竹書〈成王為城濮之行〉的「搜師」》（《簡帛》第 9 輯，上海古籍出版社，2014 年），該文對上博九《成王為城濮之行》的「搜師」一詞從字形和詞義兩個方面進行了重新釋讀，並且注意到了先秦各國「表達由

〔註10〕曹錦炎：《楚帛書〈月令〉篇考釋》，《江漢考古》1985 年第 1 期。

田獵引申為檢閱軍隊義詞的不同寫法，三晉、齊魯地區寫作『搜』，楚地寫作『叟』或『遳』，漢代初期寫作『搜』或『搜』，秦統一後，由於通用『搜』字，遂使『叟』、『遳』及『搜』字用作這類意思的詞義漸漸湮沒無聞。」這所涉及的，其實就是漢語史研究中詞彙的地域性問題。

竹簡編聯方面比較有代表性的文章，如陳劍《談談〈上博五〉的竹簡分篇、拼合和編聯問題》，最初刊登於簡帛網，後收錄在《戰國竹書論集》（上海古籍出版社，2013 年），該文針對上博簡《鮑叔牙與隰朋之諫·競建內之》《季庚子問於孔子》《君子為禮》《弟子問》《三德》等多篇簡文進行了重新拼合和編聯，使得公布時較為混亂的簡序趨於有序，文義也更為通順，編聯成果多為學界所接受。

目前關於上博楚簡的專著和學位論文（以博士學位論文為主〔註 11〕）大體上可以分為兩大類：一類是綜合研究，另一類是同質文獻研究。

綜合研究，所涉及的不僅是語言文字層面，還包括相關學科的專門研究。這類文章一般都是校釋加專門領域研究。在全面總結已有的研究成果的基礎上，通過校釋工作，對竹簡編連、字詞考釋都提出新的見解，整理出一個較好的可以利用的文本，在此基礎上進行史學、哲學、思想、文學等方面的研究。比較有代表性的，如郭永秉《帝系新研：楚地出土戰國文獻中的傳說時代古帝王系統研究》（北京大學出版社，2008 年）利用新出戰國楚簡，結合傳世文獻記載，對傳說時代的古代帝王系統進行了系統研究。晁福林《上博簡〈詩論〉研究》（商務印書館，2013 年）對上博楚簡《詩論》進行了全面系統的整理。王青《上博簡〈曹沫之陳〉書證與研究》（臺灣書房出版有限公司，2009 年）對上博四《曹沫之陳》進行疏證，在此基礎上進行全面研究。孫飛燕《上博簡〈容成氏〉文本整理及研究》（中國社會科學出版社 2014 年）對上博楚簡《容成氏》的文本和思想進行了研究。同樣類型的還有陳仁仁《上海博物館藏戰國楚竹書〈周易〉研究》（武漢大學出版社，2010 年），何有祖《上博簡〈天子建州〉初步研究》（武漢大學博士學位論文，2009 年）等。

同質文獻研究，就是把相同體裁性質的文獻放在一起，進行專門研究。由於戰國簡帛竹書內容複雜多樣，涉及到儒家、道家、法家、陰陽家、雜家等諸

〔註 11〕碩士學位論文的數量更為龐大，但絕大部分屬於集成性創新成果，本書重點關注研究程度更深更系統的博士學位論文。

多內容，在研究的過程中，同質文獻研究就顯得尤為重要。無論是進行文字、語音、詞彙和語法的考察，還是史學、文學、哲學的思辨，只有把相同性質的文獻放在一起，在相同的預設前提下，才能得出更有意義的結論。

　　目前上博楚簡中同質文獻的語言研究方興未艾，成果以博士學位論文為主，主要可以分為禮記類文獻和事語類文獻兩個方面。上博楚簡中禮記類文獻數量眾多，相關研究也就更為集中。比較有代表性的，如李零《上博楚簡三篇校讀記》（中國人民大學出版社，2007）對《孔子詩論》《紂衣》和《性情》進行了系統的整理與研究。黃武志《上博楚簡「禮記類」文獻研究》（臺灣中山大學，2009 年）將上博簡中的《紂衣》《性情論》《民之父母》《天子建州》《子羔》等禮記類文獻進行整合，分別從文字考釋、殘簡拼合及補文、簡序排列、思想論述、文獻性質等角度進行研究，更多的是涉及到思想史，語言學研究則停留在考釋階段。梁靜《上博楚簡儒籍考論》（北京大學，2010年）結合傳世文獻所載的早期儒家的基本情況，綜合上博簡儒家文獻研究成果，對先秦儒學史進行了系統的研究。侯乃峰《上博楚簡儒學文獻校理》（上海古籍出版社，2018 年）對上博簡儒家文獻做了較為系統的整理，特別是在竹簡編聯和釋文考釋方面彙集了諸家的觀點。其他同類別的研究還有李銳《孔孟之間「性」論研究——以郭店、上博簡為基礎》（清華大學，2005 年）、常佩雨《上博簡孔子言論研究》（鄭州大學，2012 年）等。

　　上博楚簡中事語類文獻數量也很大，以楚國故事為主，還有齊國故事和吳越故事（吳越故事尚未公布）。其中以楚國故事文獻研究成果最為豐碩，如許科《上博簡春秋戰國故事類文獻研究》（四川大學，2008 年）對上博四到上博六中的十篇春秋戰國故事類文獻進行梳理、考釋，並從整體上揭示故事類文獻的特徵、形成和性質。高祐仁《上博楚簡莊、靈、平三王研究》（臺灣成功大學，2011 年）以上博簡中與楚莊王、楚靈王和楚平王相關的五篇簡文為研究對象，鰲定文字、考證史實，以每篇簡文為一章，涉及題解、簡序、字詞考釋、疑難字詞探析等多方面的內容。趙苑夙《上博簡楚王「語」類文獻研究》（臺灣中興大學，2013 年）以上博楚簡中記載楚王、楚臣對話的楚王相關文獻為研究對象，先對所選取的十篇簡文進行疏證，或對前人說法作補充，或提出新看法，然後考察對十篇文獻的成書體例、敘事方法、語言風格、思想內涵、稱謂用法等方面，討論其性質。曹方向《上博簡所見楚國故事類文

獻校釋與研究》（武漢大學，2013 年）對上博楚簡中 15 篇故事類文獻進行集釋。上博楚簡所見齊國故事文獻雖然只有《鮑叔牙與隰朋之諫‧競建內之》和《景公瘧》兩篇，但也有研究者進行了系統研究，如高榮鴻《上博楚簡齊國史料研究》（臺灣中興大學碩士學位論文，2008 年）從竹簡的重新編聯入手，進而進行了字詞的考辦，揭示上博楚簡齊國史料的特點與價值。

　　除了對上博儒家類文獻和國語類文獻進行專門研究外，還有研究者將上博楚簡與清華簡同質文獻結合起來，如賴怡璇《戰國楚簡周武王相關文獻疏證》（臺灣中興大學，2015 年）以戰國楚簡中與周武王相關的上博楚簡《容成氏》《武王踐阼》，清華簡《程寤》《保訓》《耆夜》以及《繫年》等內容梳理前人說法，考釋字詞，梳理文義。

　　在集成型研究方面，比較值得一提的是俞紹宏、張青松編著《上海博物館藏戰國楚簡集釋》（社會科學文獻出版社，2019 年），該書共十冊，系統性地搜集了各家對字詞的說法，內容較為全面。從結構上看，該書包含說明、寬式釋文、嚴式釋文、集釋等部分，這樣能夠盡可能多地將當前等研究成果匯聚一堂，為後續研究者迅速完整地瞭解相關研究現狀提供了很大的便利。從整體上來講，該書的價值是集合眾說而非獨創新意。

（七）楚簡異文的比較研究

　　戰國楚簡的很多文獻很多都有傳世本，郭店簡和上博簡《緇衣》，上博簡《周易》《民之父母》《景公瘧》等，清華簡的《金縢》《康誥》等，這就為不同版本之間的比較研究提供了基礎。目前此類研究成果絕大部分以單篇學術論文的形式呈現，如李學勤《郭店簡與禮記》（《中國哲學史》，1998 年第 4 期），但也有學者撰寫專著，進行專門研究，如馮勝君《郭店簡與上博簡對比研究》（線裝書局，2007 年），主要對郭店簡和上博簡進行了全面的對比和整理，為深入研究兩者的差別和學術分析提供了全面的基礎數據。虞萬里《上博館藏竹書〈緇衣〉綜合研究》（武漢大學出版社，2010 年）以上博簡《紂衣》為主，郭店簡《緇衣》為副，結合傳本《禮記‧緇衣》及唐宋以前經史子集中所引錄之字詞、章句，進行綜合比勘，探索《緇衣》文字、章節由簡本到傳本發展過程的特點與變化，追蹤傳本形態的來源。

二、楚簡語言學系統研究

在漢語史研究中，對比中古漢語和近代漢語，上古漢語的研究相對比較薄弱，一個突出的原因就是材料的不足。郭店楚簡、上博楚簡、清華簡等批量較大的材料公布之後，楚簡材料豐富起來，為系統地進行語言學研究奠定了基礎，在這種情況下，楚簡語言學系統研究逐漸開展起來。目前的系統研究主要涉及字形、字音、語法等方面。

（一）字形語義研究

「古文字是客觀存在，有形可識，有音可讀，有義可循，其形音義之間是相互聯繫的。而且，任何古文字都不是孤立的。」〔註12〕研究楚簡文字，必須要形、音、義三位一體的觀念。目前已經有學者從這個觀念出發，對楚簡字形音義進行全面系統的研究，比較有代表性的，如陳斯鵬《楚系簡帛中字形與音義關係研究》（中國社會科學出版社，2011 年）對戰國楚系簡帛的字形和音義之間錯綜複雜的關係作了較為系統的研究。陳書建立在對大量字形、音義個案的窮盡性調查基礎上，尤其注重高頻字形的讀法和常用詞、基本詞的用字考察，能較好反映楚系簡帛字詞關係的主要特點。李守奎、肖攀《清華簡〈繫年〉文字考釋與構型研究》（中西書局，2015 年）通過分專題討論清華簡《繫年》的文字問題，分析文字構形，通過圖表的形式展示了《繫年》的文字的基本筆劃和文字構件。研究楚文字構形的還有李運富《楚國簡帛文字構形系統研究》（岳麓書社，1997 年）。李松儒《戰國簡帛字跡研究：以上博簡為中心》（上海古籍出版社，2015 年）運用筆跡學對上博簡的筆跡特徵進行研究，通過區分不同字跡的差異，進而區分不同的抄手，應用於對竹簡進行分篇、編聯和拼合。該書不僅對古文字字跡研究的歷史和發展進行了總結，對戰國簡帛字跡的書寫狀況進行了考察，還對上博楚簡各篇的字跡進行了詳細的個案分析。這是簡帛研究的一個新領域。文字研究方面的成果還有蕭毅《楚簡文字研究》（武漢大學出版社，2010 年）等。

在博士論文方面，這類研究主要有魏宜輝《楚系簡帛形體訛變分析》（南京大學，2003 年），吳建偉《戰國楚文字構件系統分析和〈上海博物館藏戰國楚竹書（一）〉文字考辨》（華東師範大學，2004 年），張新俊《上博楚簡文字研

〔註12〕于省吾：《甲骨文字釋林》，中華書局，1999 年，第 3 頁。

究》（吉林大學，2005 年），呂俐敏《〈上海博物館藏戰國楚竹書〉文字研究》（中國人民大學，2008 年），邱傅亮《郭店楚墓竹簡異體字研究》（吉林大學，2013年），岳曉峰《楚簡訛混字形研究》（浙江大學，2015 年），顏至君《新出楚簡疑難字研究》（臺灣師範大學，2016 年），等等。

值得一提的是，越來越多的學者在進行漢語詞彙史研究時開始關注到楚簡材料，比較有代表性的是胡波《先秦兩漢常用詞演變研究與語料考論》（浙江大學，2014 年），該文以先秦兩漢傳世文獻和出土文獻為調查語料，以常用詞的演變為研究對象，考察了 13 組常用詞在先秦兩漢的發展演變，探討了發展演變的機制與動因，這是結合出土簡帛材料進行漢語詞彙史研究的有益探索。

隨著出土簡帛資料的日益增多，對其進行詞語匯釋越來越有必要，這方面比較有代表性的是中山大學曾憲通、陳偉武主編的《出土戰國文獻字詞集釋》（中華書局，2019 年），該書對出土戰國文獻中所見近 8000 個字詞進行了系統的梳理和集釋，附錄相關研究成果，並添加按語，屬集成型創新成果。該書編撰科學、內容豐富、按語精當，為相關研究提供了很大的便利。

（二）語法語音研究

在語言系統內部，相比於詞彙，語法語音變化較慢，在一定的時期內具有相當的穩定性。相比於字詞考釋，出土文獻的語法語音研究因系統性要求更強，目前的研究還處在起步階段，有相當大的研究潛力。楚簡文獻的大量出土，為把研究潛力轉化為研究成果提供了更為堅實的平臺。楚簡語法語音研究成果主要集中在專著和學位論文兩個方面。

在專著方面，張玉金《出土戰國文獻虛詞研究》（人民出版社，2011 年）利用古代漢語和現代漢語虛詞研究的理論和方法，對當時所能看到的出土戰國文獻的虛詞進行了全方位的研究，描繪了其基本面貌，初步建立了出土戰國文獻虛詞的理論體系。在此基礎上，張玉金又撰寫了《出土先秦文獻虛詞發展研究》（暨南大學出版社，2016 年），新增了甲骨文材料以及更多的金文材料，採用斷代描寫的方法，對介詞、連詞、助詞、語氣詞、兼詞等分別進行歷時考察，進一步總結虛詞發展規律。李明曉《戰國楚簡語法研究》（武漢大學出版社，2010 年）採取綜合描寫與局部考察、歷時性與共時性相結合的方法，考察出土文獻與傳世文獻語法現象的異同，探討楚簡語法在不同語料中的分布特徵、規律及其原因。但該書主要以虛詞為研究對象，重於詞法而

輕於句法，研究不均衡，並不能展現楚簡語法的完整面貌。此類研究還有周守晉《出土戰國文獻語法研究》（北京大學出版社，2005 年），趙彤《戰國楚方言音系》（中國戲劇出版社，2006 年）等。

在博士論文方面，胡海瓊《〈上海博物館藏戰國楚竹書〉通用字聲母研究》（中山大學，2007 年）全面整理了《上海博物館藏戰國楚竹書》第（一）至（五）冊通假字、諧聲字、異文以及異體字等材料，對上古漢語的聲母系統進行考察。胡杰《先秦楚系簡帛語音研究》（華中科技大學，2009 年）主要以先秦楚系簡帛文獻中的通假字、異體字為研究對象，在聲母和韻部得出了十個重要結論。劉波《出土楚文獻語音通轉現象整理與研究》（吉林大學，2013 年）主要研究出土楚文獻材料中不同聲母、韻部字之間的語音通轉現象。弓海濤《楚簡句法研究》（華東師範大學，2013）年針對楚簡中兼語句、雙賓句、賓語前置句、疑問句、有字句、同位語結構等句法現象進行梳理分析。劉凌《戰國楚簡連詞研究》（華東師範大學，2014 年）則對楚簡的連詞系統進行逐級觀察分析，發現了楚簡連詞的個性特點。申世利《戰國楚簡代詞研究》（臺灣師範大學，2014 年）從代詞角度入手，根據戰國楚簡分析漢語的衍生和句法傾向，進而歸納楚簡的句法特徵。

三、辭書編纂

（一）文字編

在古文字研究中，編文字編雖是一項基礎性工作，但卻以難度大、耗時多著稱，高質量的文字編本身就具有很高的學術價值。目前關於戰國楚簡的文字編可以分為兩類：

第一類是專門文字編，只針對特定的簡帛材料材料。主要有曾憲通《長沙楚帛書文字編》（中華書局，1993 年）、郭若愚《戰國楚簡文字編》（上海書畫出版社，1994 年）、張守中《包山楚簡文字編》（文物出版社，1996 年）、張光裕、袁國華《郭店楚墓竹簡研究文字編》（臺北藝文印書館，1999 年）、張守中《郭店楚簡文字編》（文物出版社，2000 年），李守奎等《〈上海博物館藏戰國楚竹書〉（一～五）文字編》（作家出版社，2007 年），張新俊等《新蔡葛陵楚簡文字編》（巴蜀書社，2008 年），李學勤主編《清華大學藏戰國竹簡（壹～三）文字編》（中西書局，2014 年）、《清華大學藏戰國竹簡（肆～陸）》（中西書局，

2018 年）、《清華大學藏戰國竹簡（柒～玖)》（中西書局，2020 年）等。

第二類是綜合文字編，針對的是整個楚系文獻，以李守奎《楚文字編》（華東師範大學出版社，2003 年）為代表。《楚文字編》是一部將所有楚文字彙成一編的大型綜合文字編，材料豐富，創見頗多，並且糾正了以往文字編中的許多錯誤。這類文字編還有滕壬生《楚系簡帛文字編》（湖北教育出版社 1995年），湯餘惠《戰國文字編》（福建人民出版社，2001 年）等。

（二）通假字典

戰國時期並沒有統一的用字標準，簡帛文獻中通假字極為常見。出土文獻通假字典以王輝《古文字通假字典》（中華書局，2008 年）為代表，《古文字通假字典》共收錄了 5000 多組古文字通假字，考釋精確，體例完善，具有非常重要的學術價值。同類的還有白於藍《簡牘帛書通假字字典》（福建人民出版社，2008 年）、《戰國秦漢簡帛古書通假字彙纂》（福建人民出版社，2012年），白於藍的兩部書材料詳實、體例完善，但因使用了大量的新出材料，某些注釋自成一派。此外，洪颺《古文字考釋通假關係研究》（福建人民出版社，2008 年）雖非通假字典，但將前人研究古文字時常用的通假書證進行了系統分類與總結。

（三）詞　典

語詞探源是漢語史研究的一個非常重要的領域。詞語探源第一步工作是調查某個詞語的始見書證，然後才能進行下一步的工作，比如研究動因、機制等。但目前調查的語料主要集中在傳世文獻方面，出土簡帛材料是一個有待開發的處女地。在目前狀況下，對楚簡中的新詞新義進行研究並且編撰詞典，是一項非常有意義的基礎性工作。

但這項工作還未起步，收詞豐富、體例完善的簡帛詞典尚未出現。目前只有一部具有詞典性質的博士論文，曲冰《〈上海博物館藏戰國楚竹書〉（一～五）佚書詞語研究》（吉林大學，2010 年），該文以《說文解字》為序，對上博簡一～五的詞語進行分類、釋讀、釋義。每個詞條內容包括詞語在篇章中出現的總次數、該詞語的上古音、該詞語的各種異體詞形及其出現的次數、該詞的釋義等。

楚簡詞典編撰雖然耗時耗力，但有相當廣闊的前景。無論是郭店楚簡、上

博楚簡，還是清華簡，都是內容非常豐富的材料，在此基礎上進行詞典編纂，對於漢語詞彙史的研究具有非常重要的意義。

四、網站與期刊

網絡的興起，為古文字研究提供了新的平臺。學者們應用這一平臺，積極發表網絡論文，參與學術討論。目前比較活躍的簡帛研究網站主要有三家：武漢大學簡帛研究中心網站，俗稱「簡帛網」；復旦大學出土文獻與古文字研究中心網站，俗稱「復旦網」；清華大學出土文獻研究與保護中心網站，俗稱「清華網」。

集刊是出土文獻研究的重要載體，目前在語言研究方面比較重要的簡帛期刊集刊有《古文字研究》（中國古文字研究會，河南大學甲骨學與漢字文明研究所編，中華書局）、《簡帛》（陳偉主編，上海古籍出版社）、《出土文獻》（李學勤主編，中西書局）、《簡帛研究》（卜憲群、楊振紅主編，廣西師範大學出版社）、《出土文獻與古文字研究》（復旦大學出土文獻與古文字研究中心主編，復旦大學出版社）、《簡牘學研究》（西北師範大學歷史系主編，甘肅人民出版社出版）、《出土文獻語言研究》（張玉金主編，廣東高等教育出版社）、《簡帛語言文字研究》（張顯成主編，巴蜀書社）、《出土文獻綜合研究集刊》（西南大學出土文獻綜合研究中心、西南大學漢語言文獻研究所，巴蜀書社）、《戰國文字研究》（徐在國主編，安徽大學出版社）等。

五、海外簡帛研究現狀

（一）海外簡帛研究概況

海外的簡帛研究起步於 20 世紀初，早在 20 世紀上半葉，歐洲就已經收藏了漢代的簡牘。美國收藏了長沙子彈庫楚帛書，並在此基礎上進行了思想史的研究。馬王堆帛書問世以後，海外的簡帛研究逐漸興盛起來。戰國楚簡的陸續問世，更是激發了海外漢學家的研究熱情。到目前，簡帛研究已經成了海外漢學研究中一個比較熱門的領域。但由於古文字研究的專業性較強、難度較大，海外簡帛研究的重點還是立足於哲學和思想角度。比較有代表性的學者如美國的韓祿伯、艾蘭、柯馬丁、顧史考、魏克斌等。新出成果如顧史考《上博等楚簡戰國逸書縱橫覽》（中西書局，2018 年）對上博簡、清華簡等

進行了一系列的研究。

　　近年來，日本學者研究楚簡的興趣日益高漲，比如淺野裕一、湯淺邦弘、福田哲之、大西克也等學者，經常在網站和學術期刊發表楚簡研究論文，從不同的視角進行研究。比較有代表性的著作如淺野裕一、小澤賢二的《浙江大〈左傳〉真偽考》〔註13〕（汲古書院，2014 年）該書從浙大簡《左傳》中的天文記載入手，從天文學角度證實了浙大簡《左傳》為真。

　　港臺地區的楚簡研究更偏重於字詞考釋，研究方法和內地學者基本一致，成果也多集中在字詞考釋和簡文編聯等方面。比較有代表的學者，如張光裕、周鳳五、季旭昇、林清源、蘇建洲等。各高校研究生很多以楚簡為材料撰寫碩博學位論文。

（二）海外上博楚簡研究現狀

　　上博簡的問世同樣在海外漢學界引起了廣泛的研究興趣，根據夏含夷調查〔註14〕，其中比較深入的研究如史達（Thies Staack）對《孔子詩論》的研究，〔註15〕李孟濤（Matthias L.Richter）對《民之父母》的研究，〔註16〕尤銳（Yuri Pines）對《容成氏》對系列研究，等等。總體來講，西方漢學家對上博楚簡對研究基本上是建立在國內學者釋讀成果的基礎之上，從歷史、地理學、法律、思想史、宗教等角度入手。缺少語言學領域的專門研究，特別是文字、語音、詞彙等方面的探索。

　　在上博楚簡研究方面，臺灣學者興趣很大，比較有代表性的如季旭昇，從上博簡第一冊開始，他就開始編寫讀本系列，獨自編撰讀本包含了上博簡第一冊、第二冊、第三冊、第四冊，後與高祐仁合編了第九冊等讀本，並由萬卷樓圖書股份有限公司出版。蘇建洲《〈上博楚竹書〉文字及相關問題研究》（萬卷樓，2007 年）針對上博簡前六冊，對其詞語進行解釋，研究文字資料運用，探討文本來源，具有一定的廣度和深度。

〔註13〕該書尚未翻譯成中文，書中校名採用日式簡稱「浙江大」。

〔註14〕夏含夷：《西觀漢記：西方漢學出土文獻研究概要》，上海古籍出版社，2018 年。

〔註15〕史達：《復原早期中國竹簡文本：為了做出一個系統對方法，包括簡背分析》，漢堡大學博士論文，2015 年。

〔註16〕李孟濤：《具象化文本：中國早期寫本中文本特徵對確立》萊頓布瑞爾出版社，2013 年版。

第三節　研究意義與方法

一、研究意義

　　早在 1957 年，日本學者太田辰夫就將文獻分為同時數據和後時數據兩大類，同時數據是某種數據的內容和它的外形（即文字）是同一時期產生的，甲骨、金石、木簡等，還有作者的手稿是這一類。後時數據，基本上是指數據的外形的產生比內容產生晚的那些東西，即經過轉寫轉刊的資料。中國的數據幾乎大部分都是後時資料，它們尤其成為語言研究的障礙。根據常識來說，應該以同時資料為主要材料，以後時數據為旁證。〔註 17〕太田辰夫的論述雖然是主要針對中古近代語料而言，但其方法論亦可用於先秦語料。新出的楚簡作為最原始、未經後人改動過的先秦「同時數據」〔註 18〕，相比較「後時數據」而言，更能展示當時的語言面貌，是我們在進行先秦語言研究時，決不可放棄的一塊陣地。

　　裘錫圭指出，與傳世文獻相比較，出土文獻有以下四個方面的優勢：

　　　　一、不少古書的年代問題聚訟紛紜，因此它們所記錄的語言的時代也成了問題。地下發現的古文字資料，年代絕大部分比較明確，除去傳抄的古書以外，它們記錄的通常就是當時的語言，就拿傳抄的古書來說，由於抄寫的時代較早，年代問題也不像很多傳世的古書那樣嚴重。例如過去很多人認為《尉繚子》是漢以後的偽作，現在由於在銀雀山漢墓裏發現了西漢前期的抄本，基本可以肯定為戰國前期的作品。

　　　　二、古書屢經傳抄刊刻，錯誤很多，有的經過改寫刪節，幾乎面目全非。地下發現的古文字資料，除去傳抄的古書以外，很少有這種問題。就是傳抄的古書，通常也要比傳世的本子近真。

　　　　三、古書保存下來的商代，西周和春秋時代的作品很是貧乏。尤其是商代的作品，不但數量極少，而且顯然經過後人比較大的修

〔註17〕太田辰夫：《中國語歷史文法·跋》（修訂譯本），蔣紹愚、徐昌華譯，北京大學出版社，2003 年。

〔註18〕以清華簡為例，它的載體（竹簡）的時代是確定的，但它內容的時代卻具有很長的延伸性，尚書類文獻的時代可能遠早於其他類文獻。利用出土竹簡進行漢語史研究，要特別關注這個問題。對這些材料的成文年代進行系統性的甄別，是科學研究先秦漢語面貌的前提。

改，不能代表商代語言的真面貌。古文字數據裏有數量很多的商代後期的甲骨文和西周、春秋時代的金文，正可以補古書的不足。

四、流傳下來的古書絕大多數是自古以來一直受封建士大夫重視的典籍。地下發現的古文字資料，品種比較雜，往往有在古書中很難看到的內容，近年來在雲夢秦墓中發現的秦律和在馬王堆西漢前期墓裏發現的房中術等作品。它們有時能夠提供一些古書裏比較少見的語言數據。例如《說文》說：「貲，小罰以財自贖也」，「婞，保任也」，這兩個詞在古書裏都很少見，在秦律裏則是常用詞。此外由於漢字裏表意的字形和形聲字的形旁表示字義，形聲字的聲旁表示字音，因此古文字字形本身，對於研究古漢語的詞義和語音也具有重要價值。字形是不斷變化的，如果根據古書裏較晚的字形來研究詞義和語音，往往會造成錯誤。〔註19〕

裘先生的這段話，內容非常豐富，在當前和今後運用楚簡材料進行漢語史研究上有很重要的指導意義，是今後研究的角度和領域。比如，他講到的出土材料的成文時代和傳抄時代的問題，這是先秦漢語的時代性問題；講到的傳抄問題，這可以從異文角度進行深入研究；講到的商代、西周和春秋的語言面貌，我們可以從語體角度進行深入探討；講到的實用類文獻，可以研究先秦專門術語，是特定詞彙研究的領域；講到的字形問題，我們可以從語音學和詞彙史的角度深入發掘。

從 2001 年公布第一冊起，關於上博簡的研究已經走過了 20 多個年頭，每一冊新材料的公布，都會在學界引發研究熱潮，研究者從竹簡編聯、字形隸定、詞語考釋等角度入手，逐漸過渡到歷史、哲學、思想、文學等角度，並將出土文獻與傳世文獻研究結合起來，取得了豐碩的成果。但由於楚簡材料數量有限，內容複雜，在上博楚簡研究之前，較為完整系統的楚簡材料主要是郭店楚簡。楚簡字詞研究處於起步階段，再加上早期研究者的學術背景不同，研究方法各異，上博簡中存在大量眾說紛紜未曾解決的疑難字詞和習焉不察的常用詞，這些都有進一步研究的價值。

近年來新出竹簡材料不斷問世，在為研究提供大量新材料的同時，也為以

〔註19〕裘錫圭：《談談古文字資料對古漢語研究的重要性》，《裘錫圭學術文集》第 4 卷，第 40 頁，復旦大學出版社，2012 年。原載於《中國語文》1979 年第 6 期。

前出土材料中疑難問題的解決提供了新的思路。現階段的楚簡字詞考釋研究越來越呈現一種「趨新」的態勢，每一批新材料的公布，研究者紛紛轉投新公布的材料，網絡上、期刊上研究論文紛紛湧現。原有材料中的疑難問題漸漸無人關注。最新的一冊上博楚簡已經是 2012 年公布的第九冊，第十冊雖經初步整理，但尚無確切公布時間。另外，上博最後入藏的一批楚簡，內容主要是關於吳越的歷史故事，還有一篇字典性質的文獻尤為重要。〔註 20〕出土文獻的研究應該緊跟新材料，但也不能丟棄原有材料。研究是不斷進步的，有些舊材料中的疑難問題可能會通過新材料得到解決，或者有新的解釋。出土文獻的語言研究應該是從舊材料到新材料再回歸舊材料，再到新材料。在兩者之間不斷循環往復，才能推動出土文獻字詞考釋研究不斷進步。

另外，在楚簡考釋中，研究者關注的重點都是那些生僻詞，對於常用詞則用力甚少，甚至直接忽略。事實上，如果仔細分析的話可以看出，那些看似平常的常用詞也在以另外一種方式呈現著當時的語言面貌。比如上博簡《申公臣靈王》：「臣不智（知）君王之將為君。女（如）臣智（知）君王之為君，臣將或至（致）焉。」「將或」從字形角度看較為簡單，沒有什麼難度。整理者「將」「或」分開讀，認為「或」是不定之辭。後續研究者基本上將其忽略。其實，「將或」是個固定的虛詞，在先秦較為常用，表示「一定」義，不應分開釋讀。《左傳・襄公二十七年》：「韓宣子曰：『兵，民之殘也，財用之蠹，小國之大災也。將或弭之，雖曰不可，必將許之。弗許，楚將許之，以召諸侯，則我失為盟主矣。』」《國語・魯語下》：「作而不衷，將或道之，是昭其不衷也。」皆其證也。

二、研究方法

（一）二重證據法

二十世紀二十年代，王國維針對史學研究提出了「二重證據法」：「吾輩生於今日，幸於紙上之材料外，更得地下之新材料。由此種材料，我輩固得據以補正紙上之材料，亦得證明古書之某部分全為實錄，即百家不雅訓之言亦不無表示一面之事實。此二重證據法惟在今日始得為之。」（《古史新證—王國維最

後的講義》，清華大學出版社，1994 年）運用此方法，王國維結合《史記》《漢書》等傳世文獻資料，對漢代邊塞和烽燧的考實、玉門關址、樓蘭位置的確定，西域絲綢之路的探索，以及漢代邊郡都尉官僚系統的職官制度的排列等漢晉木簡所涉及的一系列問題，逐一做了詳盡的考釋，對後世影響巨大。隨著學術的發展，「二重證據法」的方法論意義早已經突破史學範疇，向多學科拓展。在語言學界，學者們對於綜合利用傳世文獻和出土文獻來研究漢語史逐漸形成了共識，並且進行了卓有成效的研究。在出土文獻研究中，通過出土文獻和傳世文獻對讀，可以為出土文獻的正確訓釋提供依據，進而為語音詞彙語法的系統研究打好基礎。

上博簡的內容以禮記類文獻為主，兼及事語類文獻、楚辭類文獻、詩經、卜筮類文獻等，絕大部分為亡佚的古書，但也有一些文獻有相對應的傳世本，如《周易》《緇衣》《民之父母》等，只是文本亦多有不同。或可稱之為「異文」，大致有狹義和廣義之分，黃沛榮對此有過專門論述：

> 所謂「異文」，似應分廣狹兩義。狹義的「異文」僅限於個別的、相應的異字。……廣義的「異文」則指古書在不同版本、注本或在其他典籍中被引述時，同一段落或文句中所存在的字句之異，此外，並包括相關著作中（關係書）對於相同的人、事、物作敘述時所產生的異辭。〔註21〕

真大成根據文獻異文的情況，將其分為文本、文字、語言三個層面：文本層面指文中出現的訛文、衍文、脫文、倒文等與原文之間形成的異文；文字層面主要指詞語所用書寫形式的差別，如正字與俗字、本字與通假字、古字與今字、母字和分化字的差異；語言層面可分為詞語、句子和篇章，詞語方面的異文主要指雙方用詞不同，句子方面的主要是句式不一樣，而篇章方面的異文指異文的雙方不侷限於個別字、句，而是整個篇章在行文表述時所體現出的差異。〔註22〕

異文現象在出土文獻和傳世文獻的對比中體現的更為直接，主要體現在文字和語言層面。文字層面的幾乎每句都會存在，皆因先秦並無官方嚴格限定的

〔註21〕黃沛榮：《古籍異文析論》，《漢學研究》第九卷，第 2 期。
〔註22〕真大成：《中古文獻異文的語言學考察——以文字、詞語為中心》，第 7、8 頁，上海教育出版社，2020 年。

統一的用字規範，各諸侯國之間的文獻如此，同一國內部也存在很大的差異。語言層面的異文更是層出不同。這也是出土文獻研究的一個需要深入探索的方向。

下面將傳世與出土同內容文獻進行對比，大體上可以分為一下幾種情況：

第一，全文內容基本一致。如《紂衣》，郭店楚墓竹簡也有《紂衣》篇，和傳世本的《禮記・緇衣》內容內容基本相同，但排列順序和個別字詞都不同，具體研究詳見虞萬里《上博館藏楚竹書〈緇衣〉綜合研究》（武漢大學出版社，2009 年）。上博簡《武王踐阼》有甲本和乙本之分，與傳世的《大戴禮記・武王踐阼》內容基本一致，但是版本不同。具體研究可參看許兆昌、李大鳴《試論〈武王踐阼〉的文本流變》（《古代文明》，第 9 卷第 2 期，2005 年 4 月）。

第二，所記載的故事一致。如上博二《魯邦大旱》與《說苑・辨物》，均記載了國家大旱之事，所用語句一致，只不過故事發生的國家和時代發生了改變：

上博二《魯邦大旱》：

> 魯邦大旱，哀公胃（謂）孔子：「子不為我圖（圖）之？」孔子
> 含（答）曰：「邦大旱，母（毋）乃遊（失）者（諸）型（刑）與惠
> （德）虐（乎）？售（唯）〔□□〕【1】之，可（何）才（哉）？」
> 孔子曰：「眔（庶）民智（知）敚（說）之事祝（鬼）也，不智（知）
> 型（刑）與惠（德）。女（如）母（毋）忑（愛）珪（圭）璧帝（幣）
> 帛於山川，政（正）荲（刑）與〔□□〕【2】出，遇子贛（貢），曰：
> 「賜，而昏（聞）巹（巷）迻（路）之言，母（毋）乃胃（謂）丘
> 之含（答）非與（歟）？」子貢曰：「否。臤（抑）虐（吾）子女（如）
> （重）命丌（其）與（歟）？女（如）夫政（正）荲（刑）與惠（德），
> 呂（以）事上天，此是才（哉）！女（如）天〈夫〉母（毋）忑（愛）
> 圭璧【3】帝（幣）帛於山川，母（毋）乃不可。夫山，石呂（以）為
> 膚，木呂（以）為民。女（如）天不雨，石牪（將）夒（焦），木牪
> （將）死。丌（其）欲雨，或甚於我，或（又）必寺虐名虐？夫川，
> 水呂（以）為膚，魚呂（以）【4】為民。女（如）天不雨，水牪（將）
> 沽（涸），魚牪（將）死，丌（其）欲雨，或甚於我，或（又）必寺

（待）虗（吾）名虗（乎）？」孔子曰：「於（嗚）虖（呼）！〔□
□〕【5】

而在《說苑‧辨物》中，則變成了齊國的故事，說話雙方變成了齊景公和
晏子：

> 齊大旱之時，景公召群臣問曰：「天不雨久矣，民且有饑色，吾
> 使人卜之，崇在高山廣水，寡人欲少賦斂以祠靈山，可乎？」群臣
> 莫對。晏子進曰：「不可，祠此無益也。夫靈山固以石為身，以草木
> 為髮；天久不雨，髮將焦，身將熱，彼獨不欲雨乎？祠之無益。」
> 景公曰：「不然，吾欲祠河伯，可乎？」晏子曰：「不可，祠此無益
> 也。夫河伯以水為國，以魚鱉為民；天久不雨，水泉將下，百川將
> 竭，國將亡，民將滅矣，彼獨不用雨乎？祠之何益？」景公曰：「今
> 為之奈何？」晏子曰：「君誠避宮殿暴露，與靈山河伯共憂；其幸而
> 雨乎！」於是景公出野，暴露三日，天果大雨，民盡得種樹。景公
> 曰：「善哉！晏子之言可無用乎？其惟有德也！」

再如上博六《平王與王子木》講的是王子木在去城父途中與城公的對話，
對話中王子木不認識疇和麻，也不知道疇和麻是做什麼用的，城公據此得知「王
子不得君楚國，又不得臣楚國」。

> 競（景）坪（平）王命王子木迬（跖）成（城）父。坓（過）繟
> （申），睹（舍）飤（食）於龗寡（宿）。成（城）公執（幹）瓜（遇），
> 【王子木1】止（跪）於籌（疇）屮（中）。王子聑（問）成（城）公：
> 「此可（何）？」成（城）公會（答）曰：「籌（疇）。」王子曰：「籌
> （疇）可（何）呂（以）為？」【王子木5】曰：「呂（以）穜（種）林
> （麻）。」王子曰：「何呂（以）林（麻）為？」會（答）曰：「呂（以）
> 為衣。」成（城）公记（起），曰：「臣牉（將）又（有）告。虗（吾）
> 先君【王子木2】戕（莊）王迬（跖）河雝（雍）之行，睹（舍）飤（食）
> 於龗寡（宿），醯（酪）䰞（羹）不臭（酸）。王曰：『醓（甕）不盍
> （蓋）。』先君【王子木3】智（知）醓（甕）不盍（蓋），醯（酪）不
> 臭（酸），王子不智（知）林（麻）。王子不昜（得）君楚邦，或（又）
> 不昜（得）【王子木4】。〔註23〕

〔註23〕「臣楚邦」一句原誤入上博八《志書乃言》中，詳見沈培《〈上博（六）〉和〈上

這個故事在《說苑・辨物》中亦有記載〔註24〕：

> 王子建出守於城父，與成公乾遇於疇中。問曰：「是何也？」成公乾曰：「疇也。」「疇也者，何也？」曰：「所以為麻也。」「麻也者，何也？」曰：「所以為衣也。」成公乾曰：「昔者莊王伐陳，舍於有蕭氏，謂路室之人曰：『巷其不善乎！何溝之不濬也？』莊王猶知巷之不善，溝之不濬，今吾子不知疇之為麻，麻之為衣。吾子其不主社稷乎？」王子果不立。

第三，竹簡內容散見於傳世文獻。如上博二《民之父母》的內容見於《禮記・孔子閒居》、《孔子家語・論禮》。上博六《景公瘧》內容散見於《左傳・昭公二十年》、《左傳・襄公二十七年》、《晏子春秋・景公病久不愈欲誅祝史以謝晏子諫》、《晏子春秋・景公有疾梁丘據裔款請誅祝史晏子諫》和《晏子春秋・景公信用讒佞賞罰失中晏子諫》。上博九《成王為城濮之行》內容亦見於《左傳・僖公二十七年》等。

第四，簡縮傳世文獻中的小故事。如上博簡《凡物流形》：「日之始出，可（何）古（故）大而不耀。亓（其）入中，奚古（故）少雁暲敂」涉及到的《列子・湯問》中的一個小故事：

> 孔子東遊，見兩小兒辯鬥。問其故，一兒曰：「我以日始出時去人近，而日中時遠也。」一兒以日初出遠，而日中時近也。一兒曰：「日初出大如車蓋，及日中，則如盤盂，此不為遠者小而近者大乎？」一兒曰：「日初出滄滄涼涼，及其日中如探湯，此不為近者熱而遠者涼乎？」孔子不能決也。兩小兒笑曰：「孰為汝多知乎？」

以上不僅僅是簡帛的釋讀問題，更涉及到出土文獻的文本問題。戰國秦漢古書的流傳，主要有兩種方式，一是通過抄寫文本，二是靠口耳相傳，兩種方式都可能造成文本的變化。〔註25〕上博簡所涉及的可與傳世文獻比對的部分，為上古漢語研究提供了寶貴的研究資料。

博（八）》竹簡相互編聯之一例》，復旦大學出土文獻與古文字研究中心網站，2011年7月17日。

〔註24〕阜陽漢簡亦有此故事記載，但殘佚內容較多。

〔註25〕李瑞良：《中國古代圖書流通史》，上海人民出版社，2000年，第80～81頁。

（二）據境求證

在完整的語句中，詞語都處在一種組合關係之中，語境對於所訓釋的詞語都有一定的制約作用，充分利用語境的限制作用才能更好地探求詞語的意義。出土文獻中的用字情況十分複雜，通假字、古今字、異體字層出不窮，錯字、衍字、漏字等情況更為常見。有當時用字習慣問題，也有書手的個人問題，還有斷簡、殘簡的重新編聯問題。這些問題的解決都需要運用到語境對詞語的限制。所謂據境求證，就是根據詞語出現的語境來探索意義。具體來講可以從詞境、語境和篇境三個方面來考察。

一是詞境，比較典型的是同義連文，于省吾先生稱之為「讔語」。通過詞語內部各要素的意義的統一性來確定詞義。上博七《景公瘧》：「自姑、尤以西，聊、攝以東，其人婁（數）多已。是皆貧苦約疠病。」其中「貧苦約疠病」是並列短語，表示百姓的窘迫狀態。同義連文中絕大部分是兩字連文或四字連文，而這個組合卻是五個字，通過分析發現，「疠」字取上字「約」的「勺」旁和下字「病」的「疒」，是書手在書寫時出現的錯誤，《晏子春秋・景公信用讒佞賞罰失中晏子諫》作「愁苦約病」證明了「疠」是衍文。

二是語境，即上下文限制。孔穎達在《兔罝》《伐木》等篇疏中常講「文勢」「義勢」，便是指文章上下文。「凡讀書，須看上下文義如何，不可泥著一字。」[註26]考釋字詞亦是如此。具體操作中可以根據上下文來判斷詞性，根據語氣詞來判斷語氣類型，根據對文與互文判斷詞語結構等。上博簡七《凡物流形》「日之始出，可（何）古（故）大而不耀。元（其）入中，奚古（故）少雁暲弝」「大而不耀」與「少雁暲弝」相對為文，正可依靠語境來解開「暲弝」之義。「少雁暲弝」，「少」讀為「小」；「雁」通「焉」。《全上古三代秦漢三國六朝文・全上古三代文》卷十二《齊鐘銘》有「女敬共辝命，女雁鬲（歷）公家」「女臺專戒公家，雁卹余于明卹」「雁受君之易（錫）光」等句，「雁」均讀作「焉」，音近通用。「焉」可作「而」講，《楚辭・離騷》：「皇天無私阿兮，攬民德焉錯輔。」《荀子・非相》：「公孫呂身長七尺，面長三尺焉廣三寸。」《韓詩外傳》卷四：「士信愨而後求知焉。士不信焉又多知，譬之豺狼，其難以身近也。」暲，日明也。《說文》未見「暲」，《玉篇・日部》：「暲，明也，與章同。」此處用如動詞。「弝」讀為「胆」，「胆」是先秦漢語中常見

〔註26〕黎靖德編、王星賢點校：《朱子語類》卷十一，中華書局，1988年，第192頁。

的齊語詞，表示頸、項，或者脖子。《公羊傳・莊公十二年》：「絕其脰。」何休注：「脰，頸也。齊人語。」《釋名・釋形體》：「咽，青徐之間謂之脰，脰，投也。物投其中咽而下也。」「暲脰」指曬頸，這與上文「大而不耀」相對為文。

　　三是文境，即從全文主旨考慮。錢鍾書在《管錐編》講到：「復須解全篇之義乃至全書之指（「志」），庶得以定某句之義（「詞」），解全句之義，庶得以定某字之詁（文）；或並須曉會作者立言之宗尚、當時流行之風，以及修詞異宜之著述體裁，方概知全篇或全書之指歸。積小以明大，而舉大以貫小；推末以至本，而又探本以求末；交互往復，庶幾乎義解圓足而免於偏枯，所謂『解釋之循環』者是也。」〔註27〕在研究過程中，就是從全文主旨出發來剖析詞義。上博九《邦人不稱》：「就復邦之後，盍冠為王列，而邦人不稱美焉。」整理者認為「復邦」是指「十四年，吳去，而楚昭王復國」，學者多從之。「盍冠為王列」，整理者讀為「蓋冠為王秉」，訓為昭王復國為王，秉國權，賞功臣。從文境出發，這樣的理解並不可靠。該文以「就……而邦人不稱……」結構提及了楚國歷史上幾次不光彩的事件，如楚昭王逃亡、白公之禍等，若按整理者的理解，「復國」「賞功臣」等喜事，與文境不協。此處「復邦」並非是「復國」，而是「覆國」。《左傳・定公四年》：「初，伍員與申包胥友。其亡也，謂申包胥曰：『我必復楚國。』申包胥曰：『勉之！子能復之，我必能興之。』」楊伯峻注：「《史記・伍子胥列傳》作『我必覆楚』復即覆，傾覆也。此復乃假借字。」楊說甚是。簡文下一句「盍冠為王列」是指子西唯恐失去昭王，人心潰散，偽為昭王車服之事，見《左傳・定公五年》：「王之在隨也，子西為王輿服以保路，國於脾泄。聞王所在，而後從王。」「蓋冠」，即「冠蓋」，簡文倒裝，泛指冠服和車乘。《韓非子・十過》：「宜陽益急，韓君令使者趣卒於楚，冠蓋相望而卒無至者，宜陽果拔，為諸侯笑。」《史記・魏公子列傳》：「平原君使者冠蓋相屬於魏。」「冠蓋」義與簡文同，可以為證。「列」，布置。《爾雅・釋詁二》：「列，陳也。」《爾雅・釋詁三》：「列，布也。」《禮記・樂記》：「鋪筵席，陳尊俎，列籩豆，以升降為禮者，禮之末節也。」「蓋冠為王列」即「為王列蓋冠」，賓語前置，突出「蓋冠」。此句所言為楚被吳人攻入郢都後，子西偽裝昭王車服，以聚攏人心，故遭致「邦人不稱美」。

〔註27〕錢鍾書：《管錐編（一）》，三聯書店，2007年，第281頁。

（三）破通假

先秦用字並無一個嚴格的標準，出土文獻中，幾乎是句句有通假。在這種情況下，必須要破通假，找出本字，才能正確理解詞義句義。王引之《經義述聞》引王念孫說：「訓詁之旨在乎聲音。字之聲同聲近者，經傳往往假借。學者以聲求義，破其假借之字而讀以本字，則渙然冰釋。」這句話雖是針對傳世文獻而言，但亦可用於出土文獻的字詞研究。在實際研究中，通假要把握一定的度，不能陷入「就古音求古義，引申觸類，不限形體」〔註28〕的做法中去。

在通假研究中，于省吾先生的做法較為科學嚴謹，他講到：「我們研究古文字，既應注意每一個字本身的形、音、義三方面的相互關係，又應注意每一個字和同時代其他字的橫的關係，以及他們在不同時代的發生、發展和變化的縱的關係。只要深入具體地全面分析這種關係，是可以得出符合客觀的認識的。」〔註29〕他主張討論通假的時候要「律」「例」兼備。「律」，是指理論上的可行性；「例」，是指同時代的文獻書證，包括傳世文獻和出土文獻，認為只有「律」「例」兼備，所下的判斷才能令人信服。這樣的論證方法，可以避免在研究古字音時只講可能性而變成「無所不通，無所不轉」的把戲〔註30〕。上博八《鶹鷅》首簡：「子遺余變栗含可（兮）。」「變栗」一詞殊為難解，曹錦炎先生認為：

> 「變栗」讀為「鶹鷅」，「變」讀為「鶹」，「變」古音為來母元部字，「留」為來母幽部字，「留」「變」雙聲，可以通假，而「鶹」字從「留」得聲。「栗」讀為「鷅」，「鷅」字從「栗」得聲，故通。「鶹鷅」，鳥，梟的別名。《爾雅·釋鳥》：「鳥少美長醜為鶹鷅。」（《說文》作「鳥少美長醜為鶹離」）「鶹鷅」或作「鶹離」、「流離」、「留離」，《詩·邶風·旄丘》：「瑣兮尾兮，流離之子。」毛傳：「瑣、尾，少好之貌。流離，鳥也，少好長醜。」孔穎達疏：「陸機云：『流離，梟也。自關之西謂梟為流離。其子適長大還食其母。故張奐云鶹鷅食母，許慎云梟不孝鳥是也。』流與鶹，蓋古今之字。」詩義本以鶹鷅少美長醜比喻衛臣始有小善，終無成功。本篇不同，《楚辭》

〔註28〕王念孫：《廣雅疏證·自序》，中華書局，2004年，第2頁。
〔註29〕于省吾：《甲骨文字釋林·序》，中華書局，1979年，第3頁。
〔註30〕林澐：《古文字研究簡論》，吉林大學出版社，1986年，第119頁。

中也有以梟為諷喻之對象，如《七諫·怨世》:「梟鶹既已成群兮。」
王逸注:「言貪狼之人並進成群。」《七諫·怨思》:「梟鶹並進而俱
鳴兮。」王逸注:「言小人相舉而議論。」[註31]

將「變栗」讀為「鶹鶹」，可謂是「律」「例」兼備，問題自然迎刃而解。

（四）同質同時書證比較

上博簡內容豐富，每一方面的文獻在用字用詞上都有自己獨特的方法。在
這種情況下，如果把所有的文獻放在一起，鬍子眉毛一把抓，所得出的結論
不一定準確。為了更加真實地探索當時的語言面貌，本文使用同質文獻分類
法，即將上博楚簡第一至九冊的篇目根據內容重新分類，大體上可以分為禮
記類文獻、事語類文獻、楚辭類文獻、卜筮類文獻等方面。

在具體研究中，書證的使用也盡量講求同質文獻論證，例如在研究儒家類
文獻時，優先使用傳世文獻和其他出土文獻中的儒家文獻書證，兩者屬於同質
文獻，「能指」「所指」比較接近，說服力更強。只有這樣才能更接近當時語言
的真實面貌。在講究同質文獻之外，還需要講究同時代文獻書證，語言是有時
代性的，而在語言系統內部，相比較語音和語法，詞彙和生活接觸更為緊密，
其變化性更為普遍。汪維輝先生指出:「每一個詞都有其時代性和地域性。時代
性是指詞在一定的時段內使用，地域性是指詞只在一定的地域內通行。揭示詞
的時代性和地域性是詞彙史學科的基本任務之一，也是正確訓釋詞義的一個重
要因素。」[註32]在楚簡字詞的考釋中，我們盡量以先秦的同時同質文獻為主
要書證，晚出文獻，盡量不用，必須用時，只作佐證。

在字詞考釋時，如果用後世的書證來證明前世的材料，無疑犯了以「後」
證「前」的錯誤，所得出的結論恐怕不可靠的。上博九《舉治王天下》第30、
31簡「禹疏江為三，疏河為九，百川皆導，賽（塞）專九十，決瀆三百。百
丩旨，身鯩鰡。」關於「鯩鰡」一詞，學者多有討論。在釋讀「鯩」時，蔡
偉將「鯩」讀為「鱗」，其論述如下:

「鯩」，按照漢字結構的一般規律，此字應是從「侖」得聲的形
聲字。「侖」從「令」聲，而從「令」從「龠」之字文獻多互為異文

〔註31〕詳見上博八《鶹鶹》釋文，288、289頁。

〔註32〕汪維輝:《論詞的時代性和地域性》，《語言研究》，2006年第2期。

（可參高亨《古字通假會典》【矜與憐】【憐與憐】【軡與轔】【獜與令】條，齊魯書社，1997 年，94～97 頁），故「鯩」可以讀為「鱗」。檢索可知，唐宋詩文中有「鱗皴」之語，如唐・袁高《茶山》詩：「終朝不盈掬，手足皆鱗皴。」宋・范成大《巫山高》詩：「西真功高佐禹跡，斧鑿鱗皴倚天壁。」元・劉祁《歸潛志》卷二：「軒姿古鏡黑如漆，錦華鱗皴秋雨濕。」〔註33〕

「鯩」能否讀為「鱗」另做考慮，但以「唐宋詩文」的例證來論證戰國時期的楚簡詞彙，屬於典型的「以後證前」，恐不可取。

在楚簡字詞考證過程中，二重證據法是總體的指導思想，也能在個案分析中用到。據境分析和破通假是具體字詞考釋方法，而同質同時書證研究法則是論證的指導思維。在研究中只有將各種方法結合起來，融會貫通，堅持務實求真的態度，堅持從語言的本來面目入手，才能探索出楚簡字詞的真實面目。

〔註33〕蔡偉：《釋「百刂旨身鯩鰡」》，注釋13，復旦網，2013 年 1 月 16 日。

第二章 事語類文獻字詞新證（上）

第一節 《鮑叔牙與隰朋之諫‧競建內之》新證

上博五將《鮑叔牙與隰朋之諫》和《競建內之》分為兩篇，陳劍將其合為一篇，並將竹簡進行重新編聯，經此重新整理，簡文內容更加流暢。本節所載釋文從陳劍的研究成果〔註1〕。本節將對「癹古籚／行古佐」「俚豈羣獸／臺俚取异」「庚民轕樂」「甚才／満／諦忢」「迥伶」等五組詞語進行考釋。

一、癹古籚／行古佐

【相關釋文】

高宗命仮（傅）鳶（說）煋之以祭。既祭，焉命行先王之瀘（法）。癹（發）古籚，行古佐。癹（廢）佐者死，弗行者死。不出三年，韃（狄）人之服者七百邦。

【新證】

整理者將「癹」讀為「廢」，將「籚」隸定為「籚」，讀為「虘」，引說文

〔註1〕陳劍：《談〈上博（五）〉的竹簡分篇、拼合與編聯問題》，《戰國竹書論集》，上海古籍出版社，2013年。

段注訓為「剛暴狡詐」。「𰷣」讀為「作」，訓為「為」，引《禮記·中庸》「苟無其德，不敢作禮樂焉」為證。季旭昇則認為原考釋作「簬」之字實不從「盧」，此字上從竹，下從慮，當讀為「慮」，全句義謂：「祭完之後，神明指示要執行先王之法，重新發起古代的思慮、推行古代的作為，廢棄古代的作為的結果會死，不推行古代的作為的結果也會死。」〔註2〕陳劍在字形隸定和通假上認同季旭昇。林志鵬在字形隸定上同意整理者，將「古簬」讀為「故度」，將其理解為「舊法」〔註3〕。張富海認同季旭昇的說法，舉《禮記·內則》「四十始仕，方物出謀發慮」為證，認為「慮」可言「發」，「發故慮，行故作」即謀慮舉措皆循先故〔註4〕。李學勤認同整理者的隸定，認為「簬」從「盧」聲，古音精母魚部字，讀為「錯」，清母鐸部，係對轉。「迮」讀為「作」《詩·常武》箋：「行也。」「古」均讀為「故」。「廢故錯，行故作」義即廢先祖之所廢，行先祖之所行，而對於廢除先祖所行者，不執行王命者，都須處死。〔註5〕劉信芳另闢新說，將「簬」讀為「勴」，訓為助，認為殷人行助田，其實質是助公田或者說田賦，將「𰷣」讀為「籍」，訓為關市之征。〔註6〕周鳳五認同劉新芳的主要觀點，但在訓釋上略有不同，將「簬」讀為「稅」，「古稅」是農田之稅，「古籍」是工商之稅。〔註7〕蘇建洲認為「娑古簬，行古𰷣」為對偶句，「發」「行」義近，「慮」「𰷣」義近，「𰷣」讀為「圖」，「慮」「圖」皆有圖謀計劃的意思。〔註8〕王凱博亦將「𰷣」讀為「籍」，但訓為法籍、經法。〔註9〕

按：字形隸定和通假上，筆者認同季旭昇說法。張富海所釋「慮」字，已經基本上接近正確釋義，所引《禮記·內則》亦是確證，但對「發」和「作」的訓釋尚可商榷。

「娑」當讀為「發」，訓為行，《詩·大雅·烝民》：「賦政于外，四方爰

〔註2〕季旭昇：《上博五芻議（上）》，簡帛網，2006年2月18日。

〔註3〕林志鵬：《上博（五）零釋》，簡帛網，2006年2月22日。

〔註4〕張富海：《上博五〈鮑叔牙與隰朋之諫〉補釋》，《北方論叢》，2006年第4期。

〔註5〕李學勤：《試釋楚簡〈鮑叔牙與隰朋之諫〉》，《文物》，2006年第9期。

〔註6〕劉信芳：《上博藏五試解四則》，載於《楚地簡帛思想研究（三）——新出楚簡國際學術研討會論文集》，湖北教育出版社，2007年。

〔註7〕周鳳五：《上博五〈競建內之〉、〈鮑叔牙與隰朋之諫〉補釋》，《臺大中文學報》，2008年第28期。

〔註8〕蘇建洲：《〈上博五·鮑叔牙與隰朋之諫（競建內之）〉剩義掇拾》，《簡帛》第九輯，上海古籍出版社，2014年。

〔註9〕王凱博：《出土文獻資料疑義探研》，吉林大學博士學位論文，2018年。

發。」馬瑞辰《毛詩傳箋通釋》：「按《商頌》『遂視既發』，箋：『發，行也。偏省視之教令則盡行也。』此詩『發』亦當訓『行』，承上『賦政于外』言之。『四方爰發』猶云四方之政行焉。」《呂氏春秋・重言》：「齊桓公與管仲謀伐莒，謀未發而聞於國。」高誘注：「發，行。」《史記・商君列傳》：「發教封內，而巴人致貢。」「籩」當讀為「慮」，訓為謀。《爾雅・釋詁一》：「慮，謀也。」《詩・小雅・雨無正》：「昊天疾威，弗慮弗圖。」鄭玄箋：「慮、圖皆謀也。」《周禮・秋官・朝士》：「若邦凶荒、札喪、寇戎之故，則令邦國、都家、縣鄙慮刑貶。」鄭玄注：「慮，謀也。」《呂氏春秋・安樂》：「以百與六十為無窮者之慮，其情必不相當矣。」高誘注：「慮，謀也。」《韓非子・喻老》：「白公勝慮亂，罷朝，倒杖而策銳貫頤，血流至於地而不知。」王先慎集解引《秦策》高注：「慮，謀也。」《漢書・杜周傳》：「國家政謀，鳳常與慮之。」顏師古注：「慮，計也。」「發古慮」，即施行以前的謀略。

「𢼒」從「作」得聲，可讀為「圖」，從蘇建洲觀點。上博簡《緇衣》第12簡：「毋吕（以）少（小）悆（謀）敗大煮（圖），毋吕（以）辟（嬖）御嘼（盅）妝（莊）后，毋吕（以）辟（嬖）士嘼（盅）大夫、向（卿）使（士）。」郭店簡《緇衣》簡22、23簡：「毋以小悆（謀）敗大惰（圖）」，而傳世本《緇衣》則為：「毋以小謀敗大作，毋以嬖御人疾莊后，毋以嬖御士疾莊士、大夫、卿士。」可見「作」與「圖」在楚簡中可通假。「圖」可訓為「法度」。《楚辭・九章・懷沙》：「章畫志墨兮，前圖未改。」王逸注：「圖，法也。以言人遵先聖之法度，修其仁義，不易其行，則德譽興而榮名立業。」「行古圖」與「發古慮」相對為文，指施行古代的謀略和法令。

二、俚堂羣獸／靐俚取弄

【相關釋文】

或（又）吕（以）豎（豎）逌（勹）弄（與）𠬝（易）盇（牙）為相。二人也，俚（朋）堂（黨）羣獸，靐（遘）俚（朋）取弄（與），䐑（厭）公善而㝱之，不吕（以）邦豕（家）為事。

【新證】

整理者將簡文讀為「二人也，朋黨，群獸遘，朋取與說，公告而僯」，將

「朋黨」訓為名詞，指同類人相互勾結排除異己者。認為「群獸」是群獸亂世也，引《說文通訓定聲》訓「遷」為「行步不絕之貌」。「說」訓為諫諍、救正。「儌」引《集韻》訓為「漸恥」，並引《戰國策‧齊策》「使管仲終窮抑，幽囚而不出，漸恥而不見，窮年沒壽，不免為辱人見行也。」陳劍讀為「二人也朋黨，群獸遷珊」。禤健聰讀為「二人也，朋黨，群獸邀朋」，認為「遷」字所從聲旁當為「要」之誤，讀為「邀」，認為「邀」和「群」都用為動詞〔註10〕。楊澤生讀為「二人也，朋黨群獸，邀朋聚與」，認為「朋黨」用作動詞，後面的「群獸」是該行為的對象，可讀為「群守」或「群侯」〔註11〕。李守奎亦讀「獸」為「守」，認為「朋黨群守」就是勾結眾守官，「婁（數）」訓「屢」，似說與「取與」頻率密。「儌」讀為「倍」，似說「取與」數量之多。認為「取與」似說凌駕君主之上，擅取擅與。〔註12〕李學勤認為「獸」音書母幽部，讀為昌母幽部的「丑」，「遷」可訓為「牽」，認為「朋黨群醜，婁朋取與」義正與《韓非子‧有度》「交眾與多，外內朋黨」近似。「蕎」讀為「教」，「儌」則讀為「暌」，意謂乖離。句子的大義大概是不聽桓公的教誨而與之背反。〔註13〕蕭聖中認為儌、黨、蕚均以名詞用如動詞，為朋比結黨之義，因為黨羽同類異類，親疏遠近不同，故有三種名稱。「獸遷」義為像野獸那樣群聚。「取」讀「聚」，「儌聚」即像鳥類那樣聚集。〔註14〕林志鵬讀為「二人也朋黨，群疇摟朋，取與厭公。」〔註15〕朱豔芬讀「蕚」為「螻」，認為「螻朋」讀「螻」是名詞作狀語，像螻蛄一樣。〔註16〕

按：簡文斷句當從楊澤生說法。禤健聰認為「邀（遷）」和「群」用為動詞，甚是，李學勤關於「蕎」和「儌」的訓釋可從。

「朋黨群獸」四字同義連文，均為動詞，朋，群聚，《書‧益稷》：「朋淫於家，用殄厥世。」孔傳：「朋，群也。」黨，結黨，《左傳‧文公六年》：「陽

〔註10〕禤健聰：《上博楚簡（五）零札（一）》，簡帛網，2006年2月24日。
〔註11〕楊澤生：《上博（五）零釋十二則》，簡帛網，2006年3月20日。
〔註12〕李守奎：《〈鮑叔牙與隰朋之諫〉》，載丁四新主編《楚地簡帛思想研究（三）「新出楚簡國際學術研討會」學術論文集》，湖北教育出版社，2007年。
〔註13〕李學勤：《試釋楚簡〈鮑叔牙與隰朋之諫〉》，《文物》，2006年第9期。
〔註14〕蕭聖中：《上博竹書（五）箚記三則》，載丁四新主編《楚地簡帛思想研究（三）「新出楚簡國際學術研討會」學術論文集》，湖北教育出版社，2007年。
〔註15〕林志鵬：《楚竹書〈鮑叔牙與隰朋之諫〉考釋三則》，簡帛網，2007年7月10日。
〔註16〕朱豔芬：《〈競建內之〉與〈鮑叔牙與隰朋之諫〉集釋》，吉林大學2008年碩士學位論文。

處父至自溫，改蒐于董，易中軍。陽子，成季之屬也，故黨於趙氏。」羣，聚合，《論語・衛靈公》：「君子矜而不爭，羣而不黨。」朱熹集注：「和以處眾曰羣。」《荀子・非十二子》：「壹統類而羣天下之英傑。」楊倞注：「羣，會合也。」獸，可通為「酋」，師袁簋：「即殘邦酋。」小盂鼎：「執酋三人」，「酋」即「酋」。「酋」讀為「逎」，訓為會聚，《詩・商頌・長發》：「不競不絿，不剛不柔。敷政憂憂，百祿是逎。」毛傳：「逎，聚也。」簡文用四字同義連文來說明「二人」朋比為奸之事。

　　邅，當讀為「藪」，原指人或物聚集之所，《書・武成》：「為天下逋逃主，萃淵藪。」此處用如動詞，亦是聚集。《廣雅・釋地》：「藪，池也。」王念孫《廣雅疏證》：「藪之言聚也，草木禽獸之所聚也。」《周禮・天官・大宰》：「九曰藪，以富得民。」「朋」「與」當為名詞，訓為黨與、朋黨。《說文・舁部》：「與，黨與也。」《荀子・強國》：「今已有數萬之眾者也，陶誕比周以爭與。」楊倞注：「與，謂黨與之國也。」《史記・張耳陳餘列傳》：「敵多則力分，與眾則兵強。」《漢書・燕刺王劉旦傳》：「今陛下承明繼成，委任公卿，群臣連與成朋，非毀宗室，膚受之訴，日騁於廷，惡吏廢法立威，主恩不及下究。」「藪朋」「聚與」即為聚集黨與。

三、庚民轆樂

【相關釋文】

　　縱（縱）公之所欲，庚民轆（獵）樂。籈迟伓忨，皮（疲）敝（弊）齊邦。日成（盛）於縱（縱），弗賵（顧）㝷（前）後。百眚（姓）皆㑂（怨）悁（悁），溫（奄）肰（然）牆（將）莣（亡），公弗詰。

【新證】

　　關於「庚民轆樂」的訓讀，研究者眾說紛紜。整理者讀為「庚民怫樂」，引《釋名》將「庚」訓為堅強，「怫」引《說文》訓為「鬱也」。將「籈」讀為「敦」引《說文》訓為「怒也，詆也」。將「迟」隸定為「遧」，讀為「堪」，將「伓忨」讀為「倍願」。陳劍將「籈」讀為「篤」。袁金平將整理者隸定的「庚」改為「弇」，認為兩者在形體上十分相近，應是一字異體。將「弇」讀為「鞭」，引《說文》「鞭，驅也」，認為在簡文中指古代官刑之一的鞭刑，引

《國語·魯語上》「薄刑用鞭扑，以威民也」為證。引《爾雅》將「獵」訓為「虐」，將簡文理解為豎刁、易牙鞭扑威民，暴虐作樂〔註17〕。季旭昇認同袁金平將「庚」改釋為「弁」並讀為「鞭」，「獵」可訓為取。將「篤逗怀忨」讀為「篤歡附忨」，訓為「盡情歡樂，加倍貪求」〔註18〕。李學勤則認同整理者隸定的「庚」，並將其讀為「更」。將「篤」讀為「毒」，訓為役使。將簡文理解為役使過渡，違背民眾意願。季旭昇讀為「殘民獵樂」〔註19〕。劉信芳讀為「浼民」〔註20〕。米敬萱讀「轢樂」為「躒轢」，認為是連綿詞「凌轢」的一種變化，義為虐害、暴虐。〔註21〕徐在國讀為「乂民」〔註22〕

　　按：關於「庚」的隸定，筆者贊同整理者和李學勤之說，「篤逗怀忨」暫從季旭昇說法。研究者將「庚」改隸定為「弁」讀為「鞭」，從字形角度證據似不足。而從上下文來看，此句大義當指豎刁和易牙「縱（縱）公之所欲」，當與上文「驅达（逐）畋（田）繳（弋），亡（無）羿（期）モ（度）」相呼應，指桓公縱情於遊樂之事。訓為「弁」讀為「鞭」，不但於字形不符，而且與史實不符，齊桓公晚年雖然昏聵，但卻並非是桀紂那樣的暴君，將「庚民轢（獵）樂」理解為「鞭笞百姓為樂」，恐怕不妥。

　　「庚民轢樂」當讀為「康湎獵樂」。「庚」可讀為「康」，上博五《季庚子問於孔子》「季庚子」即典籍中的「季康子」。「康」訓為「逸」，西周晚期金文《𩁹簋》：「余亡康晝夜，㽙（經）擁（雍）先王。」與簡文「康」用法同。戰國早期金文《齊陳曼簠》：「齊陳曼不敢逸康，肇堇（謹）經德。」「逸」「康」同義連文。《詩經·周頌·天作》：「昊天有成命，二后受之。成王不敢康，夙夜基命宥密。」鄭玄箋：「不敢自安逸早夜始。」〔註23〕「民」當讀為「湎」，

〔註17〕袁金平：《讀上博（五）劄記三則》，簡帛網，2006年2月26日。

〔註18〕季旭昇：《〈上博五·鮑叔牙與隰朋之諫〉「篤歡附忨」解》，簡帛網，2006年3月6日。

〔註19〕季旭昇：《上博五〈鮑叔牙與隰朋之諫〉試讀》，載丁四新主編《楚地簡帛思想研究（三）「新出楚簡國際學術研討會」學術論文集》，湖北教育出版社2007年版。

〔註20〕劉信芳：《楚簡「免」與從「免」之字釋釋》，《古文字研究》第27輯，中華書局，2008年。

〔註21〕米敬萱：《新出楚簡的釋讀實踐與方法思考》，臺灣大學2009年碩士學位論文。

〔註22〕徐在國：《〈詩·周南·葛覃〉「是乂是濩」解》，《安徽大學學報》（哲學社會科學版）2017年第5期。

〔註23〕筆者原將「康」讀為「荒」，訓為縱慾迷亂、逸樂過度。《孟子·梁惠王下》：「從獸無厭謂之荒，樂酒無厭謂之亡。」曹錦炎先生指出，「康」可直接訓為「逸」，不必轉到「荒」，並提供了金文和典籍的書證。先生釋讀更為直接。

《書‧呂刑》：「泯泯棼棼。」《漢書‧敘傳》《論衡‧寒溫》都作「涽涽紛紛」。涽，沉迷於酒，《書‧酒誥》：「罔敢涽於酒。」孔傳：「無敢沉涽於酒。」《穀梁傳‧僖公十九年》：「梁亡，自亡也。如加力役焉，涽不足道也。」《史記‧宋微子世家》：「紂沉涽於酒，婦人是用。」亦可訓為放縱、散漫無節。《左傳‧成公二年》：「蠻夷戎狄，不式王命，淫涽毀常，王命伐之，則有獻捷。王親受而勞之，所以懲不敬、勸有功也。」《禮記‧樂記》：「慢易以犯節，流涽以亡本。」

　　「獵樂」為並列結構「田獵和聲樂」，典籍中講到君王荒淫無道詩，常常「田獵」與「聲樂」並用，《孟子‧盡心下》：「般樂飲酒，驅騁田獵，後車千乘，我得志弗為也。」《國語‧越語下》：「王其且馳騁弋獵，無至禽荒；宮中之樂，無至酒荒；肆與大夫觴飲，無忘國常。」《墨子‧非命中》：「是故昔者三代之暴王，不繆其耳目之淫，不慎其心志之辟，外之驅騁田獵畢弋，內沈於酒樂，而不顧其國家百姓之政。」「庚民轎（獵）樂」當指豎刁和易牙縱使齊桓公沉涽於聲樂田獵之事。

四、甚才／溝／諦忞

【相關釋文】

　　日既，公昏（問）二大夫：「日之飤（食）也，害為？」鞄（鮑）啻（叔）盇（牙）詥（答）曰：「星叀（使）。」子曰：「為齊［□］［□］言曰多。」鞄（鮑）啻（叔）盇（牙）詥（答）曰：「害牁（將）坴（來），牁（將）又（有）兵，又（有）惎（憂）於公身。」公曰：「肰（然）則可敓（說）异（歟）？」汲（隰）俌（朋）詥（答）曰：「公身為亡（無）道，不踐於善而敓（說）之，可啻（乎）才（哉）？」公曰：「甚才虗（吾）不溝二厽（三）子，不諦（譎）忞（怒）募（寡）人，至於叀（使）日飤（食）。」

【新證】

　　對於桓公這句話「甚才吾不溝二三子不諦忞寡人至於叀日食」的理解，學界眾說紛紜。整理者陳佩芬將「甚」字隸定為「尚」，讀為「當」，認為「溝」

讀為「漫」，訓為放縱。「諦」，引《說文》訓為「審」。「忢」，是「恕」的古字，引《說文》訓為「仁」，「叟」，讀為「辨」，將整句讀為「當在吾，不漫二三子，不諦恕，寡人將至於辨日食」〔註24〕。季旭昇認為「溝」即「瀨」，疑讀為「賴」，恃也，謂不依恃二三子，不聽二三子之言。陳劍將整句讀為「當在吾，不賴二三子，不諦忢，寡人使日食」〔註25〕。何有祖將整理者隸定為「尚」的字改隸定為「甚」，甚」後一字原釋文作「才（在）」，可商，當讀作「哉」。「甚哉」當屬上讀。「虗（吾）」原屬上讀，當屬下讀〔註26〕。陳偉讀為「甚哉，吾不賴。二三子不責怒寡人，至於使日食。」在「賴」字後斷句，認為「甚哉，無不賴」是謂語前置的感歎句，「不賴」大概等同於「無賴」，指缺乏才能。將「諦」讀為「責」，將「忢」讀為「怒」，理解為桓公說二三子不敢嚴責自己〔註27〕。李學勤讀為「甚哉吾不勱！二三子不諦，恕寡人，至於變日食。」理解為群臣不加責怪，以至於招致日食天譴。林志鵬讀為「當在吾，不賴二三子不諦焉，寡人至於使日食！」〔註28〕許無咎讀「諦忢」為「謫怒」〔註29〕楊澤生「甚才」讀為「傷哉」。李守奎「溝」讀為「勱」，「忢」讀為「誨」，「諦誨」義為詳審地教誨。

按：季旭昇將「溝」讀為「賴」，陳偉將「忢」讀為「怒」，李學勤將「諦」讀為「謫」，這些觀點是可取的。桓公這句話出現的話段如下：

公曰：「肰（然）則可敚（說）異（歟）？」

汲（隰）偞（朋）詥（答）曰：「公身為亡（無）道，不踐於善而敚（說）之，可啻（乎）才（哉）？」

公曰：「甚才虗（吾）不溝二弎（三）子不諦忢募（寡）人至於叟日飤（食）。」

鞄（鮑）弔（叔）齒（牙）異（與）汲（隰）偞（朋）曰：「羣臣之皋（罪）也。」

〔註24〕上博五第173頁。
〔註25〕陳劍：《談談〈上博（五）〉的竹簡分篇、拼合與編聯問題》，《戰國竹書論集》，上海古籍出版社，2013年。
〔註26〕何有祖：《上博五楚竹書〈競建內之〉箚記五則》，簡帛網，2006年2月18日。
〔註27〕陳偉：《新出竹簡研讀》，武漢大學出版社，2012年，第216～217頁。
〔註28〕林志鵬：《上博館藏楚竹書〈競建內之〉重編新解》，簡帛網，2006年2月5日。
〔註29〕許無咎：《上博楚竹書（五）〈競建內之〉箚記一則》，簡帛研究網，2006年2月5日。

分析君臣的對話，桓公詢問日食可不可以「說」祭。隰朋的回答是齊桓公行無道，不為善政，卻用「說」祭祀，可以嗎？這是一句反問句。傳世文獻中經常以「乎哉」連言表示反問，如《左傳・襄公二十五年》：「將可乎哉？殆必不可。」《論語・子罕》：「吾有知乎哉？無知也。」「可乎才（哉）」中的「才」讀為「哉」，下句桓公回答中的「甚才」也當讀為「哉」，一般來講，如此近的上下文，而且是問句和答句的關係，同一個字形不會通假為兩個字。何有祖讀「甚才」為「甚哉」的觀點可從。典籍中「甚哉」較為常見，如《左傳・昭公八年》：「史趙見子大叔，曰：『甚哉，其相蒙也！可弔也，而又賀之。』」《昭公二十五年》：「簡子曰：『甚哉，禮之大也！』」《禮記・檀弓上》：「子游曰：『甚哉，有子之言似夫子也！』」《國語・晉語三》：「郭偃曰：『甚哉，善之難也！』」《孝經・三才》：「曾子曰：『甚哉，孝之大也！』」分析這些例句，可以看出「甚哉」往往表示強烈的讚許或感歎，簡文此處以「甚哉」回答上句「可乎哉」的反問，文義順通。

「吾不賴二三子」，《廣雅・釋詁》：「賴，恃也。」《書・大禹謨》：「帝曰：『俞，地平天成，六府三事允治，萬世永賴，時乃功。』」孔穎達疏：「汝治水土，使地平天成，六府三事信皆治理，萬代長所恃賴，是汝之功也。」《左傳・襄公十四年》：「王室之不壞，繄伯舅是賴。」「謫」讀為「謫」，《左傳・昭公七年》有一段記載可與簡文互證：

> 夏，四月甲辰朔，日有食之。晉侯問於士文伯曰：「誰將當日食？」對曰：「魯、衛惡之。衛大，魯小。」公曰：「何故？」對曰：「去衛地如魯地，於是有災，魯實受之。其大咎其衛君乎！魯將上卿。」公曰：「《詩》所謂『彼日而食，于何不臧』者，何也？」對曰：「不善政之謂也。國無政，不用善，則自取謫於日月之災，故政不可不慎也。務三而已：一曰擇人，二曰因民，三曰從時。」

其中「國無政，不用善，則自取謫於日月之災，故政不可不慎也」之句可與簡文「謫忿寡人」及上文「不踐於善而敓（說）之」對讀。

「不謫忿寡人」之「不」，只作助詞，用以加強語氣，並無實際意義。這種情況在傳世文獻和出土文獻中比較常見，早期作語助的「不」主要在《詩經》《楚辭》等韻文中，用以補充音節。如《小雅・車攻》：「徒御不驚，大庖不盈。」毛傳：「不驚，驚也；不盈，盈也。」《楚辭・招魂》：「被文服纖，

麗而不奇些。」王逸注:「不奇,奇也。」後期經常在對話中出現,表示語氣。如《逸周書‧大匡》:「不穀不德,政事不時,國家罷病,不能胥匡,二三子不尚助不穀,官考厥職,鄉問其人,因其耆老,及其總害,慎問其故,無隱乃情。」孔晁注:「不尚,尚也。」《禮記‧射義》:「不在此位也。」「不在」即「在」,「不若」即「若」,《經義述聞‧爾雅中‧不律謂之筆》:「不者,發聲。猶滑謂之不滑(見釋丘),類謂之不類,若謂之不若(見釋魚)也。不律謂之筆,猶言律謂之筆耳。」上博簡中這種用法更為常見。上博一《民之父母》:「傾耳而聖(聽)之,不可得而聒(聞)也;明目而視之,不可得而見也。」「不可」即「可」。上博二《魯邦大旱》:「魯邦大旱,哀公胃(謂)孔子:『子不為我圖之。』(孔子答)曰:『邦大旱,母(毋)乃失者(諸)型(刑)與惪(德)乎?』」「不為」即「為」。上博四《曹沬之陳》:「昔堯之鄉(饗)舜也,飯於土輹(簋),欲〈啜〉於土型(鉶),而攺(撫)又(有)天下。此不貧於散(美)而富於惪(德)與(歟)。」

五、迵伃

【相關釋文】

乃命百又(有)嗣(司)曰:「又(有)虘(夏)是(氏)觀丌(其)容呂(以)叟(使)。迏(及)丌(其)薨(亡)也,皆為丌(其)容。醫(殷)人之所呂(以)弋(代)之,觀丌(其)容,聖(聽)丌(其)言。遷丌(其)所呂(以)薨(亡),為丌(其)容,為丌(其)言。周人之所呂(以)弋(代)之,觀丌(其)容,聖(聽)丌(其)言,迵伃者叟(使)。遷丌(其)所呂(以)衰薨(亡),忘丌(其)迵伃也。二厽(三)子孚(勉)之,募(寡)人將迵伃。」

【新證】

關於「迵伃」釋讀,研究者眾所紛紜,整理者讀為「佝僂」,認為是一種骨軟症。張富海提供了一條關於三代取人之法的重要書證,《大戴禮記‧少閒》:「子曰:『昔堯取人以狀,舜取人以色,禹取人以言,湯取人以聲,文王取人以度,此四代五王之取人以治天下如此。』」〔註30〕根據這條書證,李銳

〔註30〕張富海:《上博簡五釋詞二則》,簡帛網,2006 年 5 月 10 日。

將「迵佮」讀為「考度」，根據《大戴禮記》盧辨注，義為考察志度。但又指出，「考度」古書多為「考慮」之義，或許用為考察志度當是引申義〔註31〕。林志鵬讀為「考實」，引《韓非子・外儲說左上》「故籍之虛辭則能勝一國，考實按形不能謾於一人」為證〔註32〕。董珊讀為「考治」，所引書證為東漢王符《潛夫論・考積》：「夫守相令長效在治民，州牧刺史在憲聰明，九卿分職以佐三公，三公總統典合陰陽，皆當考治以儌實為王休者也。」又針對「考治」放在「考治者使」中讀不通的情況，認為其中的「者」當與「有夏氏觀其容以使之」之「以」字情況相同，是「以」誤書為「者」而未經校改〔註33〕。史傑鵬讀為「耇鮐」，認為周人有尊老的習俗，故訓為年老有德的人。對於「耇鮐」本身已是名詞，然而又出現在「耇鮐者使」的情況，引朱德熙觀點認為「者」是一種帶有自指的語法功能，加不加它，都不影響它前面名詞的語義〔註34〕。季旭昇初讀為「劬劬」，訓為「勤勞」〔註35〕。後又讀為「愨志」，訓為「誠敬其心」，認為對官治的要求，由夏而商而周，其重心由外在的「容」到「言」，最後到內在的道德心性，除了符合社會的進化外，也符合周人文化特性〔註36〕。蘇建洲讀為「厚德」，認為「厚德」在三處簡文中均可讀通，而厚德是古人推舉人才的重要標準〔註37〕。史德新讀為「考聖」〔註38〕劉信芳讀為「區治」，分別情況進行治理。〔註39〕王志平讀為「後嗣」〔註40〕。黃儒宣讀為「句指」「拘指」。〔註41〕

〔註31〕李銳：《上博（五）箚記二則》，《古籍整理研究學刊》，2007 年第 3 期。

〔註32〕林志鵬：《戰國竹書〈鮑叔牙與隰朋之諫〉釋注》，《簡帛研究二〇〇八》，廣西師範大學出版社，2010 年。

〔註33〕董珊：《〈鮑叔牙〉篇的「考治」與其歷史文獻背景》，《簡帛》第七輯，上海古籍出版社，2012 年。

〔註34〕史傑鵬：《釋〈鮑叔牙與隰朋之諫〉中的「迵佮」》，《古文字研究》第 28 輯，中華書局，2010 年。

〔註35〕季旭昇：《上博（五）芻議》，簡帛網，2006 年 2 月 18 日。

〔註36〕季旭昇：《〈上博五・鮑叔牙與隰朋之諫〉「愨志」考》，《中國文字》新 37 期，藝文印書館，2011 年。

〔註37〕蘇建洲：《〈上博五・鮑叔牙與隰朋之諫（競建內之）〉剩義掇拾》，《簡帛》第九輯，上海古籍出版社，2014 年。

〔註38〕史德新：《〈鮑叔牙與隰朋之諫〉的文獻學研究》，四川大學 2007 年碩士論文。

〔註39〕劉信芳：《楚簡帛通假彙釋》，第 63、153、577 頁，高等教育出版社 2011 年版。

〔註40〕王志平：《〈鮑叔牙與隰朋之諫〉與三代損益之禮》，《簡帛》第 6 輯，上海古籍出版社，2011.

〔註41〕黃儒宣：《上博楚簡字詞考釋九則》，《古籍整理研究學刊》，2012 年第 5 期。

按：李銳將「彸」讀為「度」，在語音上似可商榷，二者韻部不同，古書也未見通假書證。董珊讀為「考治」可商榷。文獻中「考治」的始見書證是在東漢，先秦文獻未見「考治」，屬於以「後」證「前」。所引書證來自東漢時期的《潛夫論》，所論述的官職與先秦差別較大，並不足以證明先秦推舉人才的情況。在「考治者使」不通的情況下，將「者」改為「以」以適應其觀點不妥。史傑鵬觀點在音上可通，但在訓釋上似可商榷。「寡人將考鮐」文義不甚通順，雖說引入「自指」、「轉指」等概念來論述其說，但仍不能讓人信服。季旭昇初讀「迿」為「劬」，訓為勤可從，但卻未能解決「彸」的讀釋問題。後期轉讀為「慤志」，解釋較為曲折。

「迿」字釋讀從季旭昇初說讀為「劬」，《集韻·虞韻》：「劬，勤也。」《詩·小雅·蓼莪》：「蓼蓼者莪，匪莪伊蒿。哀哀父母，生我劬勞。」《禮記·內則》：「食子者，三年而出，見於公宮則劬。」「彸」，從「勻」得聲，可讀為「事」，郭店簡《唐虞之道》：「昏（聞）舜弟，智（知）其能約天下之長也。」裘錫圭按語讀為「事」。

「劬事」即典籍中的「勤事」，盡心盡力於職事，《禮記·祭法》：「夫聖王之制祭祀也，法施於民則祀之，以死勤事則祀之，以勞定國則祀之，能御大菑則祀之，能捍大患則祀之。」《論衡·命祿》：「勉力勤事以致富，砥才明操以取貴。」君王選拔賢才時，勤於職事是一個很重要的標準，《墨子·尚賢中》記載：

> 賢者之治國也，蚤朝晏退，聽獄治政，是以國家治而刑法正。
>
> 賢者之長官也，夜寢夙興，收斂關市、山林、澤梁之利，以實官府，
>
> 是以官府實而財不散。賢者之治邑也，蚤出莫入，耕稼樹藝、聚菽
>
> 粟，是以菽粟多而民足乎食。

其中「蚤朝晏退」「夜寢夙興」「蚤出莫入」都是「勤事」的具體表現。

簡文中共有三處「迿彸」：迿彸者叓（使）；忘其迿彸也；寡人將迿彸。「迿彸」訓為「勤事」均文義通順。

【完整釋文】

鞄（鮑）弔（叔）盄（牙）與級（隰）倗（朋）之諫【鮑叔牙9】

競（景）畫（建）內之【競建1背】

［□□］坴，級（隰）倗（朋）與鞄（鮑）咠（叔）盄（牙）從。日

既，公昏（問）二大夫：「日之飤（食）也，寯（曷）為？」鞄（鮑）㫃（叔）盉（牙）詥（答）曰：「星叀」。子曰：「為齊【競建1】［□□］」「□言曰多。」鞄（鮑）㫃（叔）盉（牙）詥（答）曰：「害牉（將）坴（來），牉（將）又（有）兵，又（有）惥（憂）於公身。」公曰：「肰（然）則可敓（說）异（歟）？」汲（隰）倗（朋）詥（答）曰：「公身【競建5】為亡（無）道，不遾（遷）於善而敓（說）之，可虐（乎）才（哉）？」公曰：「甚才（哉）！虗（吾）不滿二厽（三）子，不諦（謫）忞（怒）募（寡）人，至於叀日飤（食）！」鞄（鮑）㫃（叔）盉（牙）【競建6】异（與）汲（隰）倗（朋）曰：「羣臣之皋（罪）也。昔高宗祭，又（有）鷚（雉）�（雊）於蘷（彝）䑤（前）。卲（召）祖己天〈而〉昏（問）女（焉），曰：『是可（何）也？』祖己詥（答）曰：『昔先君【競建2】客（格）王，天不見夭（祆），墬（地）不生孽，則欣（祈）者（諸）禨（鬼）神，曰：「天墬（地）盟（明）棄（棄）我矣！」近臣不訐（諫），遠者不方（謗），則攸（修）者（諸）向（鄉）【競建7】里。含（今）此，祭之旻（得）福者也。昌（請）煬之吕（以）寮𦟤。既祭之遆（後），女（焉）攸（修）先王之瀍（法）。」高宗命佼（傅）鳶（說）煬之吕（以）【競建4】祭。既祭，女（焉）命行先王之瀍（法）。叕（發）古籚，行古𡉈。叕（廢）𡉈者死，弗行者死。不出三年，鷨（狄）人之㤅（服）者七百【競建3】邦。此能從善天〈而〉迲（去）祅（禍）者。」公曰：「虗（吾）不智（知）丌（其）為不善也。含（今）內之不旻（得）百生（姓），外之為者（諸）𡊮（侯）狀（笑）。募（寡）人之不【競建8】勎（肖）也，幾（豈）不二子之惥（憂）也才（哉）？」伋（隰）倗（朋）异（與）鞄（鮑）㫃（叔）盉（牙）皆拜，記（起）天〈而〉言曰：「公身為亡（無）道，僧（擁）芋（華）佣（孟）子，吕（以）駝（馳）於倪【競建9】市。迫（驅）迖（逐）畋（田）繎（弋），亡（無）罙（期）乇（度）。或（又）吕（以）豎（豎）迊（刁）异（與）敚（易）盉（牙）為相。二人也，倗（朋）堂（黨）羣獸，蟸倗（朋）取异（與）。賵（魘）公蒼而𡼋【競建10】之，不吕（以）邦豪（家）為事。縱（縱）公之所欲，庚民轚（獵）樂，籔逗怀忼，皮（疲）敝（弊）齊邦。日成（盛）於縱（縱），弗賵（顧）䑤（前）遆（後）。百【鮑叔牙4】

眚（姓）皆㿍（怨）悁（悁），瀘（奄）肰（然）酒（將）蒐（亡），公弗詰。罷（讒）臣售（雖）欲訐（諫），或不昱（得）見，公沽弗謀（察）。人之生（性）厽（三）：飤（食）、色、息。含（今）豎（豎）迚（勹），佖（四）夫而欲【鮑叔牙 5】智（知）壐（萬）輮（乘）之邦，而貴尹，丌（其）為芯（災）也深矣。愓（易）盇（牙），人之與者（煮）而飤（飼）人，丌（其）為不悥（仁）厚矣。公弗悥（圖），必蠚（害）公身。」公曰：「肰（然）則系（奚）【鮑叔牙 6】女（如）？」鞄（鮑）晋（叔）盇（牙）曶（答）曰：「齊邦至亞（惡）死，而辵（上）秋（愍）丌（其）型（刑）；至欲飤（食），而上厚丌（其）贅（斂）；至亞（惡）何（苛），而上不旹（時）叟（使）。」公乃身命祭。又（有）嗣（司）祭備（服）毋絞（繡），【鮑叔牙 7】器必罷（讒）慦（潔），毋內錢器。羍（犧）生（牲）珪（圭）璧，必全女（如）耆（故），伽（加）之㠯（以）敬。乃命又（有）嗣（司）箸（著）槃（作）浮，老舅（弱）不型（刑）。敀繩繎（短），田繩長，百糧箄（箄）。命【鮑叔牙 3】九月敘（除）迮（路），十月而徒秒（梁）成，一之日而車秒（梁）成。乃命百又（有）嗣（司）曰：「又（有）量（夏）是（氏）觀丌（其）容㠯（以）叟。汲（及）丌（其）蒐（亡）也，皆為丌（其）容。醫（殷）人之所㠯（以）弋（代）之，觀丌（其）容，聖（聽）丌（其）【鮑叔牙 1】言。遷丌（其）所㠯（以）蒐（亡），為丌（其）容，為丌（其）言。周人之所㠯（以）弋（代）之，觀丌（其）容，聖（聽）言，迥佲者叟。遷丌（其）所㠯（以）㷍（衰）蒐（亡），忘丌（其）迥佲也。二厽（三）子孚（勉）之，募（寡）人酒（將）迥佲。」【鮑叔牙 2】是哉（歲）也，晉人戔（伐）齊。既至齊埅（地），晉邦又（有）躝（亂）。帀（師）乃遑（歸），雫坪（平），埅（地）至犂（漆）返（復）。日旀亦不為芯（災），公蟲亦不為哉（害）。【鮑叔牙 8】

第二節　《景公瘧》字詞新證

　　《景公瘧》記載了春秋時期齊景公與晏子關於景公生疾的對話，該內容傳世文獻中亦有記載，散見於《左傳·昭公二十年》《左傳·襄公二十七年》《晏子春秋·景公病久不愈欲誅祝史以謝晏子諫》《晏子春秋·景公有疾梁丘據裔

款請誅祝史晏子諫》和《晏子春秋・景公信用讒佞賞罰失中晏子諫》之中，因竹簡殘損嚴重，內容缺少較多，重新編聯難度較大，各家觀點不一，竹簡順序暫從整理者所定。本節將對「塼情而不愉」「約夾／縛纙」「出喬（矯）於郢」等三組詞語進行考釋。

一、塼**情而不愉**

【相關釋文】

　　王命屈木昏（問）虳（范）武子之行女（焉）。文子畣（答）曰：「夫子叓（使）丌（其）私叓（吏）聖（聽）獄於晉邦，塼情而不愉。叓（使）丌（其）厶（私）祝叓（史）進〔□□〕

【新證】

　　「塼情而不愉」，整理者濮茅左讀為「溥情而不愈」，引《集韻》：「溥，大也，廣也」，又「塗也」。又有「施」「施行」之意，如《詩・小雅・小旻》：「敷于下土。」《詩・商頌・長發》：「敷政憂憂。」溥情而公。將「愉」隸定為「惥」，同「愈」，《集韻》：「愈，勝也，益也。」「愈」，亦通「俞」「愉」。《呂氏春秋・知分》：「俞然而以待耳。」《爾雅・釋詁》：「愉，樂也。」《玉篇》：「愉，悅也。」〔註42〕董珊讀為「迫情而不偷」，將「愉」讀為「偷」，認為簡文句義為范武子私吏聽獄能「迫近情實，而無私情」，即《左傳・昭公二十年》之「竭情無私」〔註43〕。張崇禮讀「塼」為「敷」，訓為陳、報告，認為「塼情」即為報告實情，將「愉」讀為「偷」，訓為苟且，《周禮・地官・大司徒》：「以俗教安，則民不偷。」陸德明釋文：「偷，音偷。」賈公彥疏：「偷，苟且也。」認為「敷情而不偷」義為向君上報告實情而不敢不循禮法〔註44〕。李天虹讀「塼」為「布」，有「顯露」之義，引《左傳・襄公二十一年》：「敢布四體，唯大君命焉。」杜注：「布四體，言無所隱。」認為簡文「愉」字當隸定為「順」，讀為「遁」，訓為隱匿，《楚辭・離騷》「初即與余成言兮，後悔遁而有他」王

〔註42〕上博六第174頁。
〔註43〕董珊：《〈景公瘧〉校讀二則》，簡帛網，2007年7月26日。
〔註44〕張崇禮：《上博簡〈景公瘧〉字詞考釋三則》，《山東省青年管理幹部學院學報》，2016年第6期。

注「遁，隱也」〔註45〕。陳偉讀「塼」為「薄」認為「薄」有迫近、至、致的意思，「薄情」與《左傳·昭公二十年》「竭情」義近。贊同李天虹「愉」為「順」字的說法，但應讀為「徇」，訓為謀求，引《史記·項羽本紀》「今不恤士卒而徇其私，非社稷之臣」。認為簡文「不徇」是說不謀求私利〔註46〕。

按：正如研究者所言，簡文在傳世文獻中多有對照，《左傳·昭公二十年》和《晏子春秋·景公有疾梁丘據裔款請誅祝史晏子諫第七》同為：「夫子之家事治，言於晉國，竭情無私。其祝、史祭祀，陳信不愧；其家事無猜，其祝、史不祈。」《襄公二十七年》則作：「夫子之家事治，言於晉國無隱情，其祝史陳信於鬼神無愧辭。」

先說《昭公二十年》的「竭情無私」，杜預和楊伯峻都未作注釋，在一些今譯本中，對「竭情無私」基本一致：

（1）他的家事很能治理，在晉國說話，毫沒有私情。他的祝史祭祀，所說的禱告，也沒有愧色。（李宗侗《春秋左傳今注今譯》，臺灣商務印書館，1982 年，1220 頁）

（2）這位家族的事情管理的很好，在晉國說話，坦誠心裏所想而沒有私心。（李夢生《左傳譯注》，上海古籍出版社，1998 年，1112 頁）

（3）夫子治家嚴整，獻言於晉國，竭誠無私。（王更生《晏子春秋今注今譯》，臺灣商務印書館，1987，329 頁）

（4）老先生家族中的事處理得很好，在晉國說話，可以盡情而無所隱瞞。（李萬壽《晏子春秋全譯》，貴州人民出版社，1993 年，339 頁）

（5）家族事務處理得很好，在晉國講話，竭盡心意而沒有私念。（石磊《晏子春秋譯注》，黑龍江人民出版社，2002 年，272 頁）

可見研究者均將「竭情無私」之「竭」理解為「竭盡」了。

此處的「竭」當為通假字，通「謁」，謁，稟告，陳述，《說文·言部》：「謁，白也。」《釋名·釋書契》：「謁，詣也。詣，告也。」《禮記·月令》：

〔註45〕李天虹：《上博六〈景公瘧〉字詞校讀》，《古文字學論稿》，安徽大學出版社，2008年。
〔註46〕陳偉：《新出簡帛研讀》，武漢大學出版社，2012 年，第 261～262 頁。

「先立春三日，太史謁之天子曰：『某日立春。』」鄭玄注：「謁，告也。」《儀禮・聘禮》：「乃謁關人。」鄭玄注：「謁，告也。」《戰國策・秦策一》：「臣請謁其故。」「竭情無私」義為報告實情毫無隱瞞。

董珊指出：《左傳》傳世各本「夫子之家事治，言於晉國無隱情」諸語句讀、解釋皆誤。蓋傳世各本應做「夫子之家事（吏）治言〈獄〉於晉國」，與簡本「夫子使其私吏聽獄於晉邦」意思相一致，其後「家事無猜」之「家事」亦應讀作「家吏」，即簡本之「私吏」，是范武子家朝之臣代其主君聽獄，主政；「私祝、史」也是范武子的私家祝、史，主祭祀。〔註 47〕這種說法是有道理的。但將「治言」讀為「治獄」大可不必，「言」本身就有訴訟的意思，《集韻・願韻》：「言，訟也。」《左傳》之「治言」對讀簡文之「聽獄」，指聽理訟獄。

簡文「塼情而不愉」，「塼」當讀為「敷」，訓為展開、鋪開。《書・顧命》：「牖間南向，敷重篾席。」「情」訓為實情，《易・咸》：「觀其所恒，而天地萬物之情可見矣。」《史記・高祖本紀》：「列侯諸將無敢隱朕，皆言其情。吾所以有天下者何？」

「不」此處為語助，並無實際意義。〔註 48〕這種情況在傳世文獻和出土文獻中比較常見，早期作語助的「不」主要在《詩經》《楚辭》等韻文中，用以補充音節。如《小雅・車攻》：「徒御不驚，大庖不盈。」毛傳：「不驚，驚也；不盈，盈也。」《楚辭・招魂》：「被文服纖，麗而不奇些。」王逸注：「不奇，奇也。」後期經常在對話中出現，表示語氣。如《逸周書・大匡》：「不穀不德，政事不時，國家罷病，不能胥匡，二三子不尚助不穀，官考厥職，鄉問其人，因其耆老，及其總害，慎問其故，無隱乃情。」孔晁注：「不尚，尚也。」《禮記・射義》：「不在此位也。」「不在」即「在」，「不若」即「若」，《經義述聞・爾雅中・不律謂之筆》：「不者，發聲。猶滑謂之不滑（見釋丘），類謂之不類，若謂之不若（見釋魚）也。不律謂之筆，猶言律謂之筆耳。」上博簡中這種用法更為常見。上博一《民之父母》：「傾耳而聖（聽）之，不可得而睧（聞）也；明目而視之，不可得而見也。」「不可」即「可」。上博

〔註 47〕董珊：《讀〈上博藏戰國楚竹書（六）〉雜記》，《簡帛文獻考釋論叢》，上海古籍出版社，2014 年。

〔註 48〕此想法承曹錦炎先生提醒。

二《魯邦大旱》：「魯邦大旱，哀公胃（謂）孔子：『子不為我圖之。』孔子答曰：『邦大旱，母（毋）乃失者（諸）型（刑）與惪（德）乎？』」「不為」即「為」。上博四《曹沫之陳》：「昔堯之鄉（饗）舜也，飯於土輻（簋），欲〈啜〉於土型（鉶），而㪅（撫）又（有）天下。此不貧於敚（美）而富於惪（德）與（歟）。」上博五《鮑叔牙與隰朋之諫》中亦有使用：「甚哉，吾不賴二三子。不謫怒寡人，至於使日食。」「不謫怒」即「謫怒」。

「愉」讀為「諭」，訓為告曉，告知。《周禮·秋官·訝士》：「掌四方之獄訟，諭罪刑於邦國。」鄭玄注：「告曉以麗罪及制刑之本意。」孫詒讓正義：「謂以刑書告曉邦國。『制刑之本意』，謂依罪之輕重制作刑法以治之，其意義或深遠難知，訝士則解釋告曉之，若後世律書之有疏議也。」此處和簡文一樣，所涉及對象正是獄訟，「愉」讀為「諭」文順義同，例律兼備。簡文「塼情而不愉」即「敷情而諭」，即以實情告諭國家，與《左傳》之「竭情無私」「治言於晉國無隱情」正好互證。

二、約夾／縛纚

【相關釋文】

今君之貪悟虘（苛）匿（慝），希（肖）韋襠（詛）為亡（無）戕（傷），祝亦亡（無）薔（益）。今斳（薪）登（蒸）思（使）吳（虞）守之，蕈（澤）梁（梁）叟（使）敓（漁）守之，山替（林）叟（使）奠（衡）守之。鼃（舉）邦為欽（禁），約夾者闥，縛纚者賍。

【新證】

「約夾者闥，縛纚者賍」，整理者為「約」為「要」，讀「夾」為「挾」，讀「闥」為「忨」，訓為「貪」。將「縛纚」理解為執法，將「賍」隸定為「賍」，讀為「枉」，將簡文理解為要挾者貪行恣為，橫征其私，執法者枉。陳偉認為「闥」當為「關」，訓為關禁。整理者所言「要挾」一詞出現甚晚，意義亦不合。疑「約」如字讀，為攔阻義，《戰國策·燕策二》：「秦召燕王，燕王欲往。蘇代約燕王。」《史記·蘇秦列傳》：「母不能制，舅不能約。」「夾」讀為「狹」，通作「狹」，也是阻止義。「纚」應讀為「𥿄」或「纓」，《楚辭·九章·悲回風》：「紆思心以為纕兮，編愁苦以為𥿄。」王逸注：「𥿄，絡胸者也。」姜亮

夫校注：「膺、纓聲借字也。」大概引申有羈絡義，與「縛」訓束縛義近。將「者」讀為「諸」。沈培認為此句前面說薪蒸及澤梁、山林皆有專人守之，不許人民接近，後面又說「約挾諸關，縛纚諸市」，即「約挾之於關，縛纚之於市」「約挾」和「縛纚」的對象都是人民。「纚」似可讀為按，指按驗。這裡是說不使人民將薪蒸及澤梁、山林的東西帶出或買賣〔註49〕。曹錦炎先生認為：「關」與「市」相對為文，皆古代徵稅之處，《周禮》有「司關」「司市」執掌其事，「今君貪惽苟悪」，壟斷一切生產資料，禁止百姓對內、對外一切貿易，造成無稅收，即國庫空虛，從這點出發才能準確考證「約夾者闌，縛纚者胏」之句，才能落實「約夾」、「縛纚」詞義。〔註50〕

　　按：陳偉將「約」訓為阻攔，可從。將「纚」讀為「膺」，讀音可通，訓釋可商榷，「膺」字從「月」，本義是是指胸，在此基礎上引申出馬的胸帶，如《詩·秦風·小戎》：「蒙伐有苑，虎韔鏤膺。」毛傳：「膺，馬帶也。」典籍中尚未見「膺」訓為「羈絡」義的例子。「纓」字從「嬰」得聲，古書中未見和「雁」聲字通假的例子。姜亮夫「膺、纓聲借字也」觀點，《漢語大字典》「膺」字條收入，《漢語大詞典》卻未收入，可見也是有爭議的。沈培將「者」讀為「諸」訓為「之於」，從新的角度理解這句話，給了筆者新的啟發。將「雁」讀為「按」，在讀音上可通，銀雀山竹簡《占書》：「蒼案夕鳴。」羅福頤《臨沂漢簡通假字表》云：「蒼案即蒼雁。」但訓為「按驗」，可商，典籍中從未見「按」訓為「按驗」的例子。

　　「縛纚者（諸）胏（市）」之「諸」，當為介詞，相當於「於」，《禮記·祭義》：「孝悌發諸朝廷，行乎道路。」「纚」字當讀為「扞」，「雁」與「干」聲字通，《史記·秦本紀》：「與晉戰於鴈（雁）門。」《六國年表》作「岸門」。「扞」可訓為阻止，《左傳·桓公十二年》：「楚伐絞，軍其南門。莫敖屈瑕曰：『絞小而輕，輕則寡謀。請無扞採樵者以誘之。』」《禮記·學記》：「發奮後禁，則扞格不可勝。」鄭玄注：「扞，堅不可入之貌。」孔穎達疏：「扞，謂據扞也。」「約挾」與「縛扞」義同，限制阻止之義。兩句相對為文，義為限制內外貿易。

〔註49〕沈培：《〈上博（六）〉字詞淺釋（七則）》，簡帛網，2007年7月20日。
〔註50〕曹錦炎先生在修改論文時所提意見。

三、出喬（矯）於鄄

【相關釋文】

古（故）死丌（其）牂（將）至，可（何）慇（仁）[□]之臣，出喬（矯）於鄄。自古（姑）、蚤（尤）呂（以）西，翏（聊）、晢（攝）呂（以）東，丌（其）人婁（數）多巳（已）。

【新證】

「之臣」簡文前殘佚，但在傳世文獻中有對應語句，《左傳・昭公二十年》：「內寵之妾，肆奪於市；外寵之臣，僭令於鄙。」《晏子春秋・景公信用讒佞賞罰失中晏子諫》：「故內寵之妾，迫奪於國；外寵之臣，矯奪於鄙。」整理者讀「喬」為「矯」，訓為違背，又讀為「驕」，訓為驕縱、驕逸。讀「鄄」為「鄙」，訓為郊野，將簡文理解為「王寵之外臣，出則驕橫違法於邊野。」李天虹亦讀「喬」為「矯」，但訓為「詐」，引《左傳・昭公二十年》「僭令於鄙」杜注：「詐為教令於邊鄙。」認為簡文的「矯」，其實義與「僭」相同，引《公羊傳・僖公三十三年》「矯以鄭伯之命以犒師焉」何休注：「詐稱曰矯。」《漢書・高帝紀》：「羽矯殺卿子冠軍」，顏注：「矯，託也。託懷王命而殺之也。」認為「鄄」是「鄉里」之「里」的異體，與「鄙」義近〔註51〕。

按：關於「矯」的訓釋，當從李天虹之說。而「鄄」大部分研究者都讀為「鄙」。此字如字讀即可，不需通假。鄄，可訓為下邑。玄應《一切經音義》卷四十七引《倉頡篇》：「國之下邑曰鄄。」下邑是指國都以外的城邑，《春秋・莊公二十八年》：「冬，築郿。」杜預注：「郿，魯下邑。」孔穎達疏：「國都為上，邑為下，故云魯下邑。」簡文「鄄」與佚失的「國」字相對為文，「國」指「國都」，《左傳・隱公元年》：「先王之制，大都不過參國之一。」「鄄」指國都之外的城邑。

【完整釋文】

競（景）公瘧（瘧）【2反】

齊競（景）公瘀（疥）訳（且）瘧（瘧），叟（逾）戕（歲）不巳（已）。

〔註51〕李天虹：《上博（六）簡記二則》，簡帛網，2007年7月21日。

割（會）疾（謚）與棅（梁）丘虞（據）言於公曰：「虗（吾）帣（幣）帛甚姽（美）於虗（吾）先君之量矣，虗（吾）珪（圭）璧大於虗（吾）先君之［□□］【1】

公瘥（疥）叙（且）瘪（瘧），奐（逾）戈（歲）不巳（已），是虗（吾）亡（無）良祝夏（史）也。虗（吾）敚〈欲〉敔（誅）者（諸）祝夏（史）。」公譻（舉）頁（首）會（答）之：「尚〈甚〉肰（然）！是虗（吾）所寛（望）於女（汝）也。盍敔（誅）之？」二子徠，牆（將）［□□］【2】

是言也。」高子、或（國）子會（答）曰：「身為斲（親），或（又）可（何）悉（愛）女（焉）？是信虗（吾）亡（無）良祝夏（史），公盍戈（誅）之。」女（晏）子夕，二大夫退。公內（入）女（晏）子而告之，若丌（其）告高子［□□］【3】

［□□］木為成於宋。王命屈木昏（問）軋（范）武子之行女（焉）。文子會（答）曰：「夫子夏（使）丌（其）私夏（史）聖（聽）獄於晉邦，塼（敷）情而不愈。夏（使）丌（其）厶（私）祝夏（史）進（薦）［□□］【4】

［□□］□恩聖，外內不㢟（廢），可因於民者，丌（其）祝夏（史）之為丌（其）君祝敓（說）也，正□［□□］【5】

忘矣，而湯清者與（舉）旻（得）蕙（賴）福女（焉）。今君之貪惛蟲（苛）匿（慝），帣（尚）韋【6】

君祝敓（說），毋塼（敷）青（情）忍皋（罪）虖（乎）？則言不聖（聽），青（情）不獲。女（如）川（順）言算（撟）亞（惡）虖（乎）？則忎（恐）後（後）敔（誅）於夏（史）者。古（故）丌（其）祝夏（史）裂（制）蒁端折祝之，多塌（寓）言［□□］【7】

襘（詛）為亡（無）戈（傷），祝亦亡（無）蒜（益）。今斲（薪）登（蒸）思（使）吳（虞）守之，葦（澤）棅（梁）夏（使）敓（漁）守之，山替（林）夏（使）奠（衡）守之。譻（舉）邦為欽（禁），約夾者聞，縛羅者肺。眾［□□］【8】

明悳（德）觀行。勿（物）而崇者也，非為娧（美）玉肴生（牲）也。今內寵又（有）割（會）疾（譴），外嬖又（有）梁（梁）丘虜（據）。縈（營）怌公，退武夫，亞（惡）聖人，番涅墅菁。貴 [□□]【9】

之臣，出喬（矯）於郢（里）。自古（姑）、甴（尤）吕（以）西，翏（聊）、晉（攝）吕（以）東，丌（其）人婁（數）多巳（已）。是皆貧肵（苦）約｛疒｝疾，夫婦皆祖（詛）。一丈夫執敊（尋）之帗（幣），三布之玉，售（唯）是夫 [□□]【10】

丌（其）岙（左）右，相尻（容）自善，曰：『盍（蓋）必（比）死，愈（偷）為樂啻（乎）！古（固）死丌（其）牆（將）至，可（何）惥（仁） [□□]【11】

二夫可不受皇，瑷（嬰）則未旻（得）與昏（聞）。」公弜（強）记（起）違筈（席），曰：「善才（哉）虐（吾）子！」晏子：「是羀（襄）桓之言也。」「祭、正不只（獲）崇，吕（以）至於此。神見虐（吾）徑〈淫〉暴 [□□]」【12】

書（請）祭與正。」女（晏）子訇（辭）。公或（又）胃（謂）之。女（晏）子許若（諾）。命割（會）疾（譴）不敢（敢）監祭，梁（梁）丘虜（據）不敢（敢）監正。旬（旬）又（有）五 [日]，公乃出，見折。【13】

第三節　《申公臣靈王》字詞新證

上博六《申公臣靈王》篇幅較為短小，講楚靈王與申（陳）公談及自己做王子時與其爭功（也就是《左傳・襄公二十六年》記載的「上下其手」的故事）的往事。竹簡完整，內容清晰，釋文採用整理者所定順序。本節將對「箸」和「將或」進行字詞考釋。

一、箸

【相關釋文】

戩（御）於枑（棘）迖（遂），繡（陳）公子皇箸皇子。王子回（圍）

敓（奪）之，繻（陳）公埣（爭）之。

【新證】

對於「」的釋讀，研究者爭議頗大。整理者陳佩芬將其隸定為「嘗」，讀為「首」，認為「皇首皇子」為「第一個皇子」〔註52〕。陳偉將「」隸定為「奮」，讀為「止」，猶「囚」。指出：此句可參照《左傳・襄公二十六年》：「楚子、秦人侵吳，及雩婁，聞吳有備而還。遂侵鄭。五月，至於城麇。鄭皇頡戍之，出，與楚師戰，敗。穿封戌囚皇頡，公子圍與之爭之，正於伯州犁。……囚曰：『頡遇王子，弱焉。』戌怒，抽戈逐王子圍，弗及。」〔註53〕李學勤認同陳偉的釋讀，但將「止」訓為「俘獲」〔註54〕。沈培認為「奮」從「之」得聲，在此處讀為「得」，可能是訓「抓獲人」的得之專門字〔註55〕。陳劍則將「」隸定為「嘗」，認為「嘗」字為清華簡《繫年》之「截」省寫而來，讀為「捷」，訓為「獲」，並認為上博九《邦人不稱》第3簡「三戰而三嘗，而邦人不稱勇焉」之「嘗」字當釋讀為「捷」。〔註56〕張宇衛對陳劍觀點提出質疑，認為「捷」在先秦文獻中基本都作不及物動詞〔註57〕。

按：陳劍觀點基本可從，但仍有一點需要指出，「嘗」字可通假為「捷」字在文字上講得通，但在詞義上還有可商之處。其引《繫年》書證分別為：

（1）秦公率師與惠公戰於韓，截惠公以歸。（簡34、35）

（2）二邦伐鄀，徙之中城，圍商密，截申公子儀以歸。（簡39、40）

（3）王命平夜悼武君率師侵晉，逾郘，截郘公涉澗以歸，以復長陵之師。（簡133）

〔註52〕詳見上博六第247頁。

〔註53〕陳偉：《讀〈上博六〉條記》，簡帛網，2007年7月9日。

〔註54〕李學勤：《讀上博簡〈莊王既成〉兩章筆記》，孔子2000網，2007年7月16日。

〔註55〕沈培：《試釋戰國時代從「之」從「首」（或「頁」）之字》，中國簡帛學國際論壇2007論文，臺灣大學，2007年。

〔註56〕陳劍：《簡談《繫年》的「截」和楚簡部分「嘗」字當讀為「捷」》，復旦網，2013年1月16日。

〔註57〕張宇衛：《再談楚簡「截」字及相關問題》，先秦兩漢出土文獻與學術新視野國際研討會論文，臺灣大學，2013年。

在傳世文獻中，戰爭俘虜對方主將回國的情況下，所用的動詞均為「執」，如：

（4）楚師滅蔡，執蔡世子有以歸。（《公羊傳・昭公十一年》）

（5）晉人執莒子、邾婁子以歸。（《公羊傳・襄公十六年》）

（6）王師、秦師圍魏，執芮伯以歸。（《左傳・桓公四年》）

（7）晉人執季孫意如以歸。（《左傳・昭公十三年》）

（8）乃執仲幾以歸。（《左傳・定公元年》）

（9）公聞之，怒，命反之，遂滅曹，執曹伯陽及司城強以歸，殺之。（《左傳・哀公八年》）

（10）十二月，齊人伐衛，衛人請平，立公子起，執般師以歸，舍諸潞。（《左傳・哀公十七年》）

（11）邾子又無道，越人執之以歸，而立公子何。（《左傳・哀公二十四年》）

所以《繫年》中例子，訓為「捷」可通，但也可以從其他方面來考慮。

郭店簡《尊德義》第 28 簡：「悳（德）之流，速乎檔蚤而傳命。」裘錫圭按語以為當為「德之流，速乎置郵而傳命」，見《孟子・公孫丑上》「德之流，速乎置郵而傳命」。「直」與「屮（之）」聲字通。傳世本《老子》：「持而盈之。」馬王堆帛書《老子》甲乙本均作「埴」。所以「嗇」應讀為「持」。「持」可訓為「執」，典籍中例子很多，《左傳・昭公元年》：「子與子家持之。」孔穎達疏：「持，謂執持之也。」《詩・大雅・鳧鷖》序：「能持盈守成。」孔穎達疏：「執而不釋謂之持。」《管子・小問》：「則人持莫之弒也。」尹知章注：「持，謂劫執也。」《素問・六元正紀大論》：「徐者為病持。」王冰注：「持，謂相執持也。」由此可見「申公子皇嗇皇子」讀為「申公子皇持皇子」亦可通。

二、將或

【相關釋文】

繻（申）公曰：「臣不智（知）君王之牊（將）為君。女（如）臣智（知）君王之為君，臣牊（將）或至（致）灾（焉）。

【新證】

　　目前學界一般將「將或」兩個字分開釋讀。如整理者陳佩芬認為「或」是不定之辭。陳偉讀為「有」。

　　按：「將或」是個固定的虛詞，表示一定。不應分開釋讀。《左傳·襄公二十七年》：「韓宣子曰：『兵，民之殘也，財用之蠹，小國之大災也。將或弭之，雖曰不可，必將許之。弗許，楚將許之，以召諸侯，則我失為盟主矣。』」《國語·魯語下》：「作而不衷，將或道之，是昭其不衷也。」

【完整釋文】

　　哉（御）於朸（棘）迷（遂），繻（陳）公子皇晵皇子。【4】王子回（圍）敓（奪）之，繻（陳）公埩（爭）之。王子回（圍）立為王，繻（陳）公子皇見王。王曰：「繻陳公【5】忘夫朸（棘）迷（遂）之下虗（乎）？」繻（陳）公曰：「臣不智（知）君王之牾（將）為君。女（如）臣智（知）君王【6】之為君，臣牾（將）或至（致）女（焉）。」王曰：「不穀（穀）吕（以）芙（笑）繻（陳）公，氏（是）言棄（棄）之。含（今）日【7】繻（陳）公事不穀（穀），必吕（以）氏（是）心。」繻（陳）公坐（跪）拜，記（起）曾（答）：「臣為君王臣，君王孕（免）之【8】死，不吕（以）唇〈辱〉鈝（鈇）憲（鑕），可（何）敓（敢）心之又（有）？」【9】

第四節　《靈王遂申》字詞新證

　　《靈王遂申》主要講楚靈王滅掉蔡國後，命申人去取蔡國之器，申成公父子取器之後的對話。內容完整，簡序分明。釋文採用原序。本節主要對「外車馴馬」這一詞語進行考釋。

一、外車馴馬

【相關釋文】

　　虗乘一外車馴馬告執事人：「小人罍（幼），不能吕（以）它器，得此車，或（又）不能馼（御）之吕（以）歸，命吕（以）其策歸。」執事人許之。虗秉策吕（以）歸。

【新證】

　　古書中常見安車駟馬、乘車駟馬、乘輿駟馬、大車駟馬等詞語，駟馬當為修飾詞語。安車，可以坐乘的車，供年老的高級官員及貴婦人乘用。高官告老還鄉或徵召有重望的人，往往賜乘安車。安車多用一馬，禮尊者則用四馬。《周禮·春官·巾車》：「安車，雕面鷖總，皆有容蓋。」《史記·酈生陸賈列傳》：「陸生常安車駟馬，從歌舞鼓琴瑟侍者十人，寶劍直百金。」《史記·儒林列傳》：「於是天子使使束帛加璧安車駟馬迎申公，弟子二人乘軺傳從。」乘車即安車《左傳·襄公二十四年》：「使御廣車而行，己皆乘乘車。」杜預注：「乘車，安車。」

　　乘輿，天子或諸侯所坐的車子。《史記·梁孝王世家》：「二十九年十月，梁孝王入朝。景帝使使持節乘輿駟馬。迎梁王於關下。」大車，特指大夫所乘之車。《詩·王風·大車》：「大車檻檻，毳衣如菼。」毛傳：「大車，大夫之車。」《史記·范雎蔡澤列傳》：「范雎歸取大車駟馬，為須賈御之，入秦相府。」

　　天星觀楚墓遣策亦有「一乘外車」，曾侯乙墓遣策中作「阞車」。「外車」，陳偉釋為「輄車」，讀為「棧」或「轏」。認為在士車和樞車之外，轏車的用途另外還有臥車、兵車等說法。此說建立的基礎是「外」與「閒」聲音聯繫。楚簡中的「外」除了用作「內外」之「外」，也可以用作「閒」字的聲符，上博竹書《容成氏》「在丹府與藋陵之閒」，《莊王既成》「四與五之閒」，「閒」均作「𨳲」﹝註58﹞。各家說法中以陳偉說法影響較大。但陳偉的說法亦有可商榷之處，「棧車」一般都是隨從人員所乘之車，既可載人又可載物。《周禮·春官·巾車》：「士乘棧車。」而文獻記載的可用「駟馬」修飾的車子，如安車駟馬、乘車駟馬、乘輿駟馬、大車駟馬等，都是大夫級別以上的官員乘坐。「外車駟馬」讀為「棧車駟馬」說服力不足。羅小華在陳偉「外讀為閒」觀點之上，認為「輄」當讀為「罕」，引《文選·羽獵賦》「及至罕車飛揚」﹝註59﹞。此觀點可備一說。蘇建洲認為讀為「闌」，闌車為補闌之車﹝註60﹞。此說是建立在裘錫圭、李家浩將曾侯乙墓竹簡中「阞」釋為「㑴」之異體觀點之上﹝註61﹞。

﹝註58﹞陳偉：《車輿名試說（兩則）》，《古文字研究》第二十八輯，中華書局2010年。
﹝註59﹞羅小華：《楚簡車名選釋兩則》，簡帛網，2012年10月28日。
﹝註60﹞蘇建洲：《上博九〈靈王遂申〉釋讀與研究》，《出土文獻》第五輯，中華書局2014年。
﹝註61﹞湖北省博物館：《隨縣曾侯乙墓》，文物出版社，1980年，第518頁注釋133。

但此說與陳說可商榷之處一致，即闕車為戰時堵塞防線缺口的車〔註62〕。《周禮・傳觀・巾車》鄭玄注曰：「闕車，所用補闕之車也。」根據功用，亦達不到「駟馬」修飾級別。

睡虎地秦簡《日書》甲《叢辰》：「可以穿井、行水、蓋屋、飲樂（藥）、外除。」白於藍認為「外」可讀為「禬」。《周禮・天官・女祝》：「掌以時招梗禬禳之事。」鄭玄注：「除災害曰禬，禬猶刮去也。」相似的例子還有隨州孔家坡漢墓簡牘《日書・叢辰》：「利以穿井、溝、竇（瀆），行水、蓋屋、舍（飲）藥、外（禬）除」和「利以祠祀、外（禬）」〔註63〕。「禬」從「會」得聲，可讀為「旝」。《左傳・昭公元年》：「趙孟子適南陽，將會孟子餘。」楊伯峻注：「會讀為禬。」《管子・幼官》：「會請命於天，地知氣和，則生物從。」郭沫若等集校引尹桐陽曰：「會同禬，除疾殃祭也。」《詩・大雅・大明》：「殷商之旅，其會如林。」馬瑞辰《毛詩傳箋通釋》：「《說文》：『旝，旌旗也。』引《詩》『其旝如林』。」旝，作戰令旗。《左傳・桓公五年》：「旝動而鼓。」杜預注：「旝，旃也。通帛為之，蓋今大將之麾也，執以為號令。」「外車」疑讀為「旝車」，即載有令旗的大車。古者車與旗相配，較為常見，《周禮・春官・巾車》：「掌公交車之政令，辨其用與其旗物而等敘之，以治其出入。」旝車大約相當於旗艦之類，懸掛令旗。

【完整釋文】

靈王既立，申賽（息）不懟，王敗蔡靈侯於呂，命申人室出，取蔡之器。執事人夾蔡人之軍門，命人毋【1】敢徒出。申成公澫其子虛，未畜（蓄）煩（髮）。命之逝，虛晶（三）徒出，執事人止之。虛乘一外車駟馬告執事【2】人：「小人斅（幼），不能㠯（以）它器，得此車或（又）不能馭（御）之㠯（以）歸，命㠯（以）其策歸。」執事人許之。虛秉策㠯（以）歸，【3】至重滋，或（又）棄其策安（焉）。成公懼其又取安（焉），而述（待）之，佯為之薹（怒）：「舉邦盡獲，汝獨無得？」【4】虛不答，或（又）為之薹（怒）。虛答曰：「君為王臣，王將墜邦，弗能止，而或欲得安（焉）？」城（成）公與虛歸，為袳【5】

〔註62〕劉永華：《中國古代車輿馬具》，清華大學出版社，2013 年。

〔註63〕白於藍：《戰國秦漢簡帛古書通假字彙纂》，海峽出版發行集團、福建人民出版社，2012 年，第 527 頁。

第五節 《成王為城濮之行》字詞新證

《成王為城濮之行》講楚國子文與子玉分別治軍及後續宴飲之事。內容可與《左傳·僖公二十七年》相對，整理者分為甲乙二本，陳偉將其合為一本，認為原來兩本中相似的內容只是對話中的回述。〔註64〕經合併後內容大致通順。釋文採用網友專題討論的簡序重排結果。本節主要考釋「脃」「遑帀」兩組字詞。

一、脃

【相關釋文】

（1）子文毘（舉）脃售（酬）白（伯）珵曰……

（2）蜀（獨）不余見，歓是脃而棄，不思正人之心。

【新證】

關於「脃」字的釋讀，學界有不同的看法，整理者陳佩芬將其隸定為「為」〔註65〕。針對整理者的隸定，蘇建洲指出於字形不合，他認為此字當隸定為「俎」字〔註66〕。曹方向認為「脃」字左邊從肉，右邊從立，其詞義可能和伯珵「持肉」的所謂「肉」字以相類從〔註67〕。張崇禮指出「脃」字見於《爾雅·釋器》，羹，或以為古汁字。〔註68〕簡帛網網友「天涯倦客」認為「」是「脃」字，讀為「楹」，引《左傳·成公十六年》「行人執楹承酒，造於子重」為證〔註69〕。

按：「」字隸定為「脃」觀點可從，此字亦見於石鼓文，字形作「」，其文例為「其朔孔庶」，這句話有不同的理解，郭忠恕認為：「朔今作脃。乞及反。《博雅》：『朦謂之脃。』」吳東發釋「望」，謂「此章承上章，言即而望之，不止白魚而已。」趙烈文釋為「潏」，謂「張參《五經文字》云：『潏，從泣，

〔註64〕陳偉：《〈成王為城濮之行〉初讀》，簡帛網，2013年1月5日。
〔註65〕上博九第149頁。
〔註66〕蘇建洲：《初讀〈上博九〉簡記（一）》，簡帛網，2013年1月6日。
〔註67〕曹方向：《上博九〈成王為城濮之行〉通釋》，簡帛網，2013年1月7日。
〔註68〕簡帛網《讀〈成王為城濮之行〉簡記》評論第50樓。
〔註69〕簡帛網《讀〈成王為城濮之行〉簡記》評論第55樓。

下月大羹也。」」許莊釋「夜」，讀為「舍」，謂「言止舍而藏之者甚眾也」。郭沫若讀為「影」，認為：「朔字從立從月，字書所無，余疑古景字，景從日京聲，乃形聲字，此則會意字，言人對月而立則聲景也。今作影。」〔註70〕

從簡文「舉肵」和「食是肵」來看，郭忠恕趙烈文理解為「羹」更切合文義。

簡文上句「蔿伯珵猶弱，寡持 飲子文酒」之「」字，整理者隸定為「俏」，讀為舟，訓為古代飲酒器。曹方向釋為俐，讀為肉。王寧釋為侑，認為是侑的或體，本義是勸酒，這裡是敬酒的意思。〔註71〕整理者讀為「舟」之說不可信，多位學者已經指出，先秦典籍中的「舟」並無酒器之義，而是尊彝等酒器的托盤。《周禮·春官·司尊彝》：「祼，用雞彝，鳥彝，皆有舟。」鄭玄注引鄭司農曰：「舟，尊下臺，若今時承盤。」訓為酒器已經晚至宋代，蘇軾《次韻趙景貺督兩歐陽詩破陳酒戒》：「明當罰二子，已洗兩玉舟。」梅堯臣《送劉元忠學士歸陳州省親》：「拜慶無如樂，黃金作酒舟。」「」處在動詞動賓短語「寺（持）」中，顯然是個名詞，訓為動詞「侑」可能不妥。

「」當和「」為同一字，可能是另一種形體。此句連下文可理解為蔿伯珵很少食羹飲酒，子文舉羹以相示。

二、遱帀

【相關釋文】

彀虜（於）余（菟）為楚邦老，君王孕（免）余皋（罪），以子玉之未患，君王命余遱帀（師）於汦。

【新證】

《成王為城濮之行》有三個詞語「帀（師）」「帀（師）」「帀（師）」，甲本第 1 簡中字形作，第 2 簡字形作，乙本第 1 簡字形作。「出現的

〔註70〕以上諸說，皆引自許寶貴《石鼓文整理研究》，中華書局，2008 年。
〔註71〕王寧：《〈上博九·成王為城濮之行〉釋文校釋》，簡帛網，2013 年 1 月 10 日。

語境分別為：

（1）子文□帀（師）於□（泜）。

（2）（子）玉□帀（師），出之□（蒍）。

（3）君王命余□帀（師）於□（泜）。

《左傳・僖公二十七年》有相對應的故事，通過對讀，基本可以確定這三個詞是指的是戰前進行的軍事訓練。學界一般認為這三個字為一個字，其中□是□和□的省寫。但關於□究竟為何字的研究一直眾說紛紜，觀點大致如下：

受師說，持此觀點的有整理者陳佩芬，蘇建洲和賴怡璇。陳佩芬認為「遺」讀為「受」，接受、承受之意。賴怡璇認為「受」可讀為「治」〔註72〕。

置師說，孫合肥認為，此字應該是「遺」字，古文字有「遺」字，傳抄古文作□、□等，楚簡作□、□，在本篇中「遺」義為「置」，「遺師」即為「置師」〔註73〕。

閱師說，張新俊認為，簡文中的□可釋作「曳」，□和□可以隸定作「遺」，讀為「閱」。「閱」「曳」均屬余母月部字，可以相通。「閱」即檢閱軍隊。〔註74〕

辨師說，趙平安將□隸定為「叟」，□和□隸定為「遺」，均讀為「辨」，認為「辨師」猶言「辨兵」，《史記・仲尼弟子列傳》：「臣聞之，慮不先定，不可以應卒，兵不先辨，不可以勝敵。」並將這句話在《吳越春秋・夫差內傳》《鄧析子・無厚》等不同的版本列舉出來。認為「辨兵」和「習兵」意思相近，「辨師」就是「習兵」「治兵」〔註75〕。

搜（搜）師說，陳偉懷疑這個字讀為「搜」，指檢閱、閱兵〔註76〕。曹錦炎先生認為應讀為「搜師」：

「搜師」的「搜」有檢閱之義，也與軍事行動有關，其實早已

〔註72〕賴怡璇：《〈成王為城濮之行〉「受」字補說》，簡帛網，2013 年 1 月 8 日。

〔註73〕孫合肥：《讀上博九〈成王為城濮之行〉箚記》，簡帛網，2013 年 1 月 8 日。

〔註74〕張新俊：《〈成王為城濮之行〉箚記二則》，簡帛網，2013 年 1 月 7 日。

〔註75〕趙平安：《釋上博簡〈成王為城濮之行〉中的「叟」字》，《簡帛》第九輯，上海古籍出版社，2014 年。

〔註76〕陳偉：《〈成王為城濮之行〉初讀》，簡帛網，2013 年 1 月 5 日。

見之於典籍。《淮南子‧泰族》謂：「時搜振旅以習用兵也。」高誘注：「搜，簡車馬。出曰治兵，入曰振旅。」很明顯，古代在檢閱軍隊時確實可以稱之為「搜」即「叟」，而「搜振旅」亦即「搜師」是沒有疑義的，其作用即「以習用兵也」，也就是演練軍隊。又，《漢書‧刑法志》謂：「春振旅以搜。」顏師古注：「搜擇不任孕者。」認為指軍隊在春天田獵時應當選擇不孕之野獸才可射殺，顏注是否確詁尚可探討，但「春振旅以搜」之「搜」與軍旅活動有關，則是肯定的，也可作為佐證。因此，可以認定，簡文的「叟（䢠）師」即「搜師」，就是指檢閱軍隊。當然，檢閱的目的在上引《淮南子‧泰族》文中已說的很清楚，就是作為軍事演習。從本篇內容來分析，用此訓解釋文中三處「搜（叟、䢠）師」之義，甚為相符。〔註77〕

按：「受師」在先秦文獻中只有兩個例子，均出現在《左傳》之中：

（1）叔孫曰：「諸侯之會，衛社稷也。我以貨免，魯必受師，是禍之也，何衛之為？」（《昭公元年》）

（2）成大夫公孫朝謂平子曰：「有都，以衛國也，請受師。」（《昭公二十六年》）

仔細分析這兩個例子，「受師」是承受、接受軍隊的意思，進而可以引申出遭受對方軍隊攻擊之義。這與簡文中情況明顯不一樣。由此可見，「受師」說是經不起推敲的。

「遺師」在先秦文獻中只有《墨子》中有用例，而且是同一句話：「則令我死士左右出穴門擊遺師」，這裡的「遺師」指的是「餘師」，指殘軍剩卒，《左傳‧宣公十二年》：「楚師軍於邲。晉之餘師不能軍。」可見「遺師」用在這三隻簡中是不合適的。確有「置師」這種結構，先秦文獻中只有《管子‧權脩》：「鄉置師以說道之，然後申之以憲令，勸之以慶賞，振之以刑罰，故百姓皆說為善，則暴亂之行無由至矣。」這裡的「置師」與本文毫無關係。後世文獻中也只有《史通》卷十四外篇：「楚晉相遇，唯在邲役。而云：二國交戰置師於兩棠。」很顯然這裡的「置師」是指放置軍隊，是在兩軍對壘的情

況下使用的，本篇只涉及到只涉及到楚國練兵，所以用「置師」說不妥。

從字形來看，明顯的就是「受」字。郭店簡《語叢三》第5簡「受」作，與完全相同。《唐虞之道》中亦有此字，21簡，簡，27簡。「閱師」說也站不住腳。

「導」本身是漢晉印章中的一個字，以後出印章之字證先秦楚國文字，難免說服力有限。將「導」與「辨」建立聯繫是《漢書·司馬相如列傳·上林賦》「此不可以揚名發譽，而適足以導君自損也」，《史記·司馬相如列傳》作「貶」。《禮記·玉藻》：「立容辨卑，毋謅」鄭玄注：「辨，讀為貶。」一方面「導」和「導」構型上還是有區別的，並不一定就是同一個字；另一方面，文獻中並無「導」「辨」直接通假的例證。從「導」到「辨」，中間經過「貶」搭橋，通假上略顯迂曲。

搜師說從字形到詞義證據較為充足，筆者認為這是目前最為合理的解釋。但仍有一些問題可以進一步深化，比如從句法角度。

仔細分析下面這三句話的結構：

（1）子文帀（師）於（溁）。

（2）君王命余帀（師）於（溁）。

（3）（子）玉帀（師），出之（蔦）

「帀（師）」、「師（帀）」均處在「動詞＋於＋地點」結構中，顯然是同一個詞語，隸定解釋當從曹錦炎先生，讀為「搜師」。第三句則是一個聯動句，此句中的「帀（師）」字形隸定當從整理者，為「受」，「受」義為「接受軍隊」，而不是「訓練軍隊」，聯繫上下文，應該是子玉從子文手中接受軍隊，然後帶領軍隊去「」這個地方。從字形來看「」就是「受」字，對此很多學者觀點一致。

表示軍隊義的「師」在春秋時期是個常用詞，在《左傳》中「V（動詞）＋師」的結構很多，例如乞師、用師、出師、勞師、尋師、步師、漏師、潛師、濟師、犒師、息師、緩師、起師、巡師、退師、進師等，並無「V＋師」表示「軍事訓練」義的詞。《左傳》中在表示「軍事訓練」義時，常用的詞語

有「治兵」「搜」「大搜」「閱車馬」「簡車徒」「搜乘」「搜軍實」等，上博簡九《陳公治兵》中用「整師徒」。

春秋之世，諸侯列國軍隊訓練上的主流，是承襲西周時期的那種以「搜」「獼」為基本形式的方法，並有所改進和發展。在春秋晚期，「搜」「獼」等活動的田獵性質已經逐漸減少，正規的軍事訓練性質日益加強。所以表示「軍事訓練」這個概念時，很少再單用「搜」「獼」等帶有田獵性質的詞語了，轉而使用「治兵」「閱車馬」「簡車徒」「搜乘」等詞組。簡文之「搜師」正如曹錦炎先生所言，可能是表訓練軍隊義的具有楚國特色的詞語。

【完整釋文】

城（成）王為成（城）僕（濮）之行，王囟（使）子曼（文）羕（教）子玉。子曼（文）遚（搜）帀（師）於泜，一日而蠱（畢），不抶一人。子【1】玉叟（搜）帀（師），出之蒿，三日而蠱（畢），漸（斬）三人。嬰（舉）邦加（賀）子文，吕（以）亓（其）善行帀（師）。王遆（歸），客於子曼（文），子曼（文）甚熹（喜）。【甲2】倉（合）邦吕（以）飲酒。遠（蒿）白（伯）珵猶約（弱），寡（顧）寺（持）俯飲酒子曼（文），子曼（文）嬰（舉）脭售（酬）白（伯）珵曰：「穀虔（於）余（菟）為【甲3】楚邦老，君王孚（免）余辠（罪），吕（以）子玉之未患，君王命余遚（搜）帀（師）於泜，一日而畢，【乙1】不抶・人。子玉出之蒿，三日而蠱（畢），漸（斬）三人。王為余賓，嬰（舉）邦加（賀）余，女【乙2】蜀（獨）不。余見飲是而棄，不思正（老）人之心？」白（伯）珵曰：「君王謂子玉未患，【甲4】，命君教之。君一日而畢，不抶一人 [□□]【乙3】[□□] 子玉之【乙本第4簡】帀（師）。既敗帀（師）也，君為楚邦老，熹（喜）君之善而不殺子玉之帀（師）之【甲5】

第六節　《平王問鄭壽》字詞新證

上博六《平王問鄭壽》內容主要是楚平王與鄭壽關於國家禍敗之事的問答，不見於傳世文獻。竹簡完整，釋文遵從原簡序。本節主要考察「介備名」的釋讀問題。

一、介備名

【相關釋文】

王與之話（語）。少少，王芺（笑）曰：「嵜（前）各（冬）言曰：『邦必兦（亡）』，我及含（今）可（何）若？」僉（答）曰：「臣為君王臣介備名君王遾（遷）尻（處）辱於孝（老）夫。君王所攺（改）多多，君王保邦。」王芺（笑）：「女（如）我得孚（免），後之人可（何）若？」僉（答）曰：「臣弗智（知）。」

【新證】

關於「臣為君王臣介備名君王遷尻（處）辱於老夫」的釋讀，學界眾說紛紜，主要觀點如下：

整理者讀為「臣為君王臣，介服名，君王徫居，辱於老夫」。具體訓釋為：介，助也。備通假為服，服名，祖服名數。遾，履也。居，蹲也。〔註78〕

陳偉讀認為「臣為君王臣，介備名。君（王）弗處，辱於老夫」之「介」在此應是獨、特義。《方言》卷六：「介，特也。」認為「備名」，即徒列其名。認為整理者隸定為「遾」之字，「辵」之外的部分，與郭店簡《語叢一》第74簡、上博一《緇衣》第16簡的「弗」字近似，故釋為「弗」。將「處」訓為「安居」，引《詩・小雅・四牡》：「豈不懷歸，王事靡盬，不遑啟處。」毛傳：「處，居。」〔註79〕

董珊讀為「臣為君王臣，介服命，君王閒處辱於老夫」，認為「閒處」與「閒居」義同，「君王閒處辱於老夫」，謂君王無故被老夫所辱，將「服命」訓為「賜官服受命」，將整句理解為我是君王之臣，介恃有服命在身，因此敢於諫言，所以君王無故被老夫所辱，認為這是鄭壽委婉地認錯〔註80〕。何有祖讀為「臣為君王臣介備名，君王遷居，辱於老夫。」備名，任職的謙稱，謂徒列其名，聊以充數，認為「臣介」是個詞組，「臣」更傾向於國君之間的關係，「介」多用於外事禮儀，「臣介」「備名」皆是自謙之詞〔註81〕。

〔註78〕上博五第261頁。

〔註79〕陳偉：《新出楚簡研讀》，武漢大學出版社，2012年，第280頁。按：「君弗處」應為「君王弗處」，此處漏「王」字。

〔註80〕董珊：《讀〈上博六〉雜記》，簡帛網，2007年7月10日。

〔註81〕何有祖：《讀〈上博六〉箚記》，簡帛網，2007年7月9日。

　　按：前文講到鄭壽曾預言「如不能，君王與楚邦懼難」，事實上並沒發生什麼事情，所以平王笑問鄭壽：「前冬言曰『邦必亡』，我及今何若？」臣事君王，諫言本是職責，鄭壽錯誤預言，本已失責。若將鄭壽之言理解為「委婉認錯」或「自謙」，不妥。

　　此句當如此斷句：「臣撝君王，臣介備名。君王遂尻，辱於老夫。」「為」讀為「撝」，訓為輔佐。《集韻・支韻》：「撝，佐也。」鄭壽輔佐君王未盡到職責，所以下文才說自己「介備名」，此處並非謙虛。「遂尻」當讀為「踐居」，踐，訓為赴，前往。《左傳・哀公十五年》：「子羔曰：『弗及，不踐其難。』季子曰：『食焉，不辟其難。』」居，訓為居所，《書・盤庚上》：「各長於厥居，勉出乃力。」孔穎達疏：「各思長久於其居處。」此處指鄭壽居所。上文有「盟（明）戠（歲），王退（復）見奠（鄭）壽。奠（鄭）壽出，居洛（路）㠯（以）須」之句，可見是平王前往鄭壽居所。

【完整釋文】

　　競（景）坪（平）王豪（就）奠（鄭）壽，雟（訊）之於屄（宗）庿（廟），曰：「禠（禍）敗（敗）因童（重）於楚邦，懼䰠（鬼）神以為妟（怒），凶（使）【鄭壽1】先王亡（無）所逼（歸）。虗（吾）可（何）攺（改）而可？」奠（鄭）壽訇（辭）不敓（敢）會（答）。王恩（固）雟（訊）之。會（答）：「女（如）毀新（新）都、栽陸（陵）、【鄭壽2】臨易（陽），殺右（左）尹蠱（宛），少帀（師）亡（無）悬（忌）。」王曰：「不能。」奠（鄭）壽：「女（如）不能，君王與楚邦懼戁（難）。」奠（鄭）【鄭壽3】壽告又（有）疾，不叓（事）。盟（明）戠（歲），王退（復）見奠（鄭）壽。奠（鄭）壽出，居洛（路）㠯（以）須。王與之託（語）。少少，王芺（笑）【鄭壽4】曰：「靜（前）各（冬）言曰：『邦必芒（亡）。』我及含（今）可（何）若？」會（答）曰：「臣為君王，臣介備名，君王遂（遷）尻（處），辱【鄭壽5】於孝（老）夫。君王所攺（改）多多，君王保邦！」王芺（笑），「女（如）我旻（得）孚（免），迮（後）之人可（何）若？」會（答）曰：「臣弗【鄭壽6】智（知）。」

第七節 《曹沫之陳》字詞新證

上博四《曹沫之陳》是上博簡中長篇事語類文獻，以魯莊公與曹沫對話的方式，詳細地闡述了曹沫的軍事思想。本篇有65支簡，殘簡20支，在竹簡重新編聯問題上，各家說法不一，爭論很大。釋文參考眾家觀點。〔註82〕本節所要考察的是「不」「君其毋員」的釋讀問題。

一、不

【相關釋文】

昔㚤（堯）之鄉（饗）𡍮（舜）也，飯於土輜（簋），欲〈啜〉於土型（鉶），而𢼸（撫）又（有）天下。此不貧於𢼛（美）而𡨦（富）於悳（德）與（歟）。

【新證】

「此不貧於𢼛（美）而𡨦（富）於悳（德）與（歟）」，研究者李零的訓釋重點都放在了「美」上，廖名春認為「美」指講究飲食，指美食。〔註83〕孟蓬生認為「美」與「德」相對為文，應讀為「味」，指食味，各種食物。〔註84〕王青將此句意譯為「這難道不是在飲食方面儉嗇，而在德行方面卻很富有嗎？」〔註85〕顯然將「不」如字讀，將「與（歟）」訓為疑問語氣詞了。

按：關於「美」的訓釋，當從廖說。「不」如字讀，此句在語法上不通。此處「不」為語氣助詞，用以加強語氣，並無實際意義。《左傳．成公八年》：「遐不作人。」杜預注：「不，語助。」《禮記．射義》：「不在此位也。」「不在」即「在」，「不若」即「若」，《經義述聞．爾雅中．不律謂之筆》：「不者，發聲。猶滑謂之不滑（見釋丘），類謂之不類，若謂之不若（見釋魚）也。不律謂之筆，猶言律謂之筆耳。」「不」的這種用法在上博五《鮑叔牙與隰朋之諫》中亦有使用：「甚哉，吾不賴二三子。不謫怒寡人，至於使日食。」「不謫怒」即「謫怒」。

〔註82〕參考陳劍、李銳、白於藍、陳斯鵬、朱賜麟、邴尚白、季旭昇、高祐仁等學者觀點。

〔註83〕廖名春：《讀楚竹書〈曹沫之陳〉箚記》，清華大學簡帛研究網，2005年2月12日。

〔註84〕孟蓬生：《上博竹書（四）閒詁（續）》，清華大學簡帛研究網，2005年3月6日。

〔註85〕王青：《上博簡〈曹沫之陳〉疏證與研究》，臺灣書房出版有限公司，2009，第26頁。

二、君其毋員

【相關釋文】

臧（莊）公曰：「今天下之君子既可智（知）巳（已），管（孰）能并兼人才（哉）？」敓（曹）蕓（沫）曰：「君丌（其）毋員。臣睯（聞）之曰：『峇（鄰）邦之君明，則不可吕（以）不攸（修）政而善於民。不肰（然），悉（恐）亡女（焉）。夋（鄰）邦之君亡（無）道，則亦不可吕（以）不攸（修）政而善於民。不肰（然），亡（無）吕（以）取之。』」

【新證】

員，整理者讀為「惲」，訓為「憂」。陳劍、李銳等亦讀為「惲」，但在訓釋上表示存疑。王青讀為「云」，訓釋上用其本義，即「人云亦云」之「云」，曰也，「君其毋員」，意謂「國君您請不要這樣說吧」。

按：簡文「員」同「云」，出土文獻習見，上博一《紂衣》第 2、3 簡：「為上可望而知也，為下可述而識也，則君不疑其臣，臣不惑於君。《詩》員（云）：『淑人君子，其義不弋。』」「云」當讀為「營」，尹灣漢簡《神烏賦》：「云云青蠅，止於竿。」《詩・小雅・青蠅》作「營營青蠅，止于樊」，可知「云」可讀為「營」。營，可訓為迷惑，銀雀山漢簡《孫臏兵法・威王問》：「營而離之，我並卒而擊之，毋令敵知之。」《晏子春秋・內篇諫下》：「夫二子營君以邪，公安得知道哉！」吳則虞集釋：「孫星衍云：《說文》：『眷，惑也。』『營』與『眷』聲相近。」《淮南子・本經》：「道德定於天下而民純樸，則目不營於色，耳不淫於聲，坐俳而歌謠，被髮而浮游，雖有毛嬙西施之色，不知說也。」高誘注：「營，惑。」簡文「君其毋營」即「君其毋惑」，指君王不要迷惑。

【完整釋文】

敓（曹）茷（沫）之戟（陣）【2背】

魯臧（莊）公牆（將）為大鐘，型既成矣。敓（曹）蕓（沫）入（內）見，曰：「昔周室之邦（封）魯，東西七百，南北五百，非【1】山非澤，亡（無）又（有）不民。今邦愐（彌）少（小）而鐘愈大，君丌（其）煮（圖）之。昔炛（堯）之鄉（饗）堥（舜）也，飯於土輴（簋），欲〈啜〉於土型（鉶），【2】而攺（撫）又（有）天下。此不貧於敓（美）

而鼻（富）於惪（德）與（歟）？昔周［□□］【3】［□□］競（境）必
勅（勝），可㠯（以）又（有）訇（治）邦，周等（志）是䳿（存）。臧
（莊）公曰：【4 】「今天下之君子既可智（知）巳（已），箮（孰）能并
兼人【4】才（哉）？」歔（曹）墓（沫）曰：「君亓（其）毋員。臣睧（聞）
之曰：『邎（鄰）邦之君明，則不可㠯（以）不攸（修）政而善於民。
不肰（然），悉〈忎（恐）〉亡女（焉）。【5】邎（鄰）邦之君亡（無）道，
則亦不可㠯（以）不攸（修）政而善於民。不肰（然），亡（無）㠯（以）
取之。』」臧（莊）公曰：「昔沱（施）牊（伯）語募（寡）人曰：【6】
『君子昱（得）之遊（失）之，天命。』今異於而言。」歔（曹）襄（沫）
曰【7上】：「亡（無）㠯（以）異於臣之言。君弗聿（盡）。臣睧（聞）
之曰：『君【8下】子㠯（以）叚（賢）禹（稱）而遊（失）之，天命；㠯
（以）亡（無）道禹（稱）而旻（沒）身還（就）薨（世），亦天命。』
不肰（然），君子㠯（以）叚（賢）禹（稱），暑（曷）又（有）弗【9】
昱（得）？㠯（以）亡（無）道禹（稱），暑（曷）又（有）弗遊（失）？」
臧（莊）公曰：「曼（晚）才（哉）！虗（吾）睧（聞）此言。」乃命
毀鐘型而聖（聽）邦政。不晝【10】痹（寢），不飲酒，不聖（聽）樂。
居不褻（襲）曼（文），飤（食）不貳（貳）盬（羹）。【11】兼悉（愛）墓
（萬）民，而亡（無）又（有）厶（私）也。還年而睧（問）於歔（曹）
【12】沫曰：「虗（吾）欲與齊戰，睧（問）戟（陣）系（奚）女（如）？
獸（守）鄵（邊）城系（奚）女（如）？」歔（曹）沫會（答）曰：「臣
睧（聞）之：『又（有）固愍（謀），而亡（無）固城。【13】又（有）克
正（政），而亡（無）克戟（陣）。』三弋（代）之戟（陣）皆䳿（存），
或㠯（以）克，或㠯（以）亡。叡（且）臣睧（聞）之：『少（小）邦
尻（處）大邦之閒（間），啻（敵）邦【14】交堕（地），不可㠯（以）先
复（作）悁（怨）。疆堕（地）母（毋）先而必取🌸女（焉），所㠯（以）
弜（距）鄵（邊）；母（毋）悉（愛）貨資、子女，㠯（以）事【17】亓
（其）俊（便）連（嬖），所㠯（以）弜（距）內；成（城）臺（郭）
必攸（修），纏（繕）虘（甲）利兵，必又（有）戰心㠯（以）獸（守），
所㠯（以）為倀（長）也。叡（且）臣之睧（聞）之：不和【18】於邦，

不可㠯（以）出豫（舍）。不和於豫（舍），不可㠯（以）出戟（陣）。不和於戟（陣），不可㠯（以）戰。」是古（故）夫戟（陣）者，三嗸（教）之【19】末。君必不巳（已），則緐（由）兀（其）呆（本）虖（乎）？」臧（莊）公曰：「為和於邦女（如）之可（何）？」敔（曹）沬會（答）曰：「母（毋）穫（獲）民峕（時），母（毋）攰（奪）民利。【20】繻（陳）攻（功）而飤（食），埜（刑）罰又（有）皋（罪），而賞箈（爵）又（有）惪（德）。凡畜羣臣，貴戔（賤）同坓（等），豪（祿）母（毋）賷（倍）。《詩》於又（有）之，曰：『幾（凱）【21】犀（悌）君子，民之父母。』此所㠯（以）為和於邦。」臧（莊）公曰：「為和於豫（舍）女（如）可（何）？」敔（曹）沬曰：「三軍出，君白銜（率），【22】必訋（召）邦之貴人及邦之可（奇）士、焱窂（卒），叟（使）兵母（毋）遑（復）㒸（前）【29】棠（常）。凡貴人，囟（使）尼（處）前立（位）一行，遂（後）則見亡。進【24下】必又（有）二牉（將）軍，母（毋）牉（將）軍必又（有）鸞（數）辟（嬖）大夫，母（毋）俾（嬖）大夫必又（有）鸞（數）大官之市（師）、公孫公子。凡又（有）司銜（率）倀（長）【25】［□□］兀（其）會之不難，所㠯（以）為和於豫（舍）。」牉（莊）公或（又）暗（問）：【23下】「為和於戟（陣）女（如）可（何）？」會（答）曰：「車閞（間）厺（容）倍（伍），倍（伍）閞（間）厺（容）兵，貴［□□］【24上】［□□］至（重）飤（食），思（使）為㒸（前）行。三行之遂（後），句（苟）見端（短）兵，戈（什）【30】五（伍）之閞（間）必又（有）公孫公子，是胃（謂）軍紀。五人㠯（以）敔（伍），一人【26】又（有）多，四人皆賞，所㠯（以）為劃（斷）。毋上（尚）獲而上（尚）暗（聞）命，【62】所㠯（以）為母（毋）退。銜（率）車㠯（以）車，銜（率）徒㠯（以）徒，所㠯（以）同死。【58】又戒言曰：『牉，尔（爾）正紅；不牉，而或劓（興）或康㠯（以）【37下】會。』古（故）銜（帥）不可思（使）牉，牉則不行。戰又（有）纍（顯）道，勿兵㠯（以）克。」臧（莊）公曰：「勿兵㠯（以）克絫（奚）女（如）？」會（答）曰：「人之兵【38】不砥礪（礪），我兵必砥礪（礪）。人之虜（甲）不緊（堅），我虜（甲）必緊（堅）。人叟（使）士，我叟（使）大夫。

人叟（使）大夫，我叟（使）牆（將）軍。人【39】叟（使）牆（將）軍，我君身進。此戰之顥（顯）道。」牆（莊）公曰：「既成蓄（教）矣，出巿（師）又（有）幾（機）虖（乎）？」會（答）曰：「又（有）。臣睧（聞）之：三軍出，【40】丌（其）遅（將）逞（卑），父壁（兄）不麃（存），絲（由）邦駁（御）之，此出巿（師）之幾（機）。」臧（莊）公或（又）睧（問）曰：「三軍臠果又（有）幾（機）虖（乎）？」會（答）曰：「又（有）。臣睧（聞）【42】之：三軍未成戰（陣）、未豫（舍），行阪凄（濟）障，此臠果之幾（機）。」臧（莊）公或（又）睧（問）曰：「戰又（有）幾（機）虖（乎）？」會（答）曰：「又（有）。丌（其）壴（去）之【43】不速，丌（其）還（就）之不專（迫），丌（其）壄（啟）節不疾，此戰之幾（機）。是古（故）矣（疑）戰（陣）敗（敗），矣（疑）戰死。」臧（莊）公或（又）睧（問）曰：「既戰又（有）幾（機）虖（乎）？」【44】會（答）曰：「又（有）。丌（其）賞淺戲（且）不卓（中），丌（其）誈（誅）至（重）戲（且）不諓（察）。死者弗收，剔（傷）者弗睧（問），既戰而又（有）怠心，此既戰之幾（機）。」臧（莊）【45】公或（又）睧（問）曰：「逡（復）敗（敗）戰又（有）道虖（乎）？」會（答）曰：「又（有）。三軍大敗（敗），【46上】［死］者收之，剔（傷）者睧（問）之，善於死者為生者。君【47】乃自悤（過），吕（以）敓（悅）於墓（萬）民。弗琗翌（危）陞（地），母（毋）火歙（食）。【63上】誈（誅）而賞，母（毋）皋（罪）百眚（姓），而攺（改）丌（其）遅（將）。君女（如）視（親）銜（率）【27】，必聚羣又（有）司而告之：『二厽（三）子孛（勉）之！悤（過）不才（在）子才（在）【23上】募（寡）人。虖（吾）戰，啻（敵）不訓（順）於天命。反巿（師），牆（將）逡（復）戰，【51下】則祿篧（爵）又（有）棠（常）。』幾莫之數（當）。」臧（莊）公或（又）睧（問）曰：「逡（復）盤戰又（有）道虖（乎）？」會（答）曰：「又（有）。既戰逡（復）豫（舍），虖（號）命（令）於軍卓（中）【50】曰：『纏（繕）虖（甲）利兵，明日牆（將）戰。』則戠（廐）毛（徒）剔（傷）亡，盤還（就）行［□□］【51上】［□□］遊（失）車虖（甲），命之母（毋）行。晶（明日）牆（將）戰，思（使）為荺（前）

行。牒（諜）人【31】萊（來）告曰：『丌（其）遲（將）衙（帥）聿（盡）剔（傷），軙（車）連（輦）皆栽（載），曰牂（將）橐（早）行。』乃白徒：『橐（早）飤（食）戎（拱）兵，各載尔（爾）贊（藏）。既戰牂（將）戲（量）。為之【32】母（毋）怠，母（毋）思（使）民矣（疑）。汲（及）爾黽（龜）箺（策），皆曰勅（勝）之。攺（改）鬃（冒）尔（爾）鼓，乃遊（失）丌（其）備（服），明日復（復）戟（陣），必迬（過）丌（其）所。』此遇（復）【52】盤戰之道。」臧（莊）公或（又）睧（問）曰：「遇（復）甘（酣）戰又（有）道虖（乎）？」含（答）曰：「又（有）。必【53上】慎呂（以）戒，如牂（將）弗克。母（毋）冒呂（以）遀（陷），必迬（過）莽（前）攻。【60下】賞獲□猙（蔑），呂（以）歡（勸）丌（其）志。埇（勇）者憙（喜）之，亢（惶）者悬（悔）之，蔂（萬）民、【61】黐（黔）首皆欲或（又）之。此遇（復）甘（酣）戰之道。」臧（莊）公或（又）睧（問）【53下】曰：「遇（復）故（苦）戰又（有）道虖（乎）？」含（答）曰：「又（有）。收而聚之，罩（束）而厚之。貹（重）賞泊（薄）坓（刑），思（使）忘丌（其）死而見丌（其）生。思（使）良【54】車、良士徏（往）取之餌。思（使）丌（其）志记（起），戟（勇）者思（使）憙（喜），猙（蔑）者思（使）啓（悔），肰（然）句（後）攺（改）旬（始）。此遇（復）故戰之道。」臧（莊）公或（又）睧（問）曰：【55】「善攻者系（奚）女（如）？」含（答）曰：「民又（有）寶（寶），曰成（城），曰固，曰蔽（阻）。三者聿（盡）甬（用）不皆（棄），邦豪（家）呂（以）忘（宏）。善攻者必呂（以）丌（其）【56】所又（有），呂（以）攻人之所亡（無）又（有）。」臧（莊）公曰：「善獸（守）者系（奚）女（如）？」含（答）曰：【57】「丌（其）飤（食）足呂（以）飤（食）之，丌（其）兵足呂（以）利之，丌（其）成（城）固【15】足呂（以）玫（捍）之，上下和戲（且）祝（篤），緯（屬）紀於大或（國），大或（國）斳（親）之，天下 [□□]【16】丌（其）志者募（寡）矣。」臧（莊）公或（又）睧（問）曰：「虗（吾）又（有）所睧（聞）之：一【59】出言三軍皆歡（勸），一出言三軍皆迬（往），又（有）之虖（乎）？」含（答）曰：「又（有）。明 [□□]【60上】不可

不慎。不罜（卒）則不巫（恒），不和則不篤，不兼（謙）畏【48】［則］不勑（勝）。罜（卒）谷（欲）少弖（以）多。少則惖（易）察，圪成則惖（易）【46下】弖（治），果勑（勝）矣。親（親）衛（率）勑（勝）。叟（使）人不親（親）則不敦，不和則不祝（篤），不悆（義）則不備（服）。」臧（莊）公曰：「為親（親）女（如）【33】可（何）？」酓（答）曰：「君母（毋）憚自袋（勞），弖（以）觀上下之賷（情）愿（偽）；佖（匹）夫募（寡）婦之獄詷〈訟〉，君必身聖（聽）之。又（有）智（知）不足，亡（無）所【34】不卓（中），則民新（親）之。」臧（莊）公或（又）暗（問）：「為和女（如）可（何）？」酓（答）曰：「母（毋）辟（嬖）於俊（便）俾（嬖），母（毋）侻（長）於父戕（兄），賞均（均）聖（聽）卓（中），則民【35】和之。」臧（莊）公或（又）暗（問）：「為義女（如）可（何）？」酓（答）曰：「繐（陳）攻（功）赤（尚）叚（賢）。能綺（治）百人，叟（使）侻（長）百人；能綺（治）三軍，思（使）衛（帥）。受（授）【36】又（有）智，舍又（有）能，則民宜（義）之。戲（且）臣暗（聞）之：「罜（卒）又（有）侻（長）、三軍又（有）衛（帥）、邦又（有）君，此三者所弖（以）戰。是古（故）侻（長）【28】民者毋囡簋（爵），母（毋）欽軍，母（毋）辟（避）皋（罪），用都奮（教）於邦【37上】於民。」臧（莊）公曰：「此三者足弖（以）戰虖（乎）？」酓（答）曰：「戒。勑（勝）【49】［□□］餼，禝（鬼）神韌武，非所弖（以）奮（教）民，彖君其智（知）之。此【63下】先王之至道。」臧（莊）公曰：「藂（沫），虘（吾）言氏（寔）不，而女（汝）［言］或者少（小）道與（歟）？虘（吾）一谷（欲）暗（聞）三弋（代）之所。」鼓（曹）藂（沫）酓（答）曰：「臣暗（聞）之：『昔之明王之记（起）【64】於天下者，各弖（以）丌（其）殕（世），弖（以）及丌（其）身。』今與古亦多【65上】不同矣，臣是古（故）不敓（敢）弖（以）古酓（答）。肰（然）而古亦【7上】又（有）大道女（焉），必共（恭）畬（儉）弖（以）旻（得）之，而喬（驕）大（泰）弖（以）遊（失）之。君［丌（其）］【8上】亦隹（唯）暗（聞）夫壐（禹）、康（湯）、傑（桀）、受（紂）矣。」【65下】

第三章　事語類文獻字詞新證（下）

第一節　《君人者何必安哉》字詞新證

上博七《君人者何必安哉》分甲乙兩篇，內容基本一致，竹簡均保存完整，主要內容是范戊與君王的對話。釋文從整理者的簡序排列。本節考釋「白玉三回／戔命／見日」「鉰田五貞竽㤉奠於㫃」「州徒之樂」「睪身」「云蒩」五組詞語。

一、白玉三回／戔命／見日

【相關釋文】

靮（范）戊曰：「君王又（有）白玉三回而不戔命為君王戔之，敢（敢）告於見日。」王乃出而見之。王曰：「靮（范）乘，虗（吾）訋（焉）又（有）白玉，三回（違）而不戔才（哉）？」

【新證】

對於「君王有白玉三回而不戔命為君王戔之」這句話的理解，研究者想法各不相同，焦點在於對「回」和「戔」的釋讀上。整理者將「回」如字讀，訓為量詞「塊」，將「戔」讀為「殘」或「賤」。陳偉讀「回」為「瑋」，訓為

稱美、珍視。讀「戔」為「踐」，訓為居處，擔當。簡文用作名詞，指三種值得誇耀的白玉般的美德。〔註1〕何有祖讀「戔」為「踐」，訓為「履行」「實現」。〔註2〕董珊則認為「回」字當讀為「璺」，玉之坼也，器破而未離謂之璺。「戔」讀為「察」。「命為君王戔（察）之」句「命」訓為「讓」，其後省略賓語「我」。將此句理解為「君王之行如白玉，而有三處缺點如白玉上有三道裂紋，讓我指點出來，給君王看」〔註3〕。孟蓬生認同董珊的理解，但將「回」讀為「違」，訓為「過失」，將簡文理解為「君王有三個如白玉微瑕般的小毛病不自察覺」〔註4〕。單育辰讀「回」為「圍」，認為「圍」是一種表示周長的單位，將「戔」讀為「展」，訓為「省視」，認為簡文義指楚王有三種美好的品行加起來猶如三圍之大的白玉〔註5〕。張崇禮認為「回」猶「環」，「白玉三回」即三個環形白玉。陳偉讀「回」為「珦」，訓為「朽玉」〔註6〕。其餘各說，不再一一列舉。

按：研究者將注意力集中在「回」和「戔」上，卻忽略了對「白玉」的研究。《國語・楚語下》記載楚國大夫王孫圉出使晉國，晉定公為之舉行宴會，在宴會上，晉國大夫趙簡子鳴其佩玉，並詢問「白珩」：

> 王孫圉聘於晉，定公饗之，趙簡子鳴玉以相，問於王孫圉曰：「楚之白珩猶在乎？」對曰：然。」簡子曰：「其為寶也，幾何矣。」曰：「未嘗為寶。楚之所寶者曰觀射父，能作訓辭，以行事於諸侯，使無以寡君為口實。又有左史倚相，能道訓典，以敘百物，以朝夕獻善敗於寡君，使寡君無忘先王之業；又能上下說於鬼神，順道其欲惡，使神無有怨痛於楚國。又有藪曰雲連徒洲，金木竹箭之所生也。龜、珠、角、齒、皮、革、羽、毛，所以備賦，以戒不虞者也。所以供幣帛，以賓享於諸侯者也。若諸侯之好幣具，而導之以訓辭，有不虞之備，而皇神相之，寡君其可以免罪於諸侯，而國民保焉。

〔註1〕陳偉：《〈君人者何必安哉〉初讀》，簡帛網，2008 年 12 月 31 日。
〔註2〕何有祖：《上博七〈君人者何必安哉〉校讀》，簡帛網 2008 年 12 月 31 日。
〔註3〕董珊：《讀〈上博七〉雜記（一）》，復旦網，2008 年 12 月 31 日。
〔註4〕孟蓬生：《〈君人者何必安哉〉剩義掇拾》，復旦網，2009 年 1 月 4 日。
〔註5〕單育辰：《占畢隨錄之七》，復旦網，2009 年 1 月 1 日。
〔註6〕陳偉：《〈君人者何必安哉〉新研》，《古文字與古代史》第 3 輯，中央研究院歷史語言研究所，2012 年。

此楚國之寶也。若夫白珩，先王之玩也，何寶之焉？圉聞國之寶六而已。明王聖人能制議百物，以輔相國家，則寶之；玉足以庇蔭嘉穀，使無水旱之災，則寶之；龜足以憲臧否，則寶之；珠足以御火災，則寶之；金足以御兵亂，則寶之；山林藪澤足以備財用，則寶之。若夫嘩囂之美，楚雖蠻夷，不能寶也。」

王孫圉為大夫之時，正是昭王之世。〔註7〕《國語》之「白珩」與簡文之「白玉」當指同一物，在當時名聞天下，必定極為完美稀有。研究者將「三回」與「白玉」聯繫，無論是三塊白玉，還是白玉上的裂紋、白玉上的瑕疵甚至「朽玉」，說法皆可商榷。

「君王有白玉三回而不戔命為君王戔之」，這句話面前一般都是如此斷句：「君王有白玉三回而不戔，命為君王戔之」，以「三回」為量詞結構。但後文中持續出現「此其一回也」「此其二回也」「此其三回也」，這表明「三回」肯定不是修飾白玉的量詞結構。此句疑斷為：「君王有白玉，三回而不戔命，為君王戔之。」「回」，整理者訓為違背、違離，研究者多從之。此釋義可商榷。「回」當訓為「邪」，古書中常見。《詩·小雅·鼓鍾》：「淑人君子，其德不回。」毛傳：「回，邪也。」《左傳·昭公十八年》：「齊豹之盜，而孟縶之賊，女何弔焉？君子不食姦，不受亂，不為利疚於回，不以回待人，不蓋不義，不犯非禮。」杜預注：「回，邪也。」又《昭公二十年》：「昭事上帝，聿懷多福。厥德不回，以受方國。」《國語·魯語上》：「且夫君也者，將牧民而正其邪者也，若君縱私回而棄民事，民旁有慝無由省之，益邪多矣。」韋昭注：「回，邪也。」又《晉語一》：「其上貪以忍，其下偷以幸，有縱君而無諫臣，有冒上而無忠下。君臣上下各豦其私，以縱其回，民各有心而無所據依。」又《晉語八》：「公族之不恭，公室之有回，內事之邪，大夫之貪，是吾罪也。」又《晉語九》：「夫以回鬻國之中，與絕親以買直，與非司寇而擅殺，其罪一也。」以上之「回」均釋為「邪」。《楚辭·九章·抽思》：「悲秋風之動容兮，何回極之浮浮！數惟蓀之多怒兮，傷余心之懮懮。」王逸注：「回，邪也。」

文獻中「回」「違」通假，亦可用「違」表示「邪」。《左傳·桓公二年》：「今滅德立違，而寘其賂器於太廟，以明示百官，百官象之，其又何誅焉？

〔註7〕晉定公公元前511年至475年在位，楚昭王公元前523年至489年在位，兩君執政重合期長達二十多年，王孫圉極有可能是在這段時間出使晉國。

國家之敗由官邪也，官之失德，寵賂章也。」王引之《經義述聞·左傳上》按引王念孫曰：「違，邪也。與回邪之回聲轉而義同，立違，即立奸回之臣，是違為邪也。」《左傳·桓公二年》：「君人者，將昭德塞違，以臨照百官，猶懼或失之。」孔穎達：「塞違，謂閉塞違邪……德之與違，義不並立。」《國語·周語上》：「今虢公動匱百姓以逞其違，離民怒神而求利焉，不亦難乎！」韋昭注：「違，邪也。」《荀子·修身》：「勞苦之事則偷儒轉脫，饒樂之事則佞兌而不曲，闢違而不愨，程役而不錄，橫行天下，雖達四方，人莫不棄。」王念孫《讀書雜志》：「僻、違，皆邪也。」簡文中「回」可釋讀，文義通順，若再通假為「違」，則略顯曲折。

「戔」當從何有祖之說讀為「踐」，履行、實現。《儀禮·士相見禮》：「賓對曰：『某也夫子之賤私，不足以踐禮，敢固辭。』」鄭玄注：「踐，行也。」《左傳·僖公十五年》：「寡人之從君而西也，抑晉之妖夢是踐，豈敢以致。」《禮記·曲禮》：「修身踐言，謂之善行。」鄭玄注：「踐，履也，言履而行之。」命，政令、法令。《國語·魯語下》：「諸侯朝修天子之業命。」《鄭子家喪》亦有「執命」。「踐命」並非詞，而是詞組，所以下文還有「踐之」。「為」訓為「使」，《易·井》：「井渫不食，為我心憂。」王弼注：「為，猶使也。」《左傳·昭公二十年》：「今君疾病，為諸侯憂，是祝史之罪也。」

傳世文獻的「視日」和出土文獻的「視日」並非一個概念。根據《漢語大詞典》，傳世文獻的「視日」有兩個義項，其一為看日影以知時刻；其二為占候時日，以卜吉凶。出土文獻中「視日」則完全不同。郭店楚簡出現「視日」一詞後，上博簡的《昭王毀室》《命》《君人者何必安哉》等陸續出現，陳偉認為「視日」可能是典籍中的「當日」，負責君王的上通下達。

楚簡「視日」最早見於包山楚簡，字形作![字形]日，早期釋為「見日」，裘錫圭根據今本《老子》「視之不足見」在郭店簡《老子》作「![字形]之不足![字形]」，將其改釋為「視日」〔註8〕。現在學界一般認為「視」和「見」的區別在於所從人形，跪坐的為「見」，直立的為「視」。

《君人者何必安哉》中的「![字形]日」（甲本）、「![字形]日」（乙本）所從人形均

〔註8〕裘錫圭：《甲骨文中的見與視》，《甲骨文發現一百週年學術研討會論文集》，臺灣師範大學國文系，第2頁。

為跪坐，應該是「見日」。《昭王》中的一處「🔲日」，《命》裏面的三處「🔲日」「🔲日」「🔲日」所從人形均為直立，應是「視日」。這應是兩個不同的詞，不能混為一談。傳世典籍沒有「見日」這個詞，但在《韓非子・內儲說上》記載了一個小故事：

> 衛靈公之時，彌子瑕有寵，專於衛國，侏儒有見公者曰：「臣之夢踐矣。」公曰：「何夢？」對曰：「夢見竈，為見公也。」公怒曰：「吾聞見人主者夢見日，奚為見寡人而夢見竈？」對曰：「夫日兼燭天下，一物不能當也。人君兼燭一國，一人不能壅也，故將見人主者夢見日。夫竈一人煬焉，則後人無從見矣。今或者一人、有煬君者乎？則臣雖夢見竈，不亦可乎！」

此處「見日」雖為動賓結構，但可從側面看出，當時人有把君王與「日」並稱的習慣。《廣雅・釋詁一》：「日，君也。」《左傳・哀公六年》：「夾日以飛。」杜預注：「日為人君。」《公羊傳・昭公二十五年》「又雩者何」何休注：「日為君。」《禮記・昏義》「故天子之與后，猶日之與月」、《史記・魏其武安侯列傳論》：「魏其之舉以吳楚，武安之貴在日月之際。」以上書證則足矣證明以「日」喻君王是當時存在的現象。由此推斷「見日」可能是對君王的特指。

二、餂田五貞竿䃼奠於㝩（前）

【相關釋文】

楚邦之卑（中）又（有）餂田五貞竿䃼奠（衡）於㝩（前），君王又（有）楚，不聖（聽）鼓鐘之聖（聲），此𠀉（其）一回（違）也。

【字詞新證】

關於「餂田五貞」的理解，研究者眾說紛紜。整理者將「餂田」讀為「食田」，訓為「封賜之田」。復旦讀書會認為「食田」代指「士」，理由是《國語・晉語四》「公食貢，大夫食邑，士食田」，讀「貞」為「正」，認為「食田五正」代指很小的官員[註9]。董珊認為「有食田五貞（鼎）」是指食田采邑和五鼎

［註9］復旦讀書會：《〈上博七・君人者何必安哉〉校讀》，復旦網，2008 年 12 月 31 日。

這個級別的貴族。劉剛讀為「食陳五鼎」，即飲食用五鼎〔註10〕。陳偉則讀為「町」，指田畝面積單位。張崇禮讀為「畛」，所引書證為《戰國策‧楚策一》「葉公子高，食田六百畛」。單育辰、周鳳五、李天虹讀為「頃」，田畝面積單位〔註11〕。楊澤生亦讀「貞」為「畛」，認為相當於「畝」。〔註12〕學界大致觀點基本如此。

按：根據上下文，這段話的大義是君王不聽樂，是第一件違背祖訓的事。筆者認為「飴田」的解釋當從復旦讀書會，以代指「士」這個階層的人。「五」「貞」連同下文的「竽」「瓱」，則指的是四種樂器。

「五」，讀為「敔」，樂器，用以止樂。《書‧益稷》：「合止柷敔。」孔穎達疏：「樂之初，擊柷以作之；樂之將末，戛敔以止之。」《周禮‧春官‧小師》：「掌教鼓鼗、柷、敔、塤、簫、管、弦、歌。」《禮記‧月令》：「是月也，命樂師修鞉鞞鼓，均琴瑟管簫，執干戚戈羽，調竽笙篪簧，飭鍾磬柷敔。」「貞」可讀為「鉦」，樂器。《詩‧小雅‧采芑》：「鉦人伐鼓。」毛傳：「鉦以靜之，鼓以動之。」《周禮‧冬官‧考工記》：「兩欒謂之銑，銑間謂之於，於上謂之鼓，鼓上謂之鉦，鉦上謂之舞，舞上謂之甬，甬上謂之衡。」又：「故大鐘十分其鼓間，以其一為之厚；小鐘十分其鉦間，以其一為之厚。」「竽」，樂器。《周禮‧春官‧笙師》：「笙師掌教歙竽笙。」《禮記‧樂記》：「然後鍾磬竽瑟以和之，干戚旄狄以舞之，此所以祭先王之廟也。」又《檀弓》：「是故竹不成用，瓦不成味，木不成斫，琴瑟張而不平，竽笙備而不和，有鐘磬而無簨虡，其曰明器，神明之也。」「瓱」，整理者讀為「管」，趙平安則認為此字應釋為「瑟」，是「瑟」的一個變體〔註13〕，觀點可從。《詩‧唐風‧山有樞》：「子有酒食，何不日鼓瑟。」《儀禮‧大射》：「升自西階，北面東上，坐授瑟，乃降。」《左傳‧昭公元年》：「君子之近琴瑟，以儀節也，非以慆心也。」

曹錦炎先生在整理上博七《凡物流形》「天降五度，吾奚衡奚縱」時，對「奚」有如下論述：

〔註10〕劉剛：《讀簡雜記‧上博七》，復旦網，2009 年 1 月 5 日。
〔註11〕李天虹：《〈君人者何必安哉〉補說》，簡帛網，2009 年 1 月 21 日；周鳳五《上博七〈君人者何必安哉〉新探》，《臺大中文學報》第 30 期。
〔註12〕楊澤生：《〈上博七〉補說》，復旦網，2009 年 1 月 14 日。
〔註13〕趙平安：《上博簡釋字四篇》，《簡帛》第四輯，上海古籍出版社，2009 年。

「奠」,「衡」字省寫。見《說文》古文。《說文》分析「衡」字構型為「从角,从大,行聲。」從金文看,其說甚是。簡文「衡」字構型下從之「大」中有飾筆,形似「矢」(楚簡「因」字所從之「大」構型亦有類似情況)。「衡」同「橫」,《詩·陳風·衡門》:「衡門之下,可以棲遲。」《釋文》:「衡,橫也。」《毛傳》:「衡門,橫木為門。」《左傳·桓公九年》:「鬬廉衡陳其師於巴師之中,以戰,而北。」杜預注:「衡,橫也。」《孟子·梁惠王下》:「一人衡行於天下,武王恥之。」趙岐注:「衡,橫也。」《楚辭·九歎·離世》:「身衡陷而下沉兮。」王逸注:「衡,橫也。」

此處的「奠」情況相同,即「衡」字省寫,「衡於前」,即「橫於前」。

「楚邦之卓（中）又（有）飴田,敬鈺竽阮（瑟）奠（衡）於耑（前）;君王又（有）楚,不聖（聽）鼓鐘之聖（聲）」,將「食田」的士與君王對比,士雖然地位低下,卻欣賞各種樂器,君王擁有楚國,卻不聽鼓鐘之音。

三、州徒之樂

【相關釋文】

州徒之樂,而天下莫不語之,王之所吕（以）為目觀也。君王龍（隆）亓（其）祭而不為亓（其）樂,此亓（其）三回（違）也。

【新證】

研究者對於「州徒之樂,而天下莫不語之」的理解各不相同,研究者讀「州徒之樂」為「撖徒之樂」,訓「撖」為「聚集」,訓「語」為「議論」。復旦讀書會讀「州徒」為「優徒」,認為是俳優之輩,讀「語」為「御」,訓為「用」。董珊認為此句應理解為「州里的一般徒眾的娛樂活動,天下人都以此為榮」,認為「州徒之樂」是表演一類的娛樂活動。孟蓬生則讀「州徒」為「州土」,認為是指境內之土地山川,「州土之樂」是遊觀田獵之樂。陳偉認為「州徒」為楚國名勝,兼為楚國遊樂祭祀之所。對「語」的理解從整理者。張崇禮認為「州」是民戶編制,「徒」是徒眾,「州徒之樂」即民間樂舞、世俗樂舞。李天虹認為「州徒之樂」為民間樂舞,在使用等級上與《墨子·三辯》

的「瓴缶之樂」有共通之處,「瓴缶之樂」對應農夫。大西克也讀「州徒」為「州社」,認為是「州中之社」,州社祭祀時老百姓莫不取樂。〔註 14〕周鳳五讀為「州土之樂」,認為是流行於楚國民間的地方音樂,類似「下里巴人」,引《楚辭·九章·哀郢》:「哀州土之平樂兮,悲江介之遺風。」認為王逸「閔昔鄉邑之富饒也」的理解未達其義。林文華讀為「周土之樂」或「周都之樂」,是莊嚴隆重的周王朝雅、頌之樂,是象徵王者禮制的樂舞〔註 15〕。宋華強讀為「禱雩之樂」,「禱雩」是田旱求雨的祭禱,在雩祭中使用樂舞是非常普遍的習俗〔註 16〕。曹方向讀為「酬社之樂」,認為是報答社神的儀式〔註 17〕。趙苑夙認為「州徒」即《楚辭·九章·哀郢》之「州土」,「州土之樂」或並非一般的民間音樂,而是各地的祭神樂舞〔註 18〕。

按:研究者對於「州徒之樂」各得其解,有其合理之處,又有其可商榷之處。但似乎都將精力放在詞義的理解,而忽略了其使用語境。范戊的完整話語為「州徒之樂,而天下莫不語之,王之所以為目觀也。君王隆其祭而不為其樂,此其三回也」,「君王隆其祭而不為其樂」說明「州徒之樂」與祭祀密切相關。《禮記·樂記》:「吾端冕而聽古樂,則恐臥;聽鄭衛之音,則不知倦。敢問古樂之如彼,何也。」鄭玄注:「古樂,先王之正樂也。」「州徒之樂」出現在國之大事的祭祀上,必定為「正樂」,而非民間之樂。由此可見研究者的「優徒」「州里一般徒眾的娛樂活動」「遊觀田獵之樂」「民間樂舞」「民間地方音樂」「禱雩之樂」「酬社之樂」等說不可信。

筆者認為要正確訓釋「州徒之樂」,不能僅僅從「州徒之樂」本身入手,還應從「目觀」入手。「目觀」較早在《國語·楚語上》中出現,講的是楚靈王章華臺之事,「(章華臺)若於目觀則美,縮於財用則匱,是聚民利以自封而瘠民也,胡美之為?」韋昭注:「於目則美,於德則不美。」關鍵書證則出現在《淮南子·原道訓》:「故雖遊於江潯海裔,馳要褭,建翠蓋,目觀掉羽

〔註 14〕 大西克也:《〈上博七·君人者何必安哉〉「有白玉三回而不戔」及其他》,第十屆中國訓詁學國際學術研討會論文,臺北輔仁大學,2011 年。

〔註 15〕 林文華:《〈上海博物館藏戰國楚竹書(七)〉文字箚考》,《美和學報》第 30 卷第 1期。

〔註 16〕 宋華強:《上博竹書(七)箚記二則》,《中國國家圖書館館刊》,2011 年 12 月。

〔註 17〕 曹方向:《上博簡所見楚國故事類文獻校釋與研究》,武漢大學博士論文,2013 年。

〔註 18〕 趙苑夙:《上博簡楚王「語」類文獻研究》,臺灣中興大學博士論文,2013 年。

武象之樂，耳聽滔朗奇麗激拎之音。」高誘注：「掉羽，羽舞。《武象》，周武王之樂。」《荀子・儒效》：「於是《武》《象》起而《韶》《濩》廢矣。」楊倞注：「《武》《象》，周武王克殷之後樂名。」《淮南子》「目觀」之「樂」與「王之所目觀」之「樂」，必定是同一類型之樂。上古時期，「樂」的形式包括三個基本方面，分別是奏、歌、舞。其中奏用樂器；歌有詞，也就是詩；舞則是舞蹈。〔註19〕簡文前文已經講到敔、鉦、竽、瑟等樂器之事，此處的出現「目觀」，「州徒之樂」之所指，當指「樂舞」。

《周禮・宗伯・大司樂》：「以樂舞教國子舞《雲門》《大卷》《大咸》《大韶》《大夏》《大濩》《大武》。」鄭玄認為，黃帝之樂為《雲門》《大卷》；帝堯之樂為《大咸》，或稱《咸池》；帝舜之樂為《大磬》；夏禹之樂為《大夏》；商湯之樂為《大濩》；周武之樂為《大武》。這也就是典籍中經常提到的「六舞」，對於「六舞」的祭祀對象，《大司樂》有如下記載：

> 乃奏黃鍾，歌大呂，舞《雲門》，以祀天神。乃奏大蔟，歌應鍾，舞《咸池》，以祭地示。乃奏姑洗，歌南呂，舞《大韶》，以祀四望。乃奏蕤賓，歌函鍾，舞《大夏》，以祭山川。乃奏夷則，歌小呂，舞《大濩》，以享先妣。乃奏無射，歌夾鍾，舞《大武》，以享先祖。

又：

> 凡樂，圜鍾為宮，黃鍾為角，大蔟為徵，姑洗為羽，雷鼓雷鼗，孤竹之管，雲和之琴瑟，《雲門》之舞；冬日至，於地上之圜丘奏之，若樂六變，則天神皆降，可得而禮矣。凡樂，函鍾為宮，大蔟為角，姑洗為徵，南呂為羽，靈鼓靈鼗，孫竹之管，空桑之琴瑟，《咸池》之舞；夏日至，於澤中之方丘奏之，若樂八變，則地示皆出，可得而禮矣。凡樂，黃鍾為宮，大呂為角，大蔟為徵，應鍾為羽，路鼓路鼗，陰竹之管，龍門之琴瑟，《九德》之歌，《九韶》之舞；於宗廟之中奏之，若樂九變，則人鬼可得而禮矣。

簡文「州徒之樂」當與「六舞」相關，可能是楚人在祭祀時所用樂舞。

〔註19〕許兆昌：《先秦樂文化考論・前言》，黑龍江人民出版社，2009年。

四、罨身

【相關釋文】

戊行年七十矣，言（然）不敢（敢）罨身，君人者可（何）必女（安）才（哉）。

【新證】

關於「罨身」訓釋，研究者觀點不同，根據通假可以分為「殬身」說、「懌身」說、「釋身」說之分，具體訓釋亦不相同。

整理者讀「罨」為「殬」，訓為敗德，「身」，訓為自己，親自。黃人二讀「罨」為「歂」，訓為滿足，將簡文理解為「我戊行年已經七十歲了，所說的話，不一定讓每一個人合意滿足」〔註20〕。林文華認為「罨」讀為「歂」或「殬」，訓為「厭棄」，「言不敢歂身」即不敢厭棄己身之義。〔註21〕伊強訓為敗，引《尚書・呂刑》「敬忌，罔有擇言在身」王引之曰「言必敬必戒，罔或有敗言出乎身也」〔註22〕。

董珊讀為「釋」，理解為「因為自己年齡已老，所以說話時不敢顧忌自己的身家性命安全」，認為「此是范戊的談話技巧」。孟蓬生亦讀為「釋」，但將「罨（釋）身」理解為「放棄養生之道」。

復旦讀書會讀為「懌」，訓為「悅懌」。

按：《荀子・王霸》有「罨牢天下而制之，若制子孫」之句，楊倞注：「罨牢未詳，罨或作畢，言盡牢籠天下也。《新序》作『宰牢』（今本無）。」王應麟《困學紀聞・諸子》：「『罨牢天下而制之』，《馬融傳》注作『皐牢』，猶牢籠也。」王念孫從之。盧文弨認為「罨牢」即「皐牢」，「皐」俗作「皐」，轉寫為「罨」。郝懿行引《干祿字書》：「罨，俗作皐。」認為「罨」起源於六朝之前，是個「近鄙別字」。〔註23〕

從《君人者何必安哉》來看，「罨」字起源於先秦，未必就是「近鄙別字」或者俗字。「罨」可通假為「澤」，「罨牢」即「澤牢」，義為像沼澤和牢獄一

〔註20〕黃人二：《上博七〈君人者何必安哉〉試讀》，《故宮博物院院刊》，2009年第6期。
〔註21〕林文華：《〈君人者何必安哉〉「言不敢罨身」考》，簡帛網，2009年1月20日。
〔註22〕尹強：《〈君人者何必安哉〉「言不敢罨身」補說》，簡帛網，2009年6月13日。
〔註23〕以上諸說皆引自王先謙《荀子集解》。

樣困住。而「皋」即為沼澤，《廣雅・釋地》：「皋，池也。」《玉篇・夲部》：「皋，澤也。」「皋牢」義同「澤牢」，「罩（澤）牢天下而制之」也就是「皋牢天下而制之」，相似的例子還有《後漢書・馬融傳》：「於時營圍恢廓，充斥川谷，罘罝羅羉，彌綸坑澤，皋牢陵山。」古書中「皋」「罩」經常相對出現，《天官書》「黃澤」作「潒」，皋陶之子益《列女傳》作「罩子」，《列子・天瑞篇》：「仲尼曰：『有焉耳，望其壙，罩如也，宰如也，墳如也，鬲如也，則知所息矣。』」楊伯峻按：「《荀子・大略篇》作皋如也。劉台拱曰：『罩即皋』。王念孫曰：《家語・困誓篇》亦作罩如也。」〔註24〕《荀子・正論》：「食飲則重大牢而備珍怪，期臭味，曼而饋，伐皋而食，《雕》而徹乎五祀。」梁啟雄注：「今本『伐皋』作『伐罩』。」

　　郝懿行所謂「皋俗作皐，撰寫為罩」，不確；《漢語大詞典》「皋牢」條在引用《荀子・王霸》時直接將「罩牢」寫作「皋牢」，不確。

　　就上下文義來看，「君王盡去耳目之欲」，范乘勸諫，說自己都已經七十歲了，都不敢「罩身」，君王又何必這樣呢。「罩身」應為禁錮身體之義。結合「罩牢天下而制之」，可以確定「罩」通假為「澤」，引申為禁錮、桎梏之義。

五、云蔪

【相關釋文】

　　傑（桀）、受（紂）、幽、萬（厲），殄（戮）死於人手，先君需（靈）王乾溪云蔪。

【新證】

　　整理者將「云」連上句讀，讀為「員」，認為是被楚靈王所殺的郟敖的名字。「云」後之字，甲本作「」形，乙本作「」形。整理者隸定為「爾」，讀為「爾」，認為是代詞，你，此指楚昭王，將其連下文讀。復旦讀書會、陳劍、季旭昇、凡國棟等學者讀為將兩字連讀為「云爾」，董珊讀為殞匿，史傑鵬、蘇建洲等讀為殞顛，劉信芳讀為殞稟，李天虹讀為殞崩，陳偉、宋華強等讀為殞命。

〔註24〕楊伯峻：《列子集解》，中華書局，1985年，第25頁。

　　按：「云」後之字，從艸從爾，這一點可以確定，但另外一個偏旁，甲乙兩本都寫的甚是草率。隸定為「薾」似可商榷。筆者認為似可隸定為「𦾓」，「畘」為「畛」之異體字，《改並四聲篇海·田部》引《龍龕手鑒》：「畘」同「畛」。「畛」可讀為殄。殄，滅絕。《爾雅·釋詁下》：「殄，絕也。」《書·畢命》：「商俗靡靡，利口惟賢，餘風未殄，公其念哉？」孔穎達疏：「餘風至今未絕，公其念絕之哉？」《淮南子·本經訓》：「上掩天光，下殄地財。」高誘注：「殄，盡也。」云讀為「殞」，殞殄，近義連文，殞命滅絕。

【完整釋文】

甲本

　　軋（范）戊曰：「君王又（有）白玉三回而不戔，命為君王戔之，敓（敢）告於見日。」王乃出而【甲1】見之。王曰：「軋（范）乘，虗（吾）軋（焉）又（有）白玉三回而不戔才（哉）？」軋（范）乘曰：「楚邦之卣（中）又（有）餂【甲2】田，五貞竿𨑎臭（衡）於耂（前）。君王又（有）楚，不聖（聽）鼓鐘之聖（聲），此丌（其）一回（違）也。珪玉之君，百【甲3】眚（姓）之宝（主），宮妾吕（以）十百數。君王又（有）楚，医（侯）子三人，一人土（杜）門而不出，此丌（其）二回（違）也。州徒【甲4】之樂，而天下莫不語之，[先]王之所吕（以）為目觀也。君王龍（隆）丌（其）祭而不為丌（其）樂，【甲5】此丌（其）三回（違）也。先王為此，人胃（謂）之女（安）邦，胃（謂）之利民。含（今）君王聿（盡）去耳【甲6】目之欲，人吕（以）君王為所吕（以）戠（傲）。民又（有）不能也，䰥（鬼）亡（無）不能也，民乍而囡（使）誰【甲7】之，君王唯（雖）不長年，可也。戊行年七十矣，言（然）不敓（敢）罜（澤）身，君人者可（何）必女（安）才（哉）！傑（桀）、【甲8】受（紂）、幽、萬（厲），㒭（戮）死於人手，先君需（靈）王卓[軋]（乾）溯（溪）云𦾓。君人者可（何）必女（安）才（哉）！【甲9】

乙本

　　軋（范）戊曰：「君王又（有）白玉三回而不戔，命為君王戔之，敓（敢）告於見日。」王乃出而見【乙1】之。王曰：「軋（范）乘，虗（吾）

戠（焉）又（有）白玉三回而不戔才（哉）？」軓（范）乘曰：「楚邦之卂（中）又（有）飴田，五【乙2】貞竽阮臭（衡）於耑（前）。君王又（有）楚，不聖（聽）鼓鐘之聖（聲），此丌（其）一回（違）也。珪玉之君，百眚（姓）之宝（主），【乙3】宮妾吕（以）十百數。君王又（有）楚，医（侯）子三人，一人土（杜）門而不出，此丌（其）二回（違）也。州徒之樂，而【乙4】［天下］莫不語，先王之所吕（以）為目觀也。君王龍（隆）丌（其）祭而不為丌（其）樂，此丌（其）三【乙5】回（違）也。先王為此，人胃（謂）之女（安）邦，胃（謂）之利民。含（今）君王聿（盡）去耳目之欲，人吕（以）君王為【乙6】［口吕（以）］戵（傲）。民又（有）不能也，視（鬼）亡（無）不能也，民乍而凶譖之。君王唯（雖）不長年，可【乙7】也。戊行年七十矣，言（然）不敢（敢）睪（澤）身，君人者可（何）必女（安）才（哉）！傑（桀）、受（紂）、幽、萬（厲），穋（戮）【乙8】死於人手，先君霝（靈）王卓［軋］（乾）淶（溪）云蕪，君人者可（何）必女（安）才（哉）！【乙9】

第二節　《邦人不稱》字詞新證

上博九《邦人不稱》為楚國事語類文獻，竹簡殘損嚴重，各家重新編聯順序不一。釋文的竹簡順序，吸收各家之長〔註25〕。本節對「要」「復邦」「埶車」「乘睪」「一人千君」「畜／攺」六組詞語進行釋讀。

一、要

【相關釋文】

熹（就）邵（昭）王之亡，要王於持（隨），寺戰於槳、戰於潒（梁）、戰於長［口］曲陘（隨），三戰而三旹，而邦人不雯（稱）戠（勇）女（焉）。

【新證】

「要」整理者隸定為「寅」，讀為「郎」，訓為地名。網友「海天遊蹤」在

〔註25〕參考沈培、俞紹宏等觀點。

《邦人不稱劄記》網帖評論中提到「應從郭永秉釋為『要』」，王寧在此基礎上訓「要」為「阻止」，並引《戰國策‧燕策二》「秦召燕王，燕王欲往，蘇代約燕王」之「約」為證〔註26〕。

按：郭說甚是。簡文所述之事在《左傳‧定公四年》有記載：

> 楚子在公宮之北，吳人在其南。子期似王，逃王，而己為王，曰：「以我與之，王必免。」隨人卜與之，不吉，乃辭吳曰：「以隨之辟小，而密邇於楚，楚實存之。世有盟誓，至於今未改。若難而棄之，何以事君？執事之患不唯一人，若鳩楚竟，敢不聽命？」吳人乃退。爐金初宦於子期氏，實與隨人要言。王使見，辭，曰：「不敢以約為利。」王割子期之心以與隨人盟。

其中「實與隨人要言」一句，杜預注曰：「要言無以楚王與吳，並欲脫子期。」此即簡文之「要王於隨」，指與隨人約言不要把昭王獻給吳國之事，「要」義為「要約」，並非阻止之義甚明。又《左傳‧哀公十四年》：「使季路要我，吾無盟。」杜預注：「子路信誠，故欲得與相要誓而不須盟。」亦可參考。

二、復邦

【相關釋文】

　　臮（就）復邦之遂（後），盍晃（冠）為王列，而邦人不爰（稱）娩（美）女（焉）。

【新證】

　　整理者認為「復邦」是指「十四年，吳去，而楚昭王復國」，學者多從之。「盍晃（冠）為王秉」，整理者讀為「蓋冠為王秉」，訓為昭王復國為王，秉國權，賞功臣。王寧認為是昭王復國回郢後，葉公子高以冠遮面護衛昭王，邦人不識之，故不稱其美。

　　按：整理者誤解「復邦」，而將此事誤解為昭王封賞功臣之事。此處「復邦」並非是「復國」，而是「覆國」。《左傳‧定公四年》：「初，伍員與申包胥友。其亡也，謂申包胥曰：『我必復楚國。』申包胥曰：『勉之！子能復之，

我必能興之。」」楊伯峻注：「《史記・伍子胥列傳》作『我必覆楚』復即覆，傾覆也。此復乃假借字。」楊說甚是。

簡文下一句「盍晃（冠）為王列」是指子西唯恐失去昭王，人心潰散，偽為昭王車服之事，見《左傳・定公五年》：「王之在隨也，子西為王輿服以保路，國於脾泄。聞王所在，而後從王。」「盍（蓋）晃（冠）」，即「冠蓋」，簡文倒裝，泛指冠服和車乘。《韓非子・十過》：「宜陽益急，韓君令使者趣卒於楚，冠蓋相望而卒無至者，宜陽果拔，為諸侯笑。」《史記・魏公子列傳》：「平原君使者冠蓋相屬於魏。」「冠蓋」義與簡文同，可以為證。「列」，布置。《爾雅・釋詁二》：「列，陳也。」《爾雅・釋詁三》：「列，布也。」《禮記・樂記》：「鋪筵席，陳尊俎，列籩豆，以升降為禮者，禮之末節也。」「蓋冠為王列」即「為王列蓋冠」，賓語前置，突出「蓋冠」。此句所言為楚被吳人攻入郢都後，子西偽裝昭王車服，以聚攏人心，故遭致「邦人不稱美」。

三、埶車

【相關釋文】

綦（就）白公褐（禍），聏（聞）令尹司馬既死，牁（將）迲郢，鄴（葉）之者（諸）老皆柬（諫）曰：「不可，必以帀（師）。」鄴（葉）公子高曰：「不旻（得）王，牁（將）必死，可（何）以帀（師）為？」乃埀（乘）埶車五篳（乘），述（遂）迲郢。至，未旻（得）王。

【新證】

整理者將「埶」字隸定作「埶」，與前面的「乘」連讀為「乘埶」，將此句理解為乘埶駕車五輛而往郢地。蘇建洲等將「埶車」讀為「馹車」，訓為傳車〔註27〕。

按：整理者所訓，於文義不符；「馹」是個單音節詞，本身就是帶有「車」的意思，《左傳・文公十六年》：「楚子乘馹，會師於臨品。」

簡文「埶」為「車」的修飾成分。「埶車」，可能為「執車」之誤。執，楚簡作 （上博一・緇衣10）、（郭店簡・緇衣18）；埶，楚簡作 （郭店・

〔註27〕蘇建洲：《初讀〈上博九〉簡記（一）》，簡帛網，2013年1月6日。

緇衣 21）、 （上博八・志書 3），但兩者在使用中有字形訛混的現象〔註 28〕。如《老子》第三十五章：「執大象，天下往。」郭店簡《老子》丙本第 4 簡「執」的字形為 ，實即「埶」字；郭店簡《老子》丙本第 11 簡：「為之者敗之，執之者失之。聖人無為，故無敗也；無執，古（故）[□]。」兩「執」字形均為 。皆執、埶訛混之例。

簡文「執車」即「輊車」，「執」，讀為「輊」，字亦同「輕」，車前重向下。《玉篇・車部》：「輊，前頓曰輊，後曰軒。輕，同輊。」《廣韻・至韻》：「輊，車前重也。輕，同輊。」《淮南子・人間》：「道者置之前而不輊，錯之後而不軒。」何寧注：「輊軒本言車之低昂，低昂由於輕重，故輊又言車重，軒又言車輕。」故「輊車」乃指前重向下之車，引申為殘損之車。上博四《柬大王泊旱》第 18 簡：「邦家以軒輊，社稷以危歟？」以「軒輊」，即車的前後高低來比喻國家的傾危，與《淮南子》正好互注。

四、乘罜

【相關釋文】

邵（昭）夫人胃（謂）鄵（葉）公子高：「先君之子眾在外[口]君之言悡（過），智（知）周，乘（承）罜而立之，邦既又（有）王，母安雚虖（乎）？」

【新證】

「乘罜而立之」，整理者讀「罜」為「擇」，訓為選擇，此句解釋為要明智周全，乘時擇適立王；將「王母」連讀，「雚」讀為「觀」，未做訓釋，僅針對本句言「惠王母有干時政之義」。賴怡璇讀「雚」為「讙」，訓為喧嘩，不安定。〔註 29〕高祐仁讀「雚」為「歡」「歡」，訓為喜悅。〔註 30〕

〔註 28〕「執」與「埶」的訛混，詳見岳曉峰博士論文《楚簡訛混字形研究》，浙江大學，2015 年，第 88～90 頁。

〔註 29〕賴怡璇《〈邦人不稱〉考釋二則——兼論出土文獻葉公子高事蹟》，《中國文字》新50 期，臺北藝文印書館，2014 年。

〔註 30〕高祐仁：《〈邦人不稱〉譯釋》，《第二十八屆中國文字學國際學術研討會論文集》，臺灣大學，2017 年。

按：此處因有殘簡，昭夫人的話亡佚頗多，具體語句不詳，但結合上下文可以看出昭夫人的意思是讓葉公子高立新主。「乘」，當讀為「承」，《戰國策·齊策一》：「而承魏之幣。」《史記·田敬仲完世家》「承」作「乘」。《史記·陳涉世家》：「趙乘秦之幣。」《漢書·陳勝項籍傳》「乘」作「承」。「罩」，讀為「澤」，訓為恩澤，恩惠。《書·多士》：「殷王亦罔敢失帝，罔不配天其澤。」「乘罩」讀為「承澤」，蒙受恩澤。《淮南子·脩務訓》：「絕國殊俗，僻遠幽閒之處，不能被德承澤，故立諸侯以教誨之。」

「窟」，應讀為「歎」，訓為憂。《爾雅·釋訓》：「歎歎，慅慅，憂無告也。」《廣韻·換韻》：「歎，憂無告也。」此段文字大意謂昭夫人言若承蒙恩澤立新主，楚國有了國君，做母親的怎會憂慮呢。

五、一人千君

【相關釋文】

鄴（葉）公子高曰：「一人千君，旂（干）可（何）它！」果盗（寧）褐（禍）。

【新證】

整理者讀為「一人千君，干何它果」，引《集韻》訓「干」為「能事也」，「可」讀為「何」，將此句理解為「一國多主，雖是能人何以扞難避害」。關於「天」字，學者們說法不一，主要爭論在於是否為合文。因為原簡這字下方並無合文符號，有些學者將其看成一個單字，如尉侯凱將這個字釋為「兀」，讀為「扤」，「千」讀為「仁」。〔註31〕高祐仁讀為「一人千君」。

按：葉公子高所言，疑為當時俗語。《晏子春秋·梁丘據問子事三君不同心晏子對以一心可以事百君第二十九》中有相似記載：

> 梁丘據問晏子曰：「子事三君，君不同心，而子俱順焉，仁人固多心乎？」晏子對曰：「嬰聞之，順愛不懈，可以使百姓，強暴不忠，不可以使一人。一心可以事百君，三心不可以事一君。」仲尼聞之曰：「小子識之！晏子以一心事百君者也。」

「一人千君」當義同於「一心可以事百君，三心不可以事一君」，言侍奉

〔註31〕尉侯凱：《上博九新釋四則》，《文物春秋》，2017 年第 1 期。

君王當一心一意，《左傳·昭公十三年》有一句諺語「臣一主二」，可與「一人千君」相對。

「幹可它」。上博七《君人者何必安哉》甲本第 2 簡：「吾執（焉）有白玉三回而不踐哉？」復旦大學出土文獻與古文字研究中心研究生讀書會讀「執」為「焉」〔註 32〕，可從。「幹」與「執」同屬執聲字，亦可讀為「焉」。可，從整理者讀為「何」，「焉何」連文，文獻中亦見，《孟子·告子上》：「吾見亦罕矣，吾退而寒之者至矣，吾如有萌焉何哉！」它，代詞。段玉裁《說文解字注·它部》：「它，其字或叚借佗為之，又俗作他，經典多作它，猶言彼也。」此處讀為「焉何它」，言侍奉君王要一心一意，怎麼可以另立他人。

六、畜／攺

【相關釋文】

吕（以）鄩（葉）之遠，不可畜也，女（如）廁為司馬，不攺亓（其）折（制）。

【新證】

「畜」，整理者未作訓釋，只是將整句理解為葉處邊遠，難以掌控，故不可畜；攺，整理者讀為「救」，又言可以讀為「啟」，亦未做訓釋。王寧「攺」訓為止，引申為久留意。

按：此處「畜」應訓為治理。〔註 33〕《詩·小雅·節南山》：「式訛爾心，以畜萬邦。」高亨注：「望你改變心腸，以治理天下。」《史記·李斯列傳》：「徒務苦形勞神，以身徇百姓，則是黔首之役，非畜天下者也，何足貴哉。」「攺」為「啟」字，楚簡較為常見，如上博九《史蒥問於夫子》第 4 簡：「恒攺同，故教於治乎在治。」「啟」當讀為「稽」，《孔子家語·曲禮子貢問》：「問啟顙於孔子，孔子曰：『拜而後啟顙，頹乎其禮；啟顙而後拜，頎乎其至也。』」《禮記·檀弓上》「啟顙」作「稽顙」。稽，訓為符合。《書·酒誥》：「爾乃飲

〔註 32〕復旦讀書會：《〈上博七·君人者何必安哉〉校讀》，復旦網，2008 年 12 月 31 日。

〔註 33〕將「畜」訓為「治理」，筆者在 2016 年寫作本文時已經提及，見《上博楚簡字詞新證》（浙江大學 2017 年博士學位論文，第 84 頁），因保密原因未上傳中國知網，學界未曾關注。俞紹宏、張青松主編《上海博物館藏戰國楚簡集釋》（社會科學文獻出版社，2019 年）第 227 頁按語中也提到訓為治埋，可謂所見略同。

食醉飽，丕惟曰爾克永觀省，作稽中德。」孫星衍今古文注疏引鄭眾注《周禮・小宰》云：「稽，猶合也。」《禮記・儒行》：「儒有今人與居，古人與稽。」鄭玄注：「稽，猶合也。」《韓非子・解老》：「道者，萬物之所然也，萬理之所稽也。」簡文「不稽其制」言葉地距離郢都太遠，不方便治理國事，如果去朝廷做司馬，也不合其制。

【完整釋文】

[□□]亡命女（焉），是古（故）弗智（知）也，煩天之，如豪（就）卲（昭）王之亡，要王於垳（隨），寺戰於篸，戰於澩（梁），戰於長[□□]【2】[□□]亡陻（隨），三戰而三眚（捷），而邦人不貶（稱）戜（勇）焉；豪（就）返邦之後，蓋晃（冠）為王列，而邦人【3】不貶（稱）婏（美）焉；豪（就）白公之褙（禍），聤（聞）令尹司馬既死，牊（將）跍郢，鄩（葉）之者（諸）老皆柬曰：「不可，必呂（以）帀（師）！」鄩（葉）【4】公子高曰：「不旻（得）王，牊（將）必死，可（何）呂（以）帀（師）為？」乃乘輦車五乘，遂跍郢。至，未旻（得）王。卲（昭）夫人謂鄩（葉）公【5】子高：「先君之子眾在外[□□]【6】君之言忚（過）智（知）周，乘罜而立之，邦既又（有）王，母安寈虖（乎）？」鄩（葉）公子高曰：「一人千君，旟（焉）何它？」果【7】寧褙（禍）。賞之呂（以）西[□]田百（伯）貞，詞（辭）曰：「君王[□]臣之青（請）命未尚（嘗）不許。」詞（辭）不受賞，命之為令【11】尹，詞（辭）。命之為司馬，詞（辭）。曰：「呂（以）鄩（葉）之遠不可畜也，女（如）廁為司馬，不尣其制。而邦人不貶（稱）還。」【12】

[□□]子虖（乎），耆不呂（以）至戜。禰尹曰：「天加訛（禍）於楚邦，虘（吾）君邊邑懋視[□□]【1】

之或也，而並是二者呂（以）邦君，猶少之罷（抑），瞿（懼）君之不冬（終）鄩（葉），侎（承）邦既言，乃魚（吾）固祝而止之，鄰（蔡）【8】

[□□]大祝止之，須邦君加晃（冠），旻（得）為備（服）出。豪（就）鄰（蔡）大祝口二拜頓曰：今日迵（通）既避（失）邦，或旻（得）之鄰（蔡）大

女（如）豪（就）王之長也，賞之呂（以）焚彧（國）百貞，古為鄩

（葉）連囂與鄹（蔡）樂尹，而邦人不霥（稱）畬女（焉）。臣旟（幹）
【10】

　　［□□］虛（吾）敳（豈）敢吕（以）尒（爾）嬰（亂）邦【13】

第三節　《陳公治兵》字詞新證

　　《陳公治兵》是上博簡第九冊中一篇以整頓士卒為主題的事語類文獻。該篇共 20 枚竹簡，完整的 9 枚，殘損得比較嚴重。竹簡的重新編聯各家意見也不一致。釋文的竹簡編聯整合各家意見。本節考釋「厚」「聖命」「善命」「鍰翆（旗）」「斯軍」「閔」六組詞語。

一、厚

【相關釋文】

　　童（動）之於後，吕（以）厚王夵（卒）。三鼓乃行，夵入王夵（卒）不圠（止），述（遂）鼓乃行。君王惪之安（焉），命陳公悻圠（止）之。

【新證】

　　厚，整理者釋為不薄也，重也。張崇禮認為「厚」讀為「遘」，認為「厚」是匣母侯部字，「遘」是見母侯部字，音近可通，《說文》：「遘，遇也。」王謂陳公：「汝入王卒而毋止師徒，毋亦善乎？」於是陳公「動之於後」，指揮師徒前進，遇於王卒。〔註34〕林清源則訓為增益，認為簡文的意思是師徒跟隨在王卒之後，以便隨時增益王卒。〔註35〕

　　按：「厚」可讀為「句」。「厚」屬匣紐侯部，「句」屬見紐侯部，音近可通，「厚」在楚文字中常作從「句」得聲的「昌」形，郭店簡《老子》甲第 36 簡：「甚愛必大費，昌（厚）藏必多亡。」清華簡《祭公之顧命》第 11～13 簡：「公曰：『天子，三公，我亦走（上）下卑（譬）於文武之受命，宔（皇）宭（猷）方邦，不（丕）隹（惟）周之旁（旁），不（丕）隹（惟）句（後）禝（稷）之受命是羕（永）昌（厚）。隹（惟）我逡（後）嗣，方書（建）宗子，不（丕）

〔註34〕張崇禮：《讀上博九〈陳公治兵〉簡記》，復旦網，2013 年 1 月 29 日。
〔註35〕林清源：《〈上博九・陳公治兵〉通釋》，《第四屆古文字與古代史國際學術研討會論文集》，2013 年。

隹（惟）周之砻（厚）茾（屏）。」亦作「敂」形，郭店簡《性自命出》第 23 簡：「凡聲，其出於情也信，然後其入撥人之心也敂。」裘錫圭按：「敂，當讀為厚。」上博簡《周易》第 34 簡：「非寇（寇），昏（婚）佝（媾），進（往），遇雨則吉。」「佝（媾）」馬王堆帛書《周易》作「厚」。

「句」可訓為牽引、牽連。《左傳・哀公十七年》：「三月，越子伐吳，吳子御之笠澤，夾水而陳。越子為左右句卒，使夜或左或右，鼓譟而進；吳師分以御之。越子以三軍潛涉，當吳中軍而鼓之，吳師大亂，遂敗之。」杜預注：「句卒，鉤伍相著，別為左右屯。」字作「鉤」，《後漢書・范滂傳》：「後牢修誣言鉤黨，滂坐繫黃門北寺獄。」李賢注：「鉤，引也。」簡文這句話的大義應為在王卒後方行動以牽制王卒。

二、聖命

【相關釋文】

（1）既聖命，乃逝敕（整）帀（師）徒。

（2）陳公遉（復）聖命於君王：「君王不智（知）臣之無栽（才），命臣榠（相）𤕤（執）事人敕（整）帀（師）徒。」

【新證】

整理者讀為「聽命」，訓為聽從命令。其餘研究者並未提出異議。

按：此處讀為「聽命」與文義不和。特別是在第二個例子中，訓為「聽命」不可解。

「聖」應如字讀，訓為「通」。《詩・小雅・小宛》：「人之齊聖，飲酒溫克，彼昏不知，壹醉日富。」孔穎達疏：「聖者，通也。」《荀子・仲尼》：「天下之行術，以事君則必通，以為仁則必聖。」楊倞注：「聖，亦通也。」《國語・楚語下》：「民之精爽不攜貳者，而又能齊肅衷正，其智慧上下比義，其聖能光遠宣朗，其明能光照之，其聰能聽徹之，如是則明神降之。」韋昭注：「聖，通也。」《管子・白心》：「上聖之人，口無虛習也，手無虛指也。」尹志章注：「聖，通也。」《大戴禮記・曾子立事》：「亟達而無守，好名而無體，忿怒而為惡，足恭而口聖，而無常位者，君子弗與也。」王聘珍解詁：「聖，通也。口聖，謂柔順其口，捷給為通，以言語餂取人義。」《大戴禮記・盛德》：「古

之御政以治天下者，冢宰之官以成道，司徒之官以成德，宗伯之官以成仁，司馬之官以成聖，司寇之官以成義，司空之官以成禮。」盧辨注：「聖，通也。」通，通告、通報。《周禮・地官・鼓人》：「以金鐃止鼓，以金鐸通鼓。」

「命」，訓為告。《爾雅・釋詁》：「命，告也。」《尚書・洛誥》：「今王即命曰：『記功，宗，以功作元祀。』惟命曰：『汝受命篤弼；丕視功載，乃汝其悉自教工。』」《儀禮・士冠禮》：「宰自右，少退贊命。」鄭玄注：「贊，佐也；命，告也。佐主人告所以筮也。」《禮記・雜記上》：「小宗人命龜。」鄭玄注：「命龜，告以所問事也。」《國語・吳語》：「吾問於王孫包胥，既命孤矣；敢訪諸大夫，問戰奚以而可？」韋昭注：「命，告之。」簡文「聖命」乃同義連文，即通告之義。

三、善命

【相關釋文】

鞁（執）事人必善命之，命桹（相）敷（輔）緩（轅），五人於吾（伍），十人於行，行粀不成，輂率輂，命從濾（法）。

【新證】

整理者將「善命」訓為親自下命令，「命桹敷緩」讀為「命相敷浣」，「敷」訓為「治」，「浣」訓為「斷」。張崇禮「敷」訓為「布」，「緩」訓為「慢」。曹建墩讀「敷」為「輔」，讀「緩」為「轅」，認為是指士兵夾車轅兩旁而陳。〔註36〕

按：文獻中未見「善」訓為「親自」之書證。林清源將「善」訓為妥善、好好地。〔註37〕觀點可從。《左傳・成公二年》：「無德以及遠方，莫如惠恤其民而善用之。」《論語・雍也》：「善為我辭焉！如有復我者，則吾必在汶上矣。」

「相輔」，相，輔助也。輔，亦輔助也，「相輔」同義連文，又可作「輔相」，《易・泰》：「天地交泰，後以財成天地之道，輔相天地之宜，以左右民。」《孟子・公孫丑》：「又有微子、微仲、王子比干、箕子、膠鬲，皆賢人也，

〔註36〕曹建墩：《上博簡（九）〈陳公治兵〉初步研究》，《黃河文明與可持續發展》，2013年第 4 期。

〔註37〕林清源：《〈上博九・陳公治兵〉通釋》，《古文字與古代史》第 4 輯，中研院史語所，2015 年。

相與輔相之，故久而後失之也。」《國語・楚語上》：「且夫誦詩以輔相之，威儀以先後之，體貌以左右之，明行以宣翼之，制節義以動行之，恭敬以臨監之。」又《楚語下》：「明王聖人能制議百物，以輔相國家，則寶之。」「緩」讀為「轅」，上博簡《容成氏》「軒緩氏」即「軒轅氏」。「轅」可訓為「車」。《左傳・宣公十二年》：「王病之，告令尹，改乘轅而北之。」又「軍行，右轅，左追蓐，前茅慮無，中權後勁。」孔穎達疏：「楚陳以轅為主，故以轅表車。」簡文言命令步卒輔助戰車。

四、緩旗

【相關釋文】

先君武王與邙人戰（戰）於英莫，帀（師）不斷（絕）；先君文［□］戰於郪咎，帀（師）不斷（絕）；畬雪子林（麻）與郙人戰於駱州，帀（師）不斷（絕），安（焉）得亓緩翠（旗）；屈冄與郙令尹戰於塙［□］戰於涂漳之滹（濟），帀（師）不斷（絕），或（又）與晉人戰於兩棠，帀（師）不斷（絕）。

【新證】

「得亓緩旗」，整理者讀為「得其援旗」，旗幟指軍隊。曹建墩讀為「得其猨旗」，認為猨旗指上繪有猨作為物章的旗幟。以《左傳・隱公十一年》「鄭伯之旗蝥弧」和《哀公・二年》「趙簡子之蜂旗」為書證。

按：曹文將「安」與「得亓緩旗」連讀，以此句為反問句。簡文中所列的一系列「師不絕」的戰役中，有的不見於史書記載，有的則是史書所陳重要戰役，如「或與晉人戰於兩棠」，指的是著名的「兩棠之役」，也稱「邲之戰」，楚莊王以此大勝晉軍，成為春秋五霸之一。由此可見，這一系列戰爭都是因「師不絕」而勝的戰爭，讀為反問句「安得其緩旗」於文義不通。此處「安」應讀為「焉」，訓為乃。於是得到了對方的緩旗。

整理者將「旗」訓為軍隊，古書中並無書證，不通。曹說「緩旗」讀為「猨旗」，可備一說。古書中並無「猨旗」記載。所列書證「鄭伯之旗蝥弧」中的「蝥弧」，是旗幟的名字，孔穎達疏：「《周禮》諸侯建旗，孤卿建旜。而《左傳》鄭有蝥弧，齊有靈姑鈈，皆諸侯之旗也……其名當時為之，其義不

可知也。」故「蚩弧」並不一定就是以「蚩」為畫章的旗幟。

　　鑀，從爱得聲，可通假為轅，上博簡《容成氏》「軒緩氏」，即古書所載「軒轅氏」。轅，車也。《左傳‧宣公十二年》：「王病之，告令尹，改乘轅而北之。」「轅旗」即「車旗」，指戰車和旗幟。《周禮‧春官‧小宗伯》：「辨廟祧之昭穆，辨吉凶之五服，車旗宮室之禁。」

五、斯軍

【相關釋文】

　　將出币（師），既斯軍。左右司馬進於牁（將）軍，命出币（師）徒，牁（將）軍乃許若（諾）。

【新證】

　　「斯軍」，整理者訓「斯」為「此」，作為指事代名詞。張崇禮訓「斯」為離開，訓「軍」為營壘。斯軍即離開軍營。蘇建洲讀為「載軍」，又讀為「移軍」〔註38〕。網友「鳲鳩」讀為「徙軍」。網友「苦行僧」在「徙軍」基礎上讀為「選軍」，認為「選」有整齊的意思，《荀子‧儒效》「遂選馬而進」俞樾平議：「此選字當訓齊。」認為「選軍」就是使軍隊整齊，也就是整飭軍隊〔註39〕。陳炫瑋讀「斯」為「次」，訓為駐紮，認為「次軍」義同於「屯兵」〔註40〕。

　　按：整理者所言於語句不通。張說訓「軍」為「營壘」，可從。訓「斯」為「離開」，可商。

　　此處「斯」似應通假為「胥」〔註41〕，《詩‧小雅‧角弓》：「民胥傚矣。」《潛夫論‧班祿》引「胥」作「斯」。「胥」可訓為觀察、視察，《詩‧大雅‧公劉》：「篤公劉，于胥斯原，既庶既繁。」毛傳：「胥，相也。」鄭玄箋：「公劉之於相此原地以居民。」《荀子‧君道》：「狂生者不胥時而落。」《孟子‧萬章》：「天下之士多就之者，帝將胥天下而遷之焉。」此處言左右司馬先視察完營壘，向將軍彙報，請求出兵，將軍同意。

〔註38〕蘇建洲：《初讀〈上博九〉箚記（一）》，簡帛網，2013年1月6日。

〔註39〕「鳲鳩」和「苦行僧」的觀點分別見於《〈陳公治兵〉初讀》討論帖27樓和31樓，簡帛論壇，2013年1月6日。

〔註40〕陳炫瑋：《上博九〈陳公治兵〉考釋》，《淡江中文學報》第32期，2015年。

〔註41〕高亨：《古字通假會典》，齊魯書社，1997年，第476頁。

六、閔

【相關釋文】

女（如）閔，女（如）逆閔，女（如）關阺，女（如）攻阺，女（如）御追，必斳（慎）。

【新證】

整理者讀「閔」為「閔」，引《說文》訓為「試力士錘也」。讀「阺」為「術」，未做訓釋。張崇禮將「閔」通假為「掩」，訓為攻擊。逆掩，迎擊。讀「阺」為「隧」，《左傳‧襄公二十五年》：「初，陳侯會楚子伐鄭，當陳隧者，井堙木刊。」杜預注：「隧，徑也。」特指險隘之處。蘇建洲指出「閔」又見於《繫年》第 101 簡和 103 簡，應讀為「門」，訓為攻城門。

按：「閔」在楚簡中早就出現了，郭店簡《老子》甲本：「閔其逸，賽其門。」《老子》乙本作「閟其門，賽其逸」，傳世本作「塞其兌，閉其門」。包山簡「卜筮祈禱記錄」有「閔於大門一白犬」之句。清華二《繫年》例句如下：

> 景平王即世，昭王即位。許人亂，許公坨出奔晉，晉人羅（罹），城汝陽，居【100】許公坨於容城。晉與吳會（合）為一，以伐楚，閔方城。遂盟諸侯於召陵，伐中山。晉師大疫【101】且饑，食人。楚昭王侵泗（伊）洛以復方城之師。

> 晉敬公立十又一年，趙桓子會〔諸〕侯之大夫，以與越令尹宋盟於【111】鞏，遂以伐齊，齊人焉始為長城於濟，自南山屬之北海。晉幽公立四年，趙狗率師與越【112】公朱句伐齊，晉師閔長城句俞之門。越公、宋公敗齊師於襄平。至今晉、越以為好。【113】

清華簡整理者隸定為「閔」，注云：「『閔』字疑從戈門聲，為動詞『門』專字，訓為攻破。」引《左傳‧文公三年》「門於方城」為例〔註42〕。曹錦炎先生指出：「閔」當訓為「閉」，本義為關門，引申為閉塞。《繫年》簡文所謂「閔方城」，即閉塞方城使不得出，是說晉師閉塞方城的城口三阺，阻止楚軍從方城出擊，以避免吳師背面受敵。「閔長城句俞之門」即用軍隊閉塞齊長城的句俞關門，阻斷齊軍出擊，作為後援以保證越、宋聯軍在襄平之戰取得勝

〔註42〕清華貳釋文第 182 頁。

利。〔註43〕

「如閟，如逆閟」之「閟」所指當與《繫年》之「閔」一致，訓為閉塞，封鎖。逆，當訓為迎擊、迎戰。《管子·大匡》：「（齊桓公）興師伐魯，造於長勺，魯莊公興師逆之，大敗之。」「逆閟」則訓為「迎擊阻塞」或「突破阻塞」。

楚簡中「述」常通假為「遂」，如本文第7、8簡：「不知其啟卒（卒）麦行，述（遂）內王卒（卒）而毋圵（止）帀（師）徒虐（乎）？」第14簡：「三鼓乃行，采入王卒（卒）不圵（止），述（遂）鼓乃行。」此處「陝」字疑通假為「隊」，《左傳·襄公十年》：「狄虒彌建大車之輪，而蒙之以甲，以為櫓。左執之，右拔戟，以成一隊。」杜預注：「百人為隊。」楊伯峻注：「據賈逵及杜預說，百人為隊。《淮南子》高誘注則謂二百人為隊。《李衛公兵法》引《司馬法》又謂五人為伍，十伍為隊。」《史記·孫子吳起列傳》：「出宮中美女，得百八十人。孫子分為二隊。」「關」當義同於前文的「閉」，訓為阻塞，慧琳《一切經音義》卷十三引《考聲》：「關，隔也，礙也。」《史記·梁孝王世家》：「大臣及袁盎等有所關說於景帝，竇太后義格，亦遂不復言以梁王為嗣事由此。」司馬貞《史記索隱》：「關者，隔也。」《鹽鐵論·箴石》：「今欲箴石，通關鬲，則恐有盛胡之累。」

【完整釋文】

王跖邸之行，楚邦少安，君王安（焉）先居深壋之上，以蕾（觀）帀（師）徒安（焉）。命帀（師）徒殺取禽獸雉兔，帀（師）徒乃亂，不【1】既聖（聽）命，乃噬敓（整）帀（師）徒，陳公乃遑（就）軍鞁（執）事人，君魯［□□］【9】［□□］此。君王不智（知）性之無才，命性梘（相）鞁（執）【6】事人敓（整）帀（師）徒。不智（知）進帀（師）徒極於王所而圵（止）帀（師）徒虐（乎）？智（知）元（其）啟卒（卒）麦行述（遂）內（納）王卒（卒）而毋圵（止）帀（師）【7】徒虐（乎）王冑（謂）：「陳公女（汝）內（納）王卒（卒）而毋圵（止）帀（師）徒毋亦善虐（乎）？陳［□□］【8】童之於後，㠯（以）厚王卒（卒），三鼓乃行，深內（如）王卒（卒）不圵，述（遂）鼓乃行。君王憙（喜）之

〔註43〕詳見曹錦炎先生《說清華簡〈繫年〉的「閔」》，載李守奎主編《清華簡〈繫年〉與古史新探》，中西書局，2016年。

安（焉），命陳公惲止之。陳公惲【14】又遄於君王吕（以）緅巿（師），巿（師）麿（皆）懼，乃各得亓（其）行，陳公遄聖（聽）命於君王：「君王不智（知）臣之無栽（才），命臣梎（相）鞂（執）【10】事人敄（整）巿（師）徒，鞂（執）事人必善命之，命梎（相）敷（輔）緩（轅），五人於吾（伍），十人於行，行栽不成，輇率輇，敆（命）從瀘（法）。小人牉（將）【11】車為宝（主）安（焉），或峕（持）八鼓五再：鉦鐃吕（以）左，鈍釫吕（以）右，金鐸吕（以）徙（跪），木鐸吕（以）记（起），鼓吕（以）進之，瀿吕（以）止之，踞灕【13】吕（以）戕士，喬山吕（以）退之，又（有）所冐（謂）襯（威），又（有）所冐（謂）恭，又（有）所冐（謂）綹，又（有）所冐（謂）一，又（有）所冐（謂）劃（斷），陳公惲安（焉）巽（選）楚邦之古【12】戩（戰）而待之，先君武王與邳人戩（戰）於英莫，巿（師）不豔（絕）；先君文［□□］【2】戰於鄴咎，巿（師）不豔（絕）；畬雪子麻與邨人戰於駱州，巿（師）不豔（絕），安（焉）得亓鐡旗；屈丹與邨令尹戰於塲［□□］【3】戰於涂漳之瀘（滹），巿（師）不豔（絕），又與晉人戰於兩棠，巿（師）不豔（絕）。女（如）即至於仇人之間，將出巿（師），既斯軍，左右【4】司馬進於牉（將）軍命出巿（師）徒，牉（將）軍乃許若（諸）。左右司馬［□□］【5】［□□］之，巿（師）徒乃出。怀（背）軍而戋（陳），牉（將）軍後出安（焉）。名【15】之曰宷行，女（如）閔，女（如）逆閔，女（如）關陕，女（如）攻陕，女（如）御追，必斳（慎）。［□□］【16】楢徒，州亓（其）徒戉（衛），女（如）既溧城安（焉），紳（陳）兩和而紉之，必斳（慎）［□□］【17】［□□］徒虜（甲）居迻（後），申（陣）於坎，則徒虜（甲）進退；【18】申（陣）於隨陓，則鳶（雁）飛，申（陣）於塲壄（野），宋（深）卉（艸）霜露。車則［□□］【19】倆，申（陣）迻（後）則右林（麻）左（麻）林，申（陣）迻（後）若繩或倆，申（陣）前右林（麻）左［□□］【20】

第四節　《東大王泊旱》字詞新證

　　《東大王泊旱》是上博簡第四冊裏面一篇關於楚國大旱的事語類文獻。該

篇共有 23 枚竹簡，保存狀況完好，但簡與簡之間內容並不密合，可能存在一定數量的缺簡。竹簡的編聯借鑒當前學者的研究成果〔註44〕。本節所要考釋的詞語為「笅」「殺祭」「鼓而涉之」等三組詞語。

一、笅

【相關釋文】

東（簡）大王泊滄（旱），命黽（龜）尹羅貞於大頤（夏）。王自臨卜。王向日而立，王滄（汗）至繡（帶）。黽（龜）尹智（知）王之庶（炙）於日而疠（病），笅悆愈迮。

【新證】

笅，整理者屬上斷句，讀為「疥」，訓為疥瘡〔註45〕。劉信芳讀為「介」，訓為堅固；〔註46〕白於藍讀為「筮」。〔註47〕周鳳五讀「笅」為「蓋」，訓為遮陽避雨的用具。〔註48〕迮，整理者讀為「窄」，訓為深。張崇禮讀為「夭」，訓為折、折斷。〔註49〕白於藍讀為「要」，訓為簡約。周鳳五讀「迮」為「夭」，訓為「屈」，引申為傾斜。讀「悆」為「幹」，訓為傘柄。將「笅悆愈迮」解釋為龜尹手執傘蓋為簡王遮陽，傘柄隨著日影讀移動而逐漸傾斜。

按：本文中但凡涉及到「病」概念，所用字均會帶「疒」旁，疠、瘵、痀、瘠等，「笅」字從「竹」旁，不應讀為「疥」。上博六《景公瘧》：「齊景公瘧（疥）且瘧，逾歲不已。」「瘧」從「疒」從「蟲」，表示發病原因。楊伯峻《春秋左傳注》：「疥音戒，即疥癬蟲寄生之傳染性皮膚病。」此處言楚簡王暴曬，一般情況下暴曬是不會引發疥病的。此處讀為「疥」不確。白於藍讀為「筮」亦可商榷，筮是指用蓍草占卜。《易·蒙》：「初筮告，再三瀆，瀆則不告。」簡文明確提到「龜尹」，必定指用龜甲占卜。

「笅」從「介」得聲，可讀為「契」。馬王堆帛書《老子》甲本：「是以

〔註44〕參見陳劍、董珊、陳斯鵬、陳偉等學者觀點。
〔註45〕上博四第 196 頁。
〔註46〕劉信芳：《竹書〈東大王泊旱〉試解五則》，簡帛研究網，2005 年 3 月 14 日。
〔註47〕白於藍：《戰國秦漢簡帛古書通假字彙纂》，海峽出版發行集團福建人民出版社，2012 年，第 520 頁。
〔註48〕周鳳五：《上博四〈東大王泊旱〉重探》，《簡帛》第 1 輯，上海古籍出版社，2006 年。
〔註49〕張崇禮：《讀上博四〈東大工泊旱〉雜記》，簡帛網，2007 年 6 月 3 日。

聖〔人執〕右（左）介而不責於人。」「有德司介。」馬王堆帛書《老子》乙本：「是以聖人執左芥而不以責於人。」「有德司芥。」傳世本《老子》第七十九章「介」和「芥」均做「契」。契，訓為刻。《詩‧大雅‧綿》：「爰始爰謀，爰契我龜。」鄭玄箋：「契灼其龜而卜之。」「远」從白於藍讀為「要」，訓為簡約。

「疠（病）」當訓為疲憊。《左傳‧昭公十三年》：「欲速，且役病矣，請藩而已。」楊伯峻注：「築壁壘須勞役，而役人已疲勞。」《孟子‧公孫丑上》：「宋人有閔其苗之不長而揠之者，芒芒然歸，謂其人曰：『今日病矣，予助苗長矣。』」趙岐注：「病，疲也。」簡文言龜尹知道簡王在太陽下長時間暴曬而疲憊，加快了龜卜速度。

二、殺祭

【相關釋文】

贅尹佘（答）曰：「楚邦又（有）常（常）古（故），女（焉）敌（敢）殺祭？吕（以）君王之身殺祭，未尚（嘗）又（有）。」

【新證】

殺祭，整理者未釋。季旭昇訓「殺」為「減省」，「殺祭」為「減省祭祀禮節」[註50]。陳偉同意季旭昇觀點，引《禮記‧禮器》：記孔子語云「禮不同，不豐、不殺」為證，並認為「殺祭」指不祭楚邦的「高山深溪」，而去祭莒中的「名山名溪」[註51]。來國龍同意陳偉對「殺祭」理解，但訓「殺」為放散，「殺祭」為「放祭」「散祭」，指超越了原來應有範圍，擴大化了的祭祀，認為這種跨越傳統地域界限的祭祀，即為文獻所載的「淫祀」[註52]。陳劍認為「殺祭」可能是降低祭祀對象的規格，指簡王不祭祀「高山深溪」而轉祭祀「楚邦諸乎」[註53]。孟蓬生讀「殺」為「彙」，訓為「數祭」[註54]。

〔註50〕季旭昇：《〈上博四‧柬大王泊旱〉三題》，簡帛研究網，2005 年 2 月 12 日。

〔註51〕陳偉：《新出簡帛研讀》，武漢大學出版社，2010 年，第 197 頁。

〔註52〕來國龍：《〈柬大王泊旱〉的敘事結構與宗教背景——兼釋「殺祭」》，中國簡帛學國際論壇 2007 年。

〔註53〕陳劍：《上博竹書〈昭王與龔之脽〉和〈柬大王泊旱〉讀後記》，簡帛研究網，2005 年 2 月 15 日。

〔註54〕孟蓬生：《上博竹書〈柬大王泊旱〉閒詁（續）》，簡帛研究網，2005 年 3 月 6 日。

沈培則認為發生旱災時當先祭天再祭山川，如果顛倒了，就是「殺祭」〔註55〕。其餘各說，林林總總。

按：殺，可通假為「肆」，錢大昕《潛研堂文集‧說文答問》：殺不成字，當從古文作「帚」，「帚」本古文「肆」字。《尚書》「肆類於上帝」，古文作「禘」，從二帚，與「帚」通。「肆」與「殺」聲相轉，故論語、檀弓皆有「肆諸市朝」之文，「殺」從殳帚聲，古文又作帚，即借「肆」為「殺」耳。《大戴禮記‧夏小正》：「貍子肇肆。肇，始也。肆，遂也。言其始遂也。其或曰：肆，殺也。」章太炎《小學答問》認為「肆殺本通聲。」沈兼士則認為帚、禘與肆、肆皆重文變易之體，而「殺」亦其孳乳字〔註56〕。《廣雅‧釋詁一》：「肆，殺也。」于省吾先生《雙劍誃諸子字詞新證‧管子一》：「《詩‧皇矣》『是伐是肆』即『是伐是殺』。《孟子‧滕文公》『殺伐用張』是『殺伐』古人成語。」

「殺祭」即「肆祭」，《書‧牧誓》：「今商王受惟婦言是用，昏棄厥肆祀弗答，昏棄厥遺王父母弟不迪。」《史記‧周本紀》作「自棄其先祖肆祀不答」。裴駰集解引鄭玄曰：「肆，祭名。」《詩‧周頌‧雝》：「相維辟公，天子穆穆，於薦廣牡，相予肆祀。」馬瑞辰通釋：「《詩》之『肆祀』承上『廣牡』言，正謂舉全體而陳之。與《牧誓》肆祀、《周禮》肆享，同為祭名。」

贅尹所言「楚邦有常故，焉敢殺祭」，當指「肆祭」違背了三方面的禮制，一是「祭不越望」，二是天災諸侯用幣不用牲。三是「肆祭」針對祖先而非山川。

關於「祭不越望」，《左傳‧哀公六年》有如是記載：

> 初，昭王有疾，卜曰：「河為祟。」王弗祭。大夫請祭諸郊。
> 王曰：「三代命祀，祭不越望。江、漢、雎、漳，楚之望也。禍福
> 之至，不是過也。不穀雖不德，河非所獲罪也。」遂弗祭。孔子曰：
> 「楚昭王知大道矣。其不失國也，宜哉！夏書曰：『惟彼陶唐，帥
> 彼天常，有此冀方。今失其行，亂其紀綱，乃滅而亡。』又曰：『允
> 出茲在茲。』由己率常，可矣。」

昭王所言「祭不越望」，古書多有記載，《禮記‧王制》：「天子祭天下名山

〔註55〕沈培：《從戰國簡看古人占卜的「蔽志」》，《古文字與古代史》第 1 輯，中央研究院歷史語言研究所，2007 年。

〔註56〕沈兼士：《希、殺、祭古語同原考》，《沈兼士學術論文集》，中華書局，1986 年。

大川：五嶽視三公，四瀆視諸侯。諸侯祭名山大川之在其地者。」《祭法》：「諸侯在其地則祭之，亡其地則不祭。」《公羊傳·僖公三十年》：「諸侯山川有不在其封內者，則不祭。」按照禮法，諸侯只能祭祀所封疆界內的山川，莒中屬於被征服土地，並非天子所封，故不能祭。昭王的「祭不越望」，是恪守禮制，所以孔子言「楚昭王知大道矣」。楚簡王若在楚邦祭祀莒中的「名山名溪」，則不符合楚邦禮制。

《左傳·莊公二十五年》：「凡天災，有幣，無牲。」楊伯峻注：「大水為天災，古禮只能用幣，不能用牲。此蓋諸侯之禮，天子或不然。《論語·堯曰篇》《墨子·兼愛下篇》《呂氏春秋·順民篇》俱載湯禱雨之辭，曰『敢用玄牲告於上天后土』云云，《詩·大雅·雲漢》：『靡神不舉，靡愛斯牲』云云，湯與周宣王皆用牲，故知天子能用牲。」此處楚簡王用牲祭祀山川，亦是違背禮制。

文獻所載的「肆祭」，也稱為「肆享」，是祭祀宗廟的，《周禮·春官·大祝》：「凡大禋祀肆享祭示，則執明水火而號祝。」鄭玄注：「肆享，祭宗廟也。」《史記·周本紀》：「今殷王紂維婦人言是用，自棄其先祖肆祀不答，昏棄其家國，遺其王父母弟不用。」楚簡王用「肆祭」來祭祀新征服土地的山川，明顯違背了禮制。

三、鼓而涉之

【相關釋文】

王若（諾），牀（將）鼓而涉之。王夢厽（三）閈未啟，王吕（以）告榎（相）屡（徙）與卓（中）余（舍）：「含（今）夕不穀（穀）夢若此，可（何）？」

【新證】

整理者未注釋，周鳳五認為鼓，擊鼓，本指出兵征伐，簡文用為責備或聲討。簡文是說簡王打算率眾擊鼓涉水，聲討夏水之神以祓除旱災。將前文「大夏」理解為夏水，將「鼓而涉之」理解為祓除旱災的儀式〔註57〕。陳偉從之。多數學者在研讀簡文時，並未訓釋這句話。

〔註57〕周鳳五：《上博四〈柬大王泊旱〉重探》，《簡帛》第1輯，上海古籍出版社，2006年。

涉，從步得聲，可讀為醜。《周禮・地官・族師》：「春秋祭醜亦如之。」鄭玄注：「醜者，為人物栽害之神也。故書醜或步。杜子春云『當為醜』。玄謂校人職有冬祭馬步，則未知此世所云螽螟之醜與？人鬼之步與？」孫詒讓《周禮正義》：「字書醜字無祭神之義，鄭以黨正祭禜及漢法約之，知醜亦與人物為栽害之神也⋯⋯後世沿襲，遂以醜亦專為會飲，而失其祭神之義。」醜，本名詞，此處用如動詞，祭祀災神。「鼓而醜之」，猶言伐鼓祭祀災神。《春秋・莊公二十五年》：「六月辛未朔，日有食之，鼓而用牲於社。」《左傳・昭公十七年》：「諸侯用幣於社，伐鼓於朝，禮也。」

【完整釋文】

柬（簡）大王泊滽（旱），命黽（龜）尹羅貞於大顕（夏）。王自臨卜。王向日而立，王滄（汗）至【1】繻（帶）。黽（龜）尹智（知）王之庶（炙）於日而疕（病），芥悆愈远。贅尹智（知）王之疕（病），祝（乘）黽（龜）尹速卜【2】高山深澤（溪）。王呂（以）睧（問）贅尹高：「不穀（穀）瘥（瘥）甚疕（病），聚（驟）夢高山深澤（溪）。虐（吾）所旻（得）【8】坓（地）於膚（莒）帀（中）者，無又（有）名山名澤（溪）。欲祭於楚邦者磨（乎）？尚（當）詖（蔽）而卜之於【3】大顕（夏）。女（如）庱（孚），牆（將）祭之。」贅尹許諾，詖（蔽）而卜之，庱（孚）。贅尹至（致）命於君王：「既詖（蔽）【4】而卜之，庱（孚）。」王曰：「女（如）庱（孚），速祭之，虐（吾）瘥（瘥）甀（一）疕（病）。」贅尹會（答）曰：「楚邦又（有）崈（常）古（故），【5】女（焉）敔（敢）殺祭？呂（以）君王之身殺祭，未尚（嘗）又（有）。」王內（入），呂（以）告安君與陞（陵）尹子高：「卿為【7】

牆（將）為客告。」大（太）宆（宰）迈（乃）而胃（謂）之：「君皆楚邦之牆（將）軍，复（作）色而言於廷，王事可（何）【17】必三軍又（有）大事，邦豪（家）呂（以）軒轌，社褼（稷）呂（以）迣（危）與（歟）？邦豪（家）大滽（旱），疧瘠智於邦。【18】

厶（私）？便人牆（將）芺（笑）君。」陞（陵）尹、贅尹皆絢亓（其）言呂（以）告大（太）宆（宰）：「君聖人，戲（且）良倀（長）子，牆（將）正【19】於君。」大（太）宆（宰）胃（謂）陞（陵）尹：

「君內（入）而語僕（僕）之言於君王：君王之癃（瘧）從含（今）日呂（以）瘥（瘥）。」陸（陵）尹與【20】贅尹：「又（有）古（故）啻（乎）？忎（願）聒（聞）之。」大（太）宰（宰）言：「君王元君，不呂（以）丌（其）身叟（變）贅尹之裳（常）古（故）；贅尹【21】為楚邦之禝（鬼）神宝（主），不敢（敢）呂（以）君王之身叟（變）雡（亂）禝（鬼）神之裳（常）古（故）。夫上帝禝（鬼）神高明【6】甚，牁（將）必智（知）之。君王之疠（病）牁（將）從含（今）日呂（以）巳（已）。」命（令）尹子林聒（問）於大（太）宰（宰）子步：「為人【22】臣者亦又（有）捋（爭）啻（乎）？」大（太）宰（宰）舍（答）曰：「君王元君，君善，大夫可（何）羕（用）捋（爭）？」命（令）尹謂大（太）宰（宰）：「售（唯）【23】

諸，牁（將）鼓而涉之。王夢厽（三）闕未啟，王呂（以）告楒（相）屢（徙）與卓（中）余（舍）：「含（今）夕不穀（穀）【9】夢若此，可（何）？」楒（相）屢（徙）、卓（中）余（舍）舍（答）：「君土尚（當）呂（以）聒（問）大（太）宰（宰）晉医（侯）。皮（彼）聖人之子孫，牁（將）必【10】

鼓而涉之，此可（何）？」大（太）宰（宰）進，舍（答）：「此所胃（謂）之『滐（旱）母』，帝牁（將）命之攸（修）者（諸）医（侯）之君之不【11】能論（治）者，而型（刑）之呂（以）滐（旱）。夫售（雖）母（毋）滐（旱），而百眚（姓）迻（移）呂（以）达（去）邦豪（家）。此為君者之型（刑）。」【12】王卬（仰）而〈天〉呼而泣，胃（謂）太宰：「一人不能論（治）正（政），而百眚（姓）呂（以）幽（絕）。」医（侯）大（太）宰（宰）遜迻〈退〉。進【14】大（太）宰（宰）：「我可（何）為，戠（歲）女（焉）管（熟）？」大（太）宰（宰）舍（答）：「女（如）君王攸（修）郢高（郊），方若胅里。君王母（毋）敢（敢）戔書（害）【13】罙（蓋），楒（相）屢（徙）、卓（中）余（舍）與五連少（小）子及龍（寵）臣皆逗，母（毋）敢（敢）執藥（藻）籟（籥）。」王許諾，攸（修）四蒿（郊）。【15】厽（三）日，王又（有）埜（野）色，逗者又（有）燚人。三日，大雨，邦蕙（賴）之。叕（發）駞（駟）迀（跖）四疆，四疆皆管（熟）。【16】

第五節 《昭王毀室》字詞新證

上博四《昭王毀室》是一篇事語類文獻，講楚昭王新室落成宴飲慶祝，有人告知昭王，新室在其先人墳塋之上，昭王即毀新室。竹簡完整，釋文從整理者所列簡序。本節考釋「曼廷」「疒人」兩組詞語。

一、曼廷

【相關釋文】

邵（昭）王為室於死沮（沮）之滸（濟）。室既成，牆（將）祿（落）之。王戒邦大夫吕（以）飲酒。既勘祭之，王內（入）牆（將）祿（落）。又（有）一君子殀（喪）備（服）曼廷，牆（將）迒（跖）闈。

【新證】

整理者讀「曼」為「蹣」，「曼廷」即蹣廷而入。〔註58〕陳偉讀「曼」為「冒」，干犯義。〔註59〕張崇禮認為「曼」有「突」義，春秋戰國時期貴族住宅的大體格局，住宅最外面是大門，大門之後是廷，然後是閨。從簡文的情況來看，穿喪服的君子已經進入大門，闖入廷中，快到閨門了。〔註60〕劉洪濤認為「曼」應讀為「闌」，義為擅闌。〔註61〕黃人二讀「曼」為「漫」，訓為漫步。〔註62〕單育辰讀為「絻」，指喪冠。〔註63〕曹方向讀「曼」為「曳」，認為兩字可通。〔註64〕

廷，研究者一般都如字讀，單育辰讀為「徑」，認為「廷」是定母耕部字，「徑」字是見母耕部字，兩字通假。並引《禮記·祭義》「是故道而不徑」鄭玄注「步邪趨疾也。」曹方向讀「廷」為「梃」，訓為攻擊、殺傷人的木棒。

按：以上諸說，單育辰說基本可從：「曼」讀為「絻」，訓為喪服，可從。「廷」讀為「徑」，可商榷。

〔註58〕上博四第 183 頁。

〔註59〕陳偉：《關於楚簡「視日」的新推測》，簡帛研究網，2005 年 3 月 6 日。

〔註60〕張崇禮：《讀上博四〈昭王毀室〉箚記》，簡帛網 2007 年 4 月 21 日。

〔註61〕劉洪濤：《讀上博竹書〈昭王毀室〉箚記一則》，簡帛網，2007 年 6 月 10 日。

〔註62〕黃人二：《上博楚簡〈昭王毀室〉試讀》，《考古學報》2008 年第 4 期。

〔註63〕單育辰：《〈昭王毀室〉再研究》，《楚簡楚文化與先秦歷史文化國際學術研討會論文集》，湖北教育出版社，2013 年。

〔註64〕曹方向：《上博簡所見故事類文獻校釋與研究》，武漢大學博士學位論文，2013 年。

「曼」當讀為「免」，出土文獻常見，如郭店簡《老子》乙本：「大方亡禺（隅），大器曼成。」馬王堆帛書《老子》乙本「曼」作「免」。免，喪服，去冠束髮，以布纏頭。《禮記・檀弓上》：「公儀仲子之喪，檀弓免焉。」陸德明釋文：「以布廣一寸，從項中而前，交於額上，又卻向後，繞於髻。」《儀禮・士喪禮》：「眾主人免於房。」鄭玄注：「齊衰將袒，以免代冠。」《左傳・僖公十五年》：「使以免服衰絰逆，且告。」杜預注：「免、衰絰，遭喪之服。」此句當讀為「有一君子喪服免，鋌，將跖闈。」「廷」當讀為「鋌」，訓為快走、疾走。《左傳・文公十七年》：「鋌而走險，急何能及。」杜預注：「鋌，疾走貌。」〔註65〕

二、㠶人

【相關釋文】

㠶人止之，曰：「君王旨（始）內（入）室，君之備（服）不可呂（以）進。」

【新證】

「㠶人」，整理者讀為「侏人」，訓為做宮中御侍的侏儒。〔註66〕孟蓬生認為「稚」可通假為「夷」，而「夷」在楚簡中可通假為「寺」，故將「㠶人」讀為「寺人」，指宮中供使喚的小臣。〔註67〕史傑鵬、劉信芳等從之。董珊釋為「集人」，讀為「宗人」。〔註68〕魏宜輝認為「㠶」可通假為「閽」，「㠶」人就是文獻中的「閽人」〔註69〕。另有鄭玉珊讀為「雉人」，訓為守宮門的人。曹方向讀為「誰人」，相當於《漢書》的「大誰」「大誰卒」，屬於宮廷宿衛官。眾說紛紜，莫衷一是。

按：「㠶」從「稚」得聲，「稚」和「稺」是異體字，《玉篇・禾部》：「稺，幼禾也。稚，同稺。」《易・序卦》：「物之稺也。」《釋文》：「稺本或作稚。」

<hr>

〔註65〕「廷」，亦可讀為「庭」，指額頭中央，即俗語所言「天庭飽滿」之「庭」，「免庭」即陸德明釋文中的「以布廣一寸，從項中而前，交於額上」。但問題在於並沒有確鑿證據證明「庭」在先秦有指稱額頭的意義。
〔註66〕上博四第 183 頁。
〔註67〕孟蓬生：《上博竹書（四）閒詁》，簡帛研究，2005 年 2 月 15 日。
〔註68〕董珊：《讀〈上博藏戰國楚竹書（四）雜記〉》，簡帛研究網，2005 年 2 月 20 日。
〔註69〕魏宜輝：《讀上博楚簡（四）箚記》，簡帛研究網，2005 年 5 月 31 日。

《詩・魯頌・閟宮》：「稙稚菽麥。」《說文・禾部》引「稺」作「稚」。屖，即犀，《爾雅・釋獸》：「犀似豕。」《釋文》：「犀俗作屖」。「𡋥」可讀為「墀」，指宮室前面經過裝飾的地面。《說文・土部》：「墀，《禮》：『天子赤墀。』」《韓非子・十過》：「夏后氏沒，殷人受之，作為大路，而建九旒，食器雕琢，觴酌刻鏤，四壁堊墀，茵席雕文，此彌侈矣，而國之不服者五十三。」《漢書・梅福傳》：「故願壹登文石之陛，涉赤墀之塗。」墀人，當為在宮室前宮門外巡視的人。

【完整釋文】

邵（昭）王為室於死沮（沮）之溙（濟）。室既成，牆（將）祮（落）之。王戒（誡）邦大夫吕（以）飲酒。既勘条之，王內（入）牆（將）祮（落）。又（有）一君子，殁（喪）備（服）曼廷，牆（將）迍（跖）閨。𡋥人止之，曰：【1】「君王旨（始）內（入）室，君之備（服）不可吕（以）進。」不㞷（止），曰：「少（小）人之告㝠，牆（將）劃（斷）於含（今）日。尔（爾）必㞷（止）少（小）人，少（小）人牆（將）訇寇。」𡋥人弗敢（敢）㞷（止）。至【2】閨，辻（卜）命尹陞（陳）𦎫為貝（視）日，告：「僮（僕）之母（毋）辱君王，不狀（幸）僮（僕）之父之骨才（在）於此室之墮（階）下，僮（僕）牆（將）埉（撿）亡老［□□］【3】吕（以）僮（僕）之不旻（得）並僮（僕）之父母之骨，厶（私）自搏。」辻（卜）命尹不為之告。「君不為僮（僕）告，僮（僕）牆（將）訇寇。」辻（卜）命尹為之告。【4】［王］曰：「虐（吾）不智（知）亓（其）尔（爾）墓（墓）。爾古（姑）須，既祮（落）女（焉）從事。」王遄（徙）尻（處）於坪漧，卒（卒）吕（以）大夫飲酒於坪漧。因命至（致）俑（庸）毀室。

第六節 《昭王與龏之脾》字詞新證

《昭王與龏之脾》與《昭王毀室》隸屬同一批竹簡，簡序順接《昭王毀室》，抄手為同一個人。內容完整，講昭王逃亡的故事。釋文從整理者所列簡序。本節考釋的詞語分別為「介趣」「衽裸」「息君」。

一、介趣

【相關釋文】

大尹內（入）告王：「儓（僕）遇脾㞢（將）取車，被（披）襦衣。脾介趣君王，不隻（獲）瞋頸之辠（罪）君王，至於定（正）各（冬）而被（披）襦衣？」

【新證】

整理者訓「介」為孤獨，讀「趣」為「趨」，「介趣」訓為獨自駕馭。陳劍讀「趣」為「騶」，訓為主管養馬並駕車的人。又言「騶」可能作「駕車」義。楊澤生認為「介」應該是「示」字，訓為示意或告知；「趣」如字讀，訓為趨向、前往。「示騶君王」義為「示意大尹（或告知大尹），他前往君王那裡」。〔註70〕張崇禮認為「介」是「甲」之別名，「介趣」連言，當為套馬駕車之意。「介」或許由給馬披甲而引申出一般的套馬之義。〔註71〕禤健聰也訓「介」為「甲」，「趣」從陳劍觀點解釋為駕車，「介趣君王」即為君王介趣。〔註72〕劉雲根據《汗簡》《古文四聲韻》將整理者釋為「介」之字釋為「掌」，訓為掌管。「趣」讀為「騶」，主管養馬並駕車的人。〔註73〕

按：關於「介」字的隸定，暫從整理者觀點。「介」可讀為「挈」。上博簡《周易・睽》：「六晶（三）：見輿曳，其牛㩉，其天人且劓，无初有終。」傳世本《周易》「㩉」作「挈」，挈，牽曳。《詩・大雅・抑》「匪手攜之」鄭玄箋「非但以手攜之」陸德明釋文：「挈，曳也」《呂氏春秋・具備》：「吏方將書，宓子賤從旁時挈搖其肘。吏書之不善，則宓子賤為之怒。」趣，讀為「趨」，訓為疾行。《詩・小雅・綿蠻》：「綿蠻黃鳥，止于丘隅。豈敢憚行？畏不能趨。」《論語・微子》：「孔子下，欲與之言。趨而辟之，不得與之言。」《公羊傳・桓公二年》：「殤公知孔父死，己必死，趨而救之，皆死焉。」《孟子・公孫丑上》：「志壹則動氣；氣壹則動志也，今夫蹶者趨者是氣也而反動其心。」又「其子趨而往視之。」朱熹集注：「趨，走也。」「挈趨君王」，猶

〔註70〕楊澤生：《讀〈上博四〉劄記》，簡帛研究網，2005年3月24日。
〔註71〕張崇禮：《楚簡釋讀》，山東大學2008年博士學位論文。
〔註72〕禤健聰：《上博簡〈昭王毀室〉篇字詞補釋》，《簡帛研究二〇〇五》，廣西師範大學出版社，2008年。
〔註73〕劉雲：《說上博簡中的「掌」字》，簡帛網，2008年11月29日。

言「掣君王趨」，訓為載著君王行。

二、袵褓

【相關釋文】

王訏（召）而余（予）之袵褓（袍）。龏（龔）之脽被（披）之，丌（其）裣（衿）見。

【新證】

袵褓，整理者訓「袵」為「袖」，《廣雅·釋器》：「袖也」。《說文通訓定聲》：「袵，凡袵皆言兩旁，衣際，裳際，正當手下垂之處，故轉而名袂。」訓「褓」為小兒衣。孟蓬生則讀「褓」為「褒」，訓為寬大的衣服。[註74] 陳劍讀為「領袍」，訓為一領袍子。[註75] 陳斯鵬讀為「綈袍」，引《說文》「綈，厚繒也」。[註76] 何有祖讀為「袗袍」，疑指為貼身衣袍。[註77] 季旭昇讀為「陳袍」，指陳舊的袍子。[註78] 單育辰讀為「縕袍」，指舊絮填襯的袍子。[註79] 禤健聰讀為「裎袍」，對襟長衣。

按：陳斯鵬說與何有祖說可通，根據上下文，龏之脽把昭王賜的袍子穿在裏面後，露出衣領，昭王見了，不讓他露出來，再加上下文昭王的話，可知昭王賜的袍子比較華美，在當時的環境下，如果讓人看見昭王賜給御者錦衣，影響不好。由此可知「陳袍」「縕袍」之說可商。

「壬」和從「㐱」得聲的字可通。《左傳·昭公二十年》：「太子壬弱。」《史記·楚世家》「壬」作「珍」，袵，可讀為「袗」，訓為「華美」，《孟子·盡心下》：「舜之飯糗茹草也，若將終身焉，及其為天子也，被袗衣，鼓琴。」趙岐注：「袗，畫也……被畫衣，黼黻絺繡也。」袍，則指有夾層、有棉絮的長衣。《禮記·玉藻》：「纊為繭，縕為袍。」鄭玄注：「衣有著之異名也。纊，

〔註74〕孟蓬生：《上博竹書（四）閒詁》，簡帛研究網，2005 年 2 月 15 日。
〔註75〕陳劍：《上博竹書〈昭王與龏之脽〉和〈柬大王泊旱〉讀後記》，簡帛研究網，2005 年 2 月 15 日。
〔註76〕陳斯鵬：《初讀上博竹書（四）文字小記》，簡帛研究網，2005 年 3 月 6 日。
〔註77〕何有祖：《上博（四）楚竹書箚記》，簡帛研究網，2005 年 4 月 15 日。
〔註78〕季旭昇：《說〈上博（四）·昭王與龏之脽〉的「陳袍」》，《中國文字》，第 32 期，藝文印書館，2006 年。
〔註79〕單育辰：《占畢隨錄之六》，簡帛網，2008 年 8 月 5 日。

謂今之新綿也。緼，謂今纊及舊絮也。」袗袍，指華美的長袍。

三、息君

【相關釋文】

天加禍於楚邦，息君吳王，身至於郢。楚邦之良臣所蔑（暴）骨，虗（吾）未又（有）呂（以）悬（憂）亓（其）子。

【新證】

整理者讀為「息」為「怕」的異體字。孟蓬生讀「息君」為「伯（霸）君」。陳劍讀為「獷」，訓為狡獷。范常喜認為「息」為「思」之誤。楚簡中的「思」常作「使」用，「君吳王」理解為同位短語。〔註80〕周鳳五讀為「暴君」。〔註81〕黃人二讀「息」為「縛」，認為「君」是龔之脾的父親。〔註82〕

曹錦炎先生指出，楚簡文字中有很多並不從「心」的字，卻增心旁為繁構，如清華簡《別卦》卦名，對照上博簡《周易》及今本之卦名，大多增加「心」旁，如慼（咸）、惑（革）、憞（隨）、懇（晉）、慀（睽）、懠（濟）、悥（渙）等，這些文字迭加的「心」旁皆無理可言，與楚文字喜增「口」旁一樣都是用作裝飾。「息」字之「心」旁，當屬同樣的情況。「息君吳王」訓讀當從孟蓬生，讀為伯君。

【完整釋文】

卲（昭）王迠（跖）【5】逃琔，龏（龔）之脾駁（馭）王。牁（將）取車，大尹遇之，被（披）褕衣。大尹內（入）告王：「僿（僕）遇脾牁（將）取車，被（披）褕衣。脾介趣君王，不【6】獲瞙頸之辠（罪）君王，至於定（正）各（冬）而被（披）褕衣！」王訡（召）而余（予）之袊褓（袍）。龏（龔）之脾被（披）之，亓（其）袩（衿）貝。羿逃琔，王命龏（龔）之脾【7】母（毋）見。大尹昏（聞）之，自訟於王：「老臣為君王獸（守）貝（視）之臣，辠（罪）亓〈不〉公（容）於死。或昏（昧）

〔註80〕范常喜：《讀〈上博四〉簡記四則》，簡帛研究網，2005 年 3 月 31 日。
〔註81〕周鳳五：《上博四〈昭王與龔之脾〉重探》，《臺大中文學報》第 29 期，2008 年。
〔註82〕黃人二：《上博四〈昭王與龔之脾〉書後》，《戰國楚簡研究》，上海古籍出版社，2012 年。

死言：僕（僕）見脾之寒也，吕（以）告君王。今君王或命【8】脾母（毋）見，此則僕（僕）之辠（罪）也。」王曰：「大尹之言脾，可（何）訧又（有）女（焉）？天加禍於楚邦，息君吳王身至於郢。楚邦之良臣所菱（暴）【9】骨，虔（吾）未又（有）吕（以）慇（憂）丌（其）子。脾既與虔（吾）同車，或余（予）[之] 衣，囟（使）邦人膚（皆）見之。」三日，女（焉）命龏（龔）之脾見。【10】

第七節　《命》字詞新證

上博八《命》共 11 枚竹簡，皆完整，講楚國令尹子春之事。釋文簡序從復旦吉大讀書會觀點〔註83〕。本節考察「坐友／立友」的理解問題。

一、坐友／立友

【相關釋文】

會（答）曰：「亡僕（僕）之尚（掌）楚邦之正（政），遂（坐）客（友）五人，立客（友）七人，君王之所吕（以）命與所為於楚邦，必內（入）瓜（偶）之於十客（友）又厽（三），皆亡▨女（焉）而行之。含（今）貝（視）日為楚命（令）尹，遂（坐）客（友）亡（無）一人，立客（友）亡（無）一人，而邦正（政）不敗，僕（僕）吕（以）此胃（謂）貝（視）日十又厽（三）亡僕（僕）。」命（令）尹曰：「甚善女（焉）。」敓遂（坐）客（友）三人，立客（友）三人。

【新證】

二詞為先秦文獻始見，後世文獻中也較為少見。後世文獻如《列女傳·母儀傳》：「桓公坐友三人，諫臣五人，日舉過者三十人，故能成伯業。」《全唐文》卷 742 劉珂《上崔相公書》亦有同樣記載：「齊桓公為諸侯盟主，有坐友三人，諫臣五人，舉過者三十人。」「友」在先秦可能是君王近臣，非常設官職，人數也不固定。後世成為王府的常設職官，如《晉書·職官志》：「王置師、友、文學各一人，景帝諱，故改師為傅。友者因文王、仲尼四友之名

〔註83〕復旦吉大古文字專業研究生聯合讀書會：《上博八〈命〉校讀》，復旦網，2011 年 7 月 17 日。

號。」晉代張華《博物志》卷六：「文王四友：南宮括、散宜生、閎夭、太顛。」
《詩・大雅・文王序》孔穎達疏引《殷傳》云：「西伯得四友獻寶，免於虎口
而克耆。」「坐友」、「立友」亦當由「文王四友」衍生而來。以上文獻雖為晚
出，但對我們理解「坐友」、「立友」之義確有幫助，故而引之。另外，《韓非
子・外儲說左下》有如下記載：

> 南宮敬子問顏涿聚曰：「季孫養孔子之徒，所朝服與坐者以十
> 數而遇賊，何也？」曰：「昔周成王近憂侏儒以逞其意，而與君子
> 斷事，是能成其欲於天下。今季孫養孔子之徒，所朝服而與坐者
> 以十數，而與優侏儒斷事，是以遇賊。故曰：不在所與居，在所
> 與謀也。」

簡文之「坐友」可能是關係親密的最高級幕僚，「立友」相對次一級。

【完整釋文】

鄩（葉）公子高之子見於命（令）尹子春，子春胃（謂）之曰：「君
王窮（窮）亡（無）人，命虗（吾）為楚邦。恐不【1】能，吕（以）辱鈗
（斧）竃（鑕）。先大夫之風裁遺命，亦可吕（以）告我。」答曰：「僅
（僕）既旻（得）辱貝（視）日【2】之廷，命求言吕（以）會（答），雖
伏於鈗（斧）竃（鑕），命勿之敢韋（違）。如吕（以）筐（僕）之觀貝（視）
日也，【3】十又三亡筐（僕）。」命（令）尹曰：「先大夫旬（辭）命（令）
尹，受司馬，緰（治）楚邦之正（政），黷（黔）頁（首）塵（萬）民，
【6】莫不忻（欣）憙（喜）；四海之內，莫弗睧（聞）。子胃（謂）易（陽）
為掔（賢）於先大夫，請昏（問）亓（其）古（故）。」會（答）曰：【7】
「亡筐（僕）之尚（掌）楚邦之正（政），迣（坐）者（友）五人，立者
（友）七人，君王之所吕（以）命與所為於楚【8】邦，必內（入）瓜（偶）
之於十者（友）又厽（三），皆亡𢎥女（焉）而行之。含（今）貝（視）
日為楚命（令）尹，迣（坐）者（友）亡（無）【9】一人，立者（友）亡
（無）一人，而邦正（政）不敗，筐（僕）吕（以）此胃（謂）貝（視）
日十又厽（三）亡筐（僕）。」命（令）尹曰：「甚善女（焉）。」敊（樹）
【10】迣（坐）者（友）三人，立者（友）三人。【11正】

第四章　禮記類文獻字詞新證（上）

第一節　《季庚子問於孔子》字詞新證

　　上博五《季庚子問於孔子》中的「季庚子」，即歷史上的季康子，春秋時魯國大夫。該文主要講孔子的「仁之以德」等思想，不見於傳世文獻。該篇共 23 枚簡，但殘損嚴重，簡文大量缺失。釋文吸收各家成果〔註1〕。本節考釋「旬脜」「玄曾」兩組詞語。

一、旬脜

【相關釋文】

　　季庚（康）子訽（問）於孔子曰：肥從又（有）司之遂（後），罷（一）不智（知）民矛（務）之女（焉）才（在），售（唯）子之旬脜。青（請）昏（問）君子之從事者，於民之〔□〕悳（德），此君子之大矛（務）也。

【新證】

　　關於「旬脜」的討論，學界主要有兩種觀點，焦點在於「脜」的通假。整

〔註1〕陳劍、李銳、福田哲之、唐宏志等學者觀點。

理者認為：「䪼」通假為「憂」，郭店簡《老子》乙本：「絕學亡䪼。」傳世本《老子》第二十章：「絕學亡憂。」〔註2〕在「憂」的基礎上，季旭昇讀為將「訇䪼」讀為「司擾」，訓為負責教育馴化。〔註3〕楊澤生讀為「治憂」，訓為政憂、仕憂。〔註4〕高榮鴻從之，認為「司擾」「治擾」「治憂」都可讀通，但比較傾向於前兩說，原因在於孔子終身關注教育問題，對民務非常熟稔，所以季康子才向孔子請教。〔註5〕另外一種觀點以陳偉的想法為代表，陳偉讀為「貽羞」，認為可與上博三《仲弓》第26簡：「恐貽吾子𢝊（羞）」作參照。〔註6〕陳說因有參照，較為流行。林素清在此基礎上，認為「羞」與「辱」音近義同，將「䪼」直接讀為「辱」〔註7〕。林清源自成一說，讀為「貽謨」，訓為惠賜治理民務的謀略。〔註8〕

按：以上兩說在「䪼」的通假上都可通。陳偉讀為「貽羞」則是受上博三《仲弓》陳劍訓釋的影響，「恐怡吾子𢝊」，陳劍認為「怡」與「貽」，「𢝊」與「羞」皆音近可通。《禮記．內則》：「將為不善，思貽父母羞辱。」《逸周書．序》：「穆王思保位惟難，恐貽世羞，欲自警悟，作《史記》。」〔註9〕陳偉在此基礎上認為本句使用的「之」字將賓語前置，而仲弓屬於正常句式。「怡」「𢝊」和「訇䪼」雖然字形基本相同，但所出現的句式語境完全不同，「恐怡吾子𢝊」完整的語境如下：

> 季逗（桓）子㝵（使）中（仲）弓為𨤎（宰），中（仲）弓𠂤（以）告孔子，曰：「季是（氏）〔□〕㝵（使）雍（雍）也從於𨤎（宰）夫之逡（後）。雍（雍）也憧愚，忎（恐）怡（貽）虐（吾）子𢝊，忑（願）因虐（吾）子而訇。」

此處「𢝊」讀為「羞」似乎不如讀為「憂」通暢，「𢝊」讀為「憂」，「貽」

〔註2〕上博五第201頁。

〔註3〕季旭昇：《上博五．雜議（上）》，簡帛網，2006年2月18日。

〔註4〕楊澤生：《〈上博五〉零拾十二則》，簡帛網，2006年3月20日。

〔註5〕高榮鴻：《上博楚簡論語類文獻疏證》，臺灣中興大學中國文學系博士論文，2013年。

〔註6〕陳偉：《新出竹簡研讀》，武漢大學出版社，2012年，第223頁。

〔註7〕林素清：《讀〈季康子問於孔子〉與〈弟子問〉劄記》，《楚地簡帛思想研究》，第3輯，湖北教育出版社，2007年。

〔註8〕林清源：《上博五〈季庚子問於孔子〉通釋》，《漢學研究》第34卷第1期，2016年。

〔註9〕陳劍：《上博竹書〈仲弓〉篇新編釋文（稿）》，簡帛研究網，2004年4月19日。

可訓為「致使」，《書・召誥》：「若生子，罔不在厥初生，自貽哲命。」從上下文來說，仲弓的意思是自己愚鈍，恐怕讓孔子憂慮。所以願意為孔子而辭掉季桓子的任命。而「唯子之旬脂」則是出現在季康子的詢問句中，完整語句為「肥從又（有）司之逡（後），罷（一）不智（知）民矛（務）之女（安）才（在），售（唯）子之旬脂。青（請）昏（問）君子之從事者，於民之上，君子之大矛（務）安才（在）？」

「旬」從「司」得聲，可讀為「申」，《莊子・大宗師》：「申徒狄」。陸德明《經典釋文・莊子音義上》：「崔本作司徒狄。」「申」，舒也。《戰國策・魏策四》：「衣焦不申，頭塵不去。」吳師道補注：「申，舒也。」「申憂」，疑即文獻中的「紓憂」，《左傳・成公十六年》：「五月，晉師濟河。聞楚師將至，范文子欲反，曰：『我偽逃楚，可以紓憂。夫合諸侯，非吾所能也，以遺能者。我若群臣輯睦以事君，多矣。』」此句大義季康子謙稱自己是「有司」之後，完全不懂得民務。「唯子之申憂」，希望孔子能紓解自己的憂慮。

二、玄曾

【相關釋文】

母（毋）信玄曾，因邦之所叚（賢）而墾（興）之。大皋（罪）殺之，蠥皋（罪）型（刑）之，少（小）皋（罪）罰之。句（苟）能固獸（守）而行之，民必備（服）矣。古（夫）子呂（以）此言為系（奚）女（如）？

【新證】

玄曾，整理者將「玄」隸定為「予」，讀為「諛」，訓為「諂媚之言」，「曾」讀為「憎」，訓為「憎恨」。又將「曾」讀為「譖」，將全句理解為「不信諂媚之言，不信惡意之語」。〔註10〕陳劍改整理者隸定的「予」字為「玄」。〔註11〕研究者多從之。范常喜讀為「玄繒」，將簡文理解為「不要相信玄繒這些祭品」。〔註12〕王化平讀為「眩層」，將「層」訓為「高」，將簡文理解為「不要相信

〔註10〕上博五第232頁。
〔註11〕陳劍：《談談〈上博五〉的竹簡分篇、拼合與編聯問題》，簡帛網，2006年2月19日。
〔註12〕范常喜：《〈弟子問〉〈季康子問於孔子〉箚記三則》，簡帛網，2006年8月2日。

天花亂墜的言語」。〔註13〕許敏慧讀為「奸饞」，訓為「讒言」，將簡文理解為
「不要相信讒言」。〔註14〕高榮鴻讀為「奸雄」，認為簡文正可對應《荀子・
非相》「聽其言則辭辯而無統，用其身則多詐而無功，上不足以順明王，下不
足以和齊百姓，然而口舌之均，譫唯則節，足以為奇偉偃卻之屬，夫是之謂
奸人之雄」。〔註15〕林清源讀為「眩譖」，認為「眩譖」所涉及的對象可能是
人，也可能是言論，將簡文理解為「不要相信眩亂是非的言論，也不要相信
惡意誣陷他人的言論」。〔註16〕

　　按：陳劍改整理者隸定為「玄」，甚是。研究者將注意力完全放在「玄曾」
的訓釋上，而忽略了對「玄曾」前「信」的訓釋。簡文「信」並非「相信」，而
是「任用」，《荀子・哀公》：「語曰『桓公用其賊，文公用其盜』，故明主任計不
信怒，闇主信怒不任計。」楊倞注：「信，亦任也。」郝懿行注：「此蒙『桓公
用賊，文公用盜』而言，賊謂管仲，盜謂里鳧須，故云『任計不信怒』也。」
《大戴禮記・曾子立言》：「故士執仁與義而明行之，未篤故也，胡為其莫之聞
也。殺六畜不當，及親，吾信之矣；使民不時，失國，吾信之矣。」王聘珍解
詁：「信，任也。」《鶡冠子・著希》：「心雖欲之而弗敢信。」陸佃注：「信，猶
任也。」「信」可訓為「任用」，是由「信任」義引申而成「任用」義。

　　簡文前半句言「毋信玄曾」恰與後半句「因邦之所賢而興之」相對而言，
「因」，訓為「親」，《左傳・閔公元年》：「親有禮，因重固，間攜貳，覆昏亂，
霸王之器也。」言親近國中賢人而推舉任用。「玄曾」與「賢」語義正好相反。

　　「玄」，匣母真部字，可與群母元部字通假，如「元」，《爾雅・釋天》：「在
壬曰玄黓。」《淮南子・天文》「玄黓」作「元黓」。「健」屬群母元部，「玄」
與「健」當可通假。「健」可訓為「貪」。《荀子・哀公》：「魯哀公問於孔子曰：
『請問取人？』孔子對曰：『無取健，無取詌，無取口啍。』健，貪也；詌，
亂也；口啍，誕也。」「曾」，讀為「譜」，言辭誇大。《說文・言部》：「譜，
加也。」段玉裁注：「加下曰：『語相譜加也。』按：譜、加、誣三字互訓。」
《廣韻・登韻》：「譜，加言也。」簡文「譜」正與《荀子・哀公》「口啍」互

〔註13〕王化平：《讀上博五〈季康子問於孔子〉箚記六則》，簡帛網，2007年10月30日。
〔註14〕許敏慧：《〈上海博物館藏戰國楚竹書（五）・季康子問於孔子〉研究》，臺灣師範
　　　　大學碩士論文，2007年。
〔註15〕高榮鴻：《上博楚簡論語類文獻疏證》，臺灣中興大學博士論文，2013年。
〔註16〕林清源：《上博五〈季庚子問於孔子〉通釋》，《漢學研究》第34卷第1期。

訓，指言辭虛誕。「健譖」屬近義連文，指貪婪言辭虛誕之人。

【完整釋文】

季庚（康）子餬（問）於孔子曰：肥從又（有）司之遂（後），罷（一）不智（知）民秀（務）之女（安）才（在），售（唯）子之旬頤。昔（請）昏（問）君子之從事者，於民之【1】

[□□] 悳（德），此君子之大秀（務）也。庚（康）子曰：「昔（請）昏（問）可（何）胃（謂）悬（仁）之呂（以）悳（德）？」孔子曰：「君子才（在）民【2】之上，執民之卑（中），紸（施）薈（教）於百昔（姓），而民不備（服）安（焉），氏（是）君子之恥也。是古（故）君子玉丌（其）言而廛（展）丌（其）行，敬成丌（其）【3】悳（德）呂（以）臨民。民瞛（望）丌（其）道而備（服）女（焉），此之胃（謂）悬（仁）之呂（以）悳（德）。歔（且）笶（管）中（仲）又（有）言曰：『君子龏（恭）則述（遂），喬（驕）則澷（侮）。浦（備）言多難，【4】

[□□] 矣。庚（康）子曰：「母（毋）乃肥之昏（問）也是（寔）怎（差）虖（乎）？古（故）女（如）虘（吾）子之疋（疏）肥也。」孔子【11下】鳥（辭）曰：「子之言也巳（已）至（重）。丘也昏（聞）君子[□□]【18上】

[□□] 者，因古冊豊（禮）而章（彰）之毋逆，百事皆晝（靜）行之，【17】

[□□] 女（焉），女（焉）复（作）而轋（乘）之，則邦又（有）獲。先人之所善亦善之，先人之所叓（使）【12】[亦叓（使）之。先人之所□勿□，先人之所] 亞（惡）勿叓（使），先人之所瀗（廢）勿記（起），狀（然）則民徔（懲）不善，眯（眯）父兄子佛（弟）而夌（稱）賕【15下】

[□□] 亡（無）難（難）。母（毋）忘姑姊妹而遠敬之，則民又（有）豊（禮）。狀（然）句（後）弄（奉）之呂（以）卑（忠）彈（敦）。【《內豊》附簡】

[□□] 窋（寧）尨肥也。」孔子曰：「丘昏（聞）之孟者吴（昃）曰：『夫書者，吕（以）箸（著）君子之惪（德）也；【6】夫時（詩）也者，吕（以）筹（志）君子之志；夫義（儀）者，吕（以）斤（謹）君子之行也。君子涉之，小人雚（觀）之。君子敬成丌（其）惪（德），少（小）人母稦（寐）【7】

罙（深）佝（厚）。氏（是）古（故）夫敀（撫）邦甚難。民能多一[□□]【11上】

[□□] 田，肥民則安，肴（膳）民不鼓（樹）。氏（是）古（故）叚（賢）人大於邦而又（有）劬心，能為祝（鬼）【18下】

[□□] 滅速。母（毋）丕（互）才（在）遂（後），遂（後）殢（世）比躙（亂），邦相憲（威）毀，眾必亞（惡）善，叚（賢）人【22下】

[□□] 面。事皆旻（得）丌（其）雈（權）而弜（強）之，則邦又（有）干童（重），百眚（姓）送（遜）之吕（以）[□□]【5】

[□□] 也。縈（葛）毆含（今）語肥也吕（以）尻（處）邦豪（家）之述（術），曰：君子不可吕（以）不弜（強），不弜（強）則不立【8】

[□□] [不] 愚（威），[不] 愚（威）則民猒（厭）之。母（毋）信玄曾，因邦之所叚（賢）而墅（興）之。大皋（罪）殺【21】之，壓皋（罪）型（刑）之，少（小）皋（罪）罰之。句（苟）能固獸（守）【22上】而行之，民必備（服）矣。古（夫）子吕（以）此言為系（奚）女（如）？」孔子曰：「繇（由）丘雈（觀）之，則敝（美）【13】言也巳（已）。叡（且）夫毆含（今）之先人，蒞（世）三代之遠（傳）叟（史）。幾（豈）敄（敢）不吕（以）丌（其）先人之遠（傳）等（志）告？」庚（康）子曰：「肰（然）。丌（其）宔（主）人亦曰：古之為【14】邦者必吕（以）此。」孔子曰：「言則岂（美）矣，然【15上】異於丘之所昏（聞）。至（丘）昏（聞）之，床（臧）曼（文）中（仲）又（有）言曰：『君子弜（強）則遝（遺），愚（威）則民不【9】道，啻（嚴）則遊（失）眾，盅（猛）則亡（無）新（親），好型（刑）則不羊（祥），好殺則复（作）躙（亂）。』是古（故）叚（賢）人之居邦豪（家）也，殂（夙）墅（興）夜稦（寐）

【10】降端（瑞）吕（以）比，民之播敚（美）棄（棄）亞（惡）母〈女（如）〉 逞（歸）。斳（慎）少（小）吕（以）會（合）大，疋（疏）言 而窸（密）獸（守）之。母（毋）欽（禁）遠，母（毋）稽逐。亞（惡） 人勿韱（陷），好【19】人勿貴。救民吕（以）賸（關）。大辠（罪）則夜 （赦）之吕（以）型（刑），蹙辠（罪）則夜（赦）之吕（以）罰，少 （小）則諆（訾）之。吿（凡）欲勿崇，凡遊（失）勿𨂻（坐），各【20】 臱（當）丌（其）凵（曲）吕（以）成之，肰（然）則邦坪（平）而民 腄（擾）矣。此君子從事者之所啻🖎🖎也。【23】（16簡已改入《昔者君老》篇）

第二節　《魯邦大旱》字詞新證

　　上博二《魯邦大旱》是魯哀公與孔子關於魯邦大旱及如何紓難的對話。傳世文獻中亦可見，《晏子春秋》和《說苑‧辯物》中都記載了相似的故事，不過主角換成了齊景公和晏子，但主要內容和思想一致。顧史考認為本篇源自晏子類資料的可能性遠比其出自孔子類資料可能性大，是戰國儒家採用此已有之故事而加以儒家色彩，使之能為孔門之道服務耳。〔註17〕釋文採用整理者之簡序。本節考察「寺虗名」的釋讀問題。

一、寺虗名

【相關釋文】

　　夫山，石吕（以）為膚，木吕（以）為民。女（如）天不雨，石牅（將）纈（焦），木牅（將）死。丌（其）欲雨，或甚於我，或（又）必寺虗（吾）名虗？夫川，水吕（以）為膚，魚吕（以）為民。女（如）天不雨，水牅（將）沽（涸），魚牅（將）死，丌（其）欲雨，或甚於我，或（又）必寺（待）虗名虗？」

【新證】

　　整理者將「寺虗名」讀為「恃乎名」，將簡文理解為「山川之神恃名傲世，

〔註17〕《上博竹書〈魯邦大旱〉篇及其形成探索》，《簡帛》第15輯，上海古籍出版社，2017年。

不欲施雨」，引《逸周書·武紀解》「恃名不久，恃功不立，虛願不至，妄為不詳」。〔註18〕劉樂賢讀為「祠乎祭」或「待乎祭」〔註19〕。陳偉將「或」讀為「又」，將「必」前之「或（又）」理解為副詞，在反問句中起加強語氣的作用，「名」讀為「命」，「名」前之「虞」讀為「吾」，「名」後之「虞」讀為「乎」，將整句理解為「難道必須等待我們的呼喚嗎」〔註20〕。裘錫圭贊同陳偉「又」加強語氣之說，但認為如字讀即可。贊同劉樂賢從「山川之名」角度理解「名」，認為「名」在此用為動詞，似可當「稱名」講，《詩·大雅·雲漢》講西周大旱之事，有「靡神不舉，靡愛斯牲。圭璧既卒，寧莫我聽」之語，「稱」「舉」義近，疑「靡神不舉」本謂沒有一個神不稱舉其名而祈禱之。「或必待吾名乎」意即「還一定要等待吾人舉稱其名而祭禱之嗎」〔註21〕。廖名春亦將「名」讀為「命」，訓為《周禮·春官·大祝》所載的「命祭」〔註22〕。其餘各說，一般都是在「或必待吾名乎」基礎上進行釋讀。

按：此句上文有「抑虞子如達命其」之句，更為難解，學界眾說紛紜。但毋庸置疑「達命」之「命」與此句「名」當指同一事，筆者贊同陳偉將「名」讀為「命」和「又」起加強語氣作用的觀點。這段簡文在古書中可以找到對讀文獻，《晏子春秋·景公欲祠靈山河伯以禱雨晏子諫》記載：

> 齊大旱逾時，景公召群臣問曰：「天不雨久矣，民且有饑色。吾使人卜，云：祟在高山廣水。寡人慾少賦斂以祠靈山，可乎？」群臣莫對。晏子進曰：「不可！祠此無益也。夫靈山固以石為身，以草木為髮，天久不雨，髮將焦，身將熱，彼獨不欲雨乎？祠之無益。」公曰：「不然，吾欲祠河伯，可乎？」晏子曰：「不可！河伯以水為國，以魚鱉為民，天久不雨，泉將下，百川竭，國將亡，民將滅矣，彼獨不欲雨乎？祠之何益！」景公曰：「今為之奈何？」晏子曰：「君誠避宮殿暴露，與靈山河伯共憂，其幸而雨乎！」於是景公出野居

〔註18〕上博二第 206 頁。

〔註19〕劉樂賢：《讀上博簡〈民之父母〉等三條箚記》，簡帛研究網，2003 年 1 月 10 日。

〔註20〕陳偉：《讀〈魯邦大旱〉箚記》，《上海博物館藏戰國楚竹書研究續編》，第 481 頁，上海書店出版社，2004 年。

〔註21〕裘錫圭：《〈上海博物館藏戰國楚竹書（二）·魯邦大旱〉釋文注釋》，《裘錫圭學術文集·簡牘帛書卷》，489～490 頁，復旦大學出版社，2015 年。

〔註22〕廖名春：《上博藏楚簡〈魯邦大旱〉校補》，《古籍整理研究學刊》，2004 年第 1 期。

暴露，三日，天果大雨，民盡得種時。景公曰：「善哉！晏子之言，可無用乎！其維有德。」

晏子講「祠之何益」是針對齊景公「寡人慾少賦斂以祠靈山」和「吾欲祠河伯」的回答，簡文「或必寺虘名虘」疑針對上文「遑命」而言。「寺」讀為「待」，各家似乎達成共識。但仔細品味文義，略有不通：《晏子春秋》「祠之何益」的主語應該是景公，祭祀的主體。簡文「或必寺虘名虘」的主語同樣應該是「人」，如讀為「待」，主語就變成山川之神了。從全文角度理解恐怕不妥。

「寺」，當讀為「畤」，為君王祭祀天地五帝的場所。《史記·封禪書》：「自古以雍州積高，神明之隩，故立畤郊上帝，諸神祠皆聚云。」此處用如動詞，指君王親自祭祀。用法恰與《晏子春秋》「寡人慾少賦斂以祠靈山，可乎？」之「祠靈山」相同。命，訓釋當從廖名春訓為「命祭」。即臣受君命而進行的祭祀，《周禮·春官·大祝》：「辨九祭，一曰命祭，二曰衍祭，三曰炮祭，四曰周祭，五曰振祭，六曰擩祭，七曰絕祭，八曰繚祭，九曰共祭。」鄭玄注：「杜子春云：『命祭，祭有所主命也。』」「畤乎命乎」，即對君王親自進行的祭祀和臣受君命而進行的祭祀的疑問。「A乎B乎」結構亦見於古書，《孟子·萬章下》：「辭尊居卑，辭富居貧，惡乎宜乎？」又「其所取之者，義乎不義乎？」

【完整釋文】

魯邦大旱，哀公胃（謂）孔子：「子不為我圖（圖）之？」孔子會（答）曰：「邦大旱，母（毋）乃遊（失）者（諸）型（刑）與惪（德）虘（乎）？售（唯）[□□]【1】之，可（何）才（哉）？」孔子曰：「汆（庶）民智（知）敚（說）之事祱（鬼）也，不智（知）型（刑）與惪（德）。女（如）母（毋）悉（愛）珪（圭）璧希（幣）帛於山川，政（正）垔（刑）與[□□]【2】出，遇子贛（貢），曰：「賜，而昏（聞）衙（巷）迖（路）之言，母（毋）乃胃（謂）丘之會（答）非與（歟）？」子貢曰：「否。戉（抑）虘（吾）子女（如）重命丌（其）與（歟）？女（如）夫政（正）垔（刑）與惪（德），昌（以）事上天，此是才（哉）！女（如）天〈夫〉母（毋）悉（愛）圭璧【3】希（幣）帛於山川，母（毋）乃不可。夫山，

石吕（以）為膚，木吕（以）為民。女（如）天不雨，石牆（將）虋（焦），木牆（將）死。丌（其）欲雨，或甚於我，或（又）必寺（待）虐（吾）名虐（乎）？夫川，水吕（以）為膚，魚吕（以）【4】為民。女（如）天不雨，水牆（將）沽（涸），魚牆（將）死，丌（其）欲雨，或甚於我，或（又）必寺（待）虐（吾）名虐（乎）？」孔子曰：「於（嗚）㦷（呼）！［□□］【5】

第三節 《孔子見季桓子》字詞新證

《孔子見季桓子》是一篇傳世古書未見的儒家文獻，以對話方式記載了孔子與季桓子關於治國的討論。簡文殘損較多，釋文結合各家整理成果〔註 23〕。本節考察「綵專」的釋讀問題。

一、綵專

【相關釋文】

夫子曰：「上不皋（親）悬（仁），而綵專聐（聞）丌（其）旬於僻人㦷（乎）？夫士，品勿（物）不窮（窮），君子流丌（其）觀女（焉）。品勿（物）備矣，而亡（無）成㥁（德）［□］。

【新證】

「綵專」一詞，研究者訓釋各不相同。整理者將「綵」讀為「溥」，引《集韻》：「溥，《說文》：『大也』，通作普。」「專」同「布」，「綵專」意「明德普施」，「博施廣濟」，「上樂施而下益寬」，認為這也是孔子提出的七教之一，君子博施濟眾，得人之舉。陳偉讀為「薄賦」，認為「賦」與「鋪」「傅」「敷」等字都有通假的書證，「專」應可讀為「賦」。〔註 24〕凡國棟、何有祖讀為「附富」，認為「不親仁而附富」應當是夫子對「上」的批評之語，《左傳》定公九年載鮑文子諫齊侯云：「……夫陽虎有寵於季氏，而將殺季孫以不利魯國，而求容焉。親富不親仁，君焉用之？……」「親富不親仁」與簡文「不親仁而

〔註23〕參見陳劍、梁靜、俞紹宏等學者觀點。
〔註24〕陳偉：《新出竹簡研讀》，武漢大學出版社，2012 年，第 268 頁。

附富」相合〔註 25〕。張崇禮讀為「榜（旁）尃（敷）」，認為「旁」訓為「廣」，「敷」訓為「布」，「榜尃」與「普施」、「博施」義同〔註 26〕。陳劍認為「榮尃䎽其治」中「其治」應是動詞的賓語，而其前的三個字不管是將「榮尃䎽」三字連讀看成三個動詞連用，還是斷讀為「榮尃／䎽」（即將「䎽」看作動詞，「榮尃」作副詞修飾它）、「榮／尃䎽」（即將「尃䎽」看作兩個動詞連用，「榮」作副詞修飾它們），其節奏都很彆扭。同時「榮」「尃」又皆以「父」為基本聲符，其讀音極為接近甚至相同。據此完全可以斷定，「榮」「尃」兩字中必有一字係衍文〔註 27〕。

按：以上諸家說法，各有其道理。陳劍認為如果讀為「『榮尃／䎽』（即將『䎽』看作動詞，『榮尃』作副詞修飾它）」的話「節奏很彆扭」。筆者不贊同這種說法。從上下文來看，「榮尃」很顯然是修飾「䎽」在句中作狀語，表示「䎽」的狀態。「榮」從「父」得聲，可與「尃」聲字通假，上博五《鮑叔牙與隰朋之諫》有「攸敚」，即傳世文獻中的「傅說」，在簡文中「榮」讀為「溥」，「尃」則讀為「博」，「溥博」一詞，文獻中有記載，《禮記．中庸》：「溥博淵泉，而時出之。」孔穎達疏：「溥，謂無不周徧；博，謂所及廣遠。」「聞其治」之「聞」訓為傳佈、傳揚、布告。《詩．小雅．鶴鳴》：「鶴鳴于九皋，聲聞于天。」《管子．牧民》：「不祗山川則威令不聞。」簡文「上不親仁，而溥博聞其治於逸人」可理解為在上位者不親近仁者，卻在逸人中周遍地傳佈其政。「逸人」當從何有祖理解為指遁世隱居的人。

【完整釋文】

子貝（見）季趄（桓）[子]，曰：「𠤳（斯）䎽（聞）之，害（蓋）臤（賢）者是能皋〈𡖊（親）〉【1】𢖽（仁），皋〈𡖊（親）〉𢖽（仁）者是能行䎽（聖）人之道。女（如）子〈夫〉皋〈𡖊（親）〉𢖽（仁）、行䎽（聖）人之道，則𠤳（斯）【4】不足，豹〈剴（豈）〉敢（敢）訨（望）之？女（如）夫貝（見）人不猒（厭），䎽（問）豊（禮）不券（倦），則【20】𠤳（斯））中心樂之。」夫子曰：「上不皋〈𡖊（親）〉𢖽（仁），

〔註 25〕凡國棟、何有祖：《〈孔子見季桓子〉劄記一則》，簡帛網。2007 年 7 月 15 日。
〔註 26〕張崇禮：《釋〈孔子見季桓子〉的「榜尃」》，簡帛網，2007 年 7 月 31 日。
〔註 27〕陳劍：《〈上博（六）．孔子見季桓子〉重編新釋》，復旦網，2008 年 3 月 22 日。

而綵專睯（聞）亓（其）訇（辭）於辬人虔（乎）？夫士，品勿（物）【3】不窮（窮），君子流亓（其）觀女（焉）。品勿（物）備矣，而亡（無）成悳（德）［□□］【24】

者也。女（如）此者，女（焉）异（與）之尻（處）而訾（察）睯（問）亓（其）所學。先【16】［□□］繇（由）悬（仁）异（歟）？憲（蓋）君子聎（聽）之。」趄（桓）子曰：「女（如）夫悬（仁）人之未訾（察），亓（其）行【6】尻（處）可名而智（知）與（歟）？」夫子曰：「虗（吾）睯（聞）之，售（唯）悬（仁）人［□□］【10】也。□又（有）此侣（貌）也，而亡（無）㠯（以）言（合）者（諸）此矣。售（唯）非悬（仁）人也，乃［□□］【8】

［□□］亓（其）勿（物）。與（邪）蟡（偽）之民，亦㠯（以）亓（其）勿（物）。審二逃（道）者㠯（以）觀於民，售（雖）又（有）□（過）弗徬（遠）【12】矣。」趄（桓）子曰：「二道者，可旻（得）睯（聞）异（歟）？」夫子曰：「言即至矣，售（雖）【2】虗（吾）子勿睯（問），古（固）牆（將）㠯（以）告。悬（仁）人之道，衣備（服）北（必）卓（中），覾（容）侣（貌）不求異於人，不［□□］【7】也。孝（好）裻（裛）佳聚，印（仰）天而難（歎），曰：不弄（奉）▨，不杏（味）酉（酒）肉，【26】不飤（食）五穀（穀），睪（擇）尻（處）圭杅，剴（豈）不難虔（乎）？戔（抑）异（邪）民之行也，孝（好）刐岂（美）㠯（以）為［□□］，【14】此與（與）悬（仁）人试（二）者也。夫與（邪）蟡（偽）之民，亓（其）述（術）多方。女（如）【11】迷〈悉〉言之，則忘（恐）舊（久）虗（吾）子。」趄（桓）子曰：「暈（斯）不遷，虗（吾）子迷〈悉〉言之，猷（猶）忘（恐）弗智（知），皇（況）亓（其）女（如）【22】岂（微）言之虔（乎）？」夫子曰：「與（邪）蟡（偽）之民，衣備（服）孝（好）［□□］【19】［□□］皆求異於人；□輦夎（衛），興道學（學）㾈（淫）；言不畳（當）亓（其）所，膚（皆）同亓（其）□；此與（邪）民也。【17】行年民（彌）舊（久），睯（聞）學（教）不訾（察）不俵（依）亓（其）行［□□］【18】兼；此與（邪）民也。邑（色）不僕（樸），出言不惎（忌）；覞（見）於君了，大為屸㮚；此與（邪）民［□□］【13】

君子丕（亙）吕（以）眾福，句拜四方之立（位）吕（以）童（動）。君子曼之吕（以）丌（其）所曼，眭（窺）之吕（以）丌（其）所谷（欲），智（知）不行矣。不僵兼，巤（絕）吕（以）為吕（己）兼，此民 [口口]，【15】

為詾吕（以）事丌（其）上，悬（仁）丌（其）女（如）此也。上售（唯）逃，智（知）亡（無）不躅（亂）矣。是古（故）魚道之君子，行，晃（冠）弗貝（見）也；吾（語），曶（僉）弗貝（見）也；魚，口弗貝（見）也。[口口]【5】

是誉（察），求之於卆（中）。此吕（以）不惑，而民道之。【27】

[口口] 悬（仁）爰（援）悬（仁）而進之，不悬（仁）人弗曼（得）進矣。訇（始）曼（得）不可人而异（與）[口口]【9】

[口口] 者，君子悥吕而立帀（師）保，斳（慎）丌（其）豊（禮）樂，逃（道）丌（其）[口口]【21】

[口口] 君子又（有）道，生民之蜗 [口口]【23】

[口口] 民嚚（氓）不可悡（侮）。眾之所植，莫之能瀘（廢）也；眾之 [口口]【25】

第四節　《用曰》字詞新證

上博六《用曰》有簡 20 枚，殘損嚴重，文中多見「用曰」之辭，文中有韻，存在葉韻現象。因竹簡難以編聯，故釋文從整理者所定簡序。本節主要考察「凶刑」「四戔」的釋讀問題。

一、凶刑

【相關釋文】

思民之初生，多險吕（以）難成。視之台（以）康樂，愿（匿）之台（以）凶坓（刑）。

【新證】

「凶」整理者如字讀。研究者多從之。

按：凶，通「訟」，爭訟。《史記‧五帝本紀》：「堯曰：『誰可順此事？』放齊曰：『嗣子丹朱開明。』堯曰：『吁！頑凶，不用。』」張守節正義：「凶，訟也。言丹朱心既頑嚚，又好爭訟，不可用之。」《墨子‧尚賢下》：「王曰：『於！來！有國有士，告女訟刑。』」孫詒讓《墨子閒詁》：「段玉裁云：『訟刑，公刑也。古訟、公通用。』畢沅云：『《孔書》女作爾，訟作詳。』王鳴盛云：『《墨子》作訟，從詳而傳寫誤。』」王鳴盛所言甚是，從這句話來看，「訟刑」與「康樂」相對而言，乃是同義連文。

二、四戔

【相關釋文】

用曰：母（毋）事縲縲。弝（強）君虍（梡）政，楊（揚）武於外。克轣（獵）戎事，臺（以）員四戔。折（制）瀘（法）即（節）井（刑），恐（恒）民趨敗（敗）。

【新證】

整理者將讀「戔」為「踐」，認為「四踐」猶言「四方疆土」。凡國棟贊成整理者的理解，但對「戔」的通假有所不同，他認為「戔」可直接破讀為「境」，引《孟子‧梁惠王》：「四境之內不治，則如之何」《孟子‧公孫丑》：「雞鳴狗吠相聞，而達乎四境」為證。〔註28〕劉剛將「戔」讀為「界」。〔註29〕晏昌貴認為「四戔」或與甲骨卜辭「四戈」有關，陳夢家《殷虛卜辭綜述》讀「四國」，楚帛書有「四淺」。〔註30〕

按：此處「戔」亦可讀為「殘」，訓為暴虐無道的人。《論語‧子路》：「善人為邦百年，亦可以勝殘去殺矣。」朱熹集注：「勝殘，化殘暴之人，使不為惡也。」《史記‧張耳陳餘列傳》：「將軍瞋目張膽，出萬死不顧一生之計，為天下除殘也。」「四殘」即為四方暴虐之人。「員」與「袁」聲字通假，《龍崗秦簡》：「有言縣道官，園（員）程〔□〕。」睡虎地秦簡《日書甲種‧盜者》：「盜者園（圓）面，其為人也埤埤然。」簡文「員」讀為「遠」，訓為遠離。

〔註28〕凡國棟：《上博六〈用曰〉初讀》，簡帛網，2007 年 7 月 10 日。

〔註29〕劉剛：《上博六〈用曰〉篇初步考察》，復旦網，2008 年 10 月 31 日。

〔註30〕晏昌貴：《上博藏戰國楚竹書〈用曰〉篇讀編聯與注釋》，《楚文化研究論集》第 8 集，大象出版社，2009 年。

《左傳・昭公八年》：「叔向曰：『子野之言，君子哉！君子之言，信而有徵，故怨遠於其身。』」《孟子・梁惠王上》：「君子之於禽獸也，見其生，不忍見其死；聞其聲，不忍食其肉。是以君子遠庖廚也。」《書・伊訓》：「敢有侮聖言，逆忠直，遠耆德，比頑童，時謂亂風。」

【完整釋文】

思民之初生，多險呂（以）難成。炅（示）之台（以）康樂，慝（匿）之台（以）凶（凶）坓（刑）。心、目返（及）言，是善敗（敗）之經。參（三）節之未旻（得），豫（捨）命乃縈。【1】

[□□] 不可憑。用曰：埶（邇）君埶（邇）戾。柬柬疋疋，事非與又（有）方。偁（稱）秉縜（縄）惪（德），冒難軋（犯）央（殃）。非慗於福，亦力孚（勉）呂（以）母（毋）忘。君 [□□]【2】

[□□] 丨丌（其）又（有）成惪（德），閟言自闢（關）。訦丌（其）又（有）宇（中）墨，良人眞女（焉）。難之！少疋（疏）於穀（穀），亦不埶（邇）於惻（賊）。用曰：遠君遠戾。【3】

[□□] 惪徑於康。惖（懾）好棄（棄）憂（尤），五井（刑）不行。淰（陰）則或淰（陰），易（陽）則或易（陽）。民日愈樂，遒相弋勸。紅（功）之亡（無）適，而亦不可 [□□]【4】

[□□] 難之，而亦弗能棄（棄）。用曰：宧（寧）事虜（赫）虜（赫）。徵蟲（蟲）飛鳥，受勿（物）於天。民之乍（作）勿（物），隹（唯）言之又（有）信。炅（視）耇（前）募（顧）逡（後），九惠是眞。用曰：[□□]【5】

陼（措）心懷惟，各又（有）丌（其）異煮（圖）。繼（絕）原（源）流湤（漸），丌（其）古（胡）能不沽（涸）？用曰：臄（唇）亡齒倉（寒）。凡龏（恭）人，非人是龏（恭），乒（厥）身是戔（衛）。戔丌（其）又（有）綸紀，【6】

則方繇而弗可矣。用曰：咎羣言之棄。曼曼柬柬，丌（其）頌（容）之作。贛贛險險，丌（其）自炅（示）之泊。慝可慙（慎）哉，丌（其）言之詘。羃（擇）龏（恭）又（有）武，心【7】

[□□] 瑟（樹）惠蓄，僉保之巫。非稷之糧（種），而可歆（飲）飤（食）。碑（積）涅（盈）天之下，而莫之能旻（得）。用曰：自丌（其）又（有）保（寶）貨，盔（寧）又（有）保（寶）惠（德）。韓（違）難 [□□]【8】

[□□] 儥言，台（以）忘（怍）民惠（德）。內閟謫（獨）眾，而焚丌（其）反吳（側）。禃（禍）不降自天，亦不出自坒（地），隹（唯）心自惻（賊）。用 [□□]【9】

[□□] 之巡。春秋還遷（轉），而誎既汲（及）。用曰：裠（勞）人亡赴（徒）。胃（謂）天高而不檠，胃（謂）坒（地）耄（厚）而不達。言才（在）豪（家）室，而莫執朕肎（舌）。昌（倡）[□□]【10】

[□□] 亞（惡）猷（猶）懸（愛），翯（亂）節暜（僭）行。冒還乒（厥）辟，台（以）民乍（作）康。若罔（網）之未癹（發），而自鬎（嘉）樂；司（俟）民之降凶，而亦不可逃。用曰：塈（舉）篁（竿）於埜（野）。[□□]【11】

既出於口，則弗可悔，若矢之孚（免）於弦。用曰：聶丌（其）腒而不可遉（復）。駝（舌）非考孚（免），斳（慎）良台（以）豪（稼）嗇，則行口【12】

不昌（紀）於天，而昌（紀）於人。隹（唯）君之賈臣，非貨台（以）賸（酬）。又（有）痕（莊）才（在）心，鬎（嘉）惠（德）吉猷。心痕（莊）之既權，征民乃䚺（繇）。凶井（刑）厲政，玫其若歫。【13】

用曰：母（毋）事繜繜。弳（強）君橾（桃）政，楊（揚）武於外。克轆（獵）戎事，台（以）員四戔。折（制）瀘（法）即（節）井（刑），惢（恒）民趨敱（敗）。諛丌（其）又（有）繼（絕）惥（圖），而難丌（其）又（有）惠民。心 [□□]【14】

[□□] 宦於朝夕，而考於左（左）右。埶（設）而不難，告眾之所畏忌。請命之所繕，而言詬（語）之所记（起）。皋（罪）之枳（枝）葉，良人可思 [□□]【15】

[□□] 鰥之身。杺（沁）吝（文）惠武，暜（恭）弔（淑）弖（以）成。茅之台（以）元印（色），柬（簡）丌（其）又（有）丞（恒）井（型）；纏（質）丌（其）又（有）戲（威）頌（容），而綏丌（其）又（有）窓（寧）[□□]【16】

[□□] 用，亡（無）咎隹（唯）溋（盈）。用曰：莫眾而脒（迷）。僉（斂）之不骨，而廛（展）之亦不能。韓（違）眾誩（孽）諫，頠聏（聞）亞（惡）慇（謀），事既無社（功）。眾 [□□]【17】

人亡（無）曼（文），言台（以）為章。迉（起）事乍（作）志，叡（叡）丌（其）又（有）宀（中）成。番悥（圖）給眾，台（以）孛（免）民生。埶（設）立帀（師）長，畫（建）毄（樹）之政（正）。論諫啟【18】

[□□] 佥（法）又（有）紀，而亦不可戲。民道緋多，而亦不可沽。又（有）昧（昧）丌（其）不見，不〈而〉卲（昭）丌（其）甚明。又（有）泯泯之不達，而替（散）丌（其）甚章。進退教立，而 [□□]【19】

民亦弗能望。又（有）但之深，而又（有）弔之濺（淺）。又（有）戁戁之給，而又（有）縲縲之 [□]。凡民之夂（終）頪（類），隹（唯）善是善。善，古（故）君之。【20】

第五節　《天子建州》字詞新證

上博六《天子建州》分甲乙兩本，甲本完整，乙本略有缺失。內容上主要講禮制，屬於儒家禮記類文獻。釋文從整理者所定簡序。本節對「孛（免）」「蚙/胹」「誚」「翟」進行考釋。

一、孛（免）

【相關釋文】

士象大夫之立（位），身不免；大夫象邦君之立（位），身不免；邦君象天子之立（位），身不免。

【新證】

「免」字楚文字構型，為「分娩」之「娩」本字，異體字比較多，其中的一個和「字」相同，曹錦炎先生原釋之「字」，後根據劉洪濤意見改釋作「免」，對「身不免」訓釋如下：

「身不免」之免，為喪禮之制，代冠，見於《儀禮・士喪禮》：「主人髻髮袒，眾主人免於房。」鄭玄注：「眾主人免者，齊衰將袒，以免代冠。冠，服之尤尊，不以袒也。免之制未聞，舊說以為如冠狀，廣一寸。《喪服小記》曰：『斬衰髻髮以麻，免而以布。』此用麻布為之，狀如今之著憔頭矣。自項中而前，交於額上，卻繞紒也。」「免」字或作「絻」，《左傳・哀公二年》：「使太子絻。」杜預注：「絻者，始發喪之服。」《淮南子・詮言篇》提到，「處尊位者如尸，守官者如祝宰。」《尚書大傳・梓材》記諸侯朝周：「天下諸侯之悉來，進受命於周，而退見文武之尸者，千七百七十三諸侯皆莫不磬折玉音」，遇見文武之尸行「磬折」之禮，以示尊敬，可見祭祀時「尸」處於「尊位」。簡文「身不免」的意思是說，祭祀時作為尸身不必按一般喪禮用「免」代替原有的冠。因為「尸」是代表死者受祭，服死者之服，戴死者之冠，而「冠，服之尤尊，不以袒也。」故簡文特意指出：因為祭祀時士作為尸象大夫之位、大夫作為尸象邦君（諸侯）之位、邦君（諸侯）作為尸象天子之位，地位很高亦很特殊，不需按喪禮規定以免代冠，所以其尸身皆是「身不免」。〔註31〕

按：曹錦炎先生從喪禮出發，對「身不免」進行了詳細的解釋。毫無疑問，尸是祭祀時代死者受祭的人，文獻中多有書證，《詩・小雅・楚茨》：「神具醉止，皇尸載起。鼓鍾送尸，神保聿歸。」《儀禮・士虞禮》：「祝迎尸，一人衰絰奉篚哭從尸。」鄭玄注：「尸，主也。孝子之祭，不見親之形象，心無所繫，立尸而主意焉。」《公羊傳・宣公八年》「祭之明日也」何休注：「祭必有尸者，節神也。禮，天子以卿為尸，諸侯以大夫為尸，卿大夫以下以孫為尸。」但若將「身不免」釋作「祭祀時作為尸身不必按一般喪禮用『免』代

〔註31〕曹錦炎：《〈天子建州〉首章重釋》，《出土文獻》第 4 輯，中西書局，2013 年。

替原有的冠」，便是將「身」釋作「祭祀時代死者受祭的人」，文獻中並無書證。如以「身」之本義訓釋，「身不免」則不通，因為「眾主人免者，齊衰將袒，以免代冠」，著「免」的部位是頭而非身。

此處的「免」可通假為「挽」，訓為「引」，《左傳‧襄公十四年》：「臧孫說，謂其人曰：『衛君必入。夫二子者，或挽之，或推之，欲無入，得乎？』」《禮記‧檀弓下》：「君於大夫，將葬，弔於宮；及出，命引之，三步則止。」《爾雅‧釋訓》「輦者也」郭璞注「步引輦車」陸德明《經典釋文》引《聲類》曰：「挽，引也。」

二、𠑸／腈

【相關釋文】

豐（禮）者，義（儀）之𠑸也。豐（禮）之於㝊（宗）届（廟）也，不腈（精）為腈（精），不娗（美）為娗（美）。義（儀）反之，腈（精）為不腈（精），娗（美）為不娗（美）。

【新證】

曹錦炎先生認為「𠑸」為「兄」之繁構，加注「圭」旁，也見於金文。將「腈」訓為純淨、精細。劉洪濤將假借為匡，訓為匡正、輔助之義，認為義注重內心情信，禮注重外表儀節。注重義，必因盡其情信而損傷其體，因此需要禮來輔助匡正，使盡其禮而止，不過其度。﹝註32﹞陳偉認為「兄」訓為「大」，引《釋名‧釋親屬》：「兄，荒也。荒，大也。故青徐人謂兄為荒也」為證。﹝註33﹞

按：「兄」，通假為「況」，對比、比擬之義。《荀子‧非十二子》：「無置錐之地，而王公不能與之爭名，在一大夫之位，則一君不能獨畜，一國不能獨容，成名況乎諸侯，莫不願以為臣，是聖人之不得執者也，仲尼子弓是也。」楊倞注：「況，比也。」「況」表示兩件事情之間的比較，從上下文義來看，這段簡文所進行的正是「禮」和「儀」的對比，「禮」是「不精為精，不美為美」，「儀反之，精為不精，美為不美。」訓為「況」亦切合文義。

﹝註32﹞劉洪濤：《讀上博竹書〈天子建州〉箚記》，簡帛網，2007 年 7 月 12 日。
﹝註33﹞陳偉：《新出竹簡研讀》，武漢大學出版社，2012 年，第 297 頁。

　　《天子建州》與《禮記》同屬禮學文獻，兩者的詞語在同樣的範疇內表達同樣的意義。因此在引用書證證明詞語釋義時，應當首選《禮記》中的例子。相比較而言，其他文獻中的例子說服力就會差很多，只能作為備用例子。所以在訓釋「精」的時候，主要是與《禮記》中的「精」作比較。此處「精」訓為「小」亦可。《禮記‧樂記》：「禮樂偩天地之情，達神明之德，降興上下之神，而凝是精粗之體，領父子君臣之節。」鄭玄注：「精粗，謂萬物大小也。」根據《禮記‧禮器》記載，禮有以多、大、高、文為貴者，亦有以少、小、下、素為貴者。「古之聖人，內之為尊，外之為樂，少之為貴，多之為美。是故先王之治禮也，不可多也，不可寡也，唯其稱也。」

三、誚

【相關釋文】

　　古（故）亡（無）豊（禮）大瀿（廢），亡（無）義（儀）大誚。

【新證】

　　「誚」字簡文字形作「🈳」，曹錦炎先生認為是構型有誤的「誚」。陳偉認為此字右旁為「肖」之誤寫。「誚」，訓為責備，引《書‧金縢》「於後宮乃為詩以貽王，名之以《鴟鴞》，王亦誚公」為證〔註34〕。劉洪濤認為「🈳」字右面所從偏旁，當是從金文「🈳」（辥）字演變而來，當釋為「辥」。「辥」是「孽」字的聲符，所以可以讀為「孽」。《楚辭‧天問》「革孽夏民」，蔣驥注：「孽，害也。」《孟子‧公孫丑上》「天作孽」，朱熹《集注》：「孽，禍也。」

　　按：「🈳」字右面所從偏旁，更接近於「肖」，此處當從曹錦炎先生觀點，為「誚」字誤構。「誚」可通為「譙」〔註35〕，譙，凋敝也。《詩‧豳風‧鴟鴞》：「予羽譙譙，予尾翛翛。」

〔註34〕上博六釋文，第135頁。
〔註35〕詳見《漢語大詞典》「誚」字條。

四、罪

【相關釋文】

型（刑），屯（純）用蜇（情），邦芒（亡）；屯（純）用勿（物），邦芒（亡）。必卓（中）蜇（情）呂（以）罪於勿（物），幾殺而邦正。

【新證】

曹錦炎先生釋「罪」為「羅」，訓為包羅、囊括。陳偉亦釋為「羅」，訓為約束、防範。劉洪濤讀為「麗」，訓為附，引《文選》左思《吳都賦》「赤鬚蟬蛻而附麗」，劉逵達注引《爾雅》：「麗，附也。」「必中情以麗於物」，意為「情」「物」兩者兼顧才能治好刑獄之事，只用情和只用物都不能成事。劉信芳亦釋「罪」為「麗」，訓為「偶」，認為「中情以麗於物」謂即合於仁之情、禮之序、禮之等級，又合於以義取「物」之大者。〔註36〕

按：劉說讀為「麗」可從。但訓為「附」還是不太準確。應該訓為繫、纏繞。《禮記·王制》：「凡制五刑，必即天論。郵罰麗於事。」《禮記·祭義》：「祭之日，君牽牲，穆答君，卿大夫序從。既入廟門，麗於碑，卿大夫袒，而毛牛尚耳，鸞刀以刲，取膟膋，乃退。」《禮記》中這兩個例子，句法結構和簡文完全一樣。

【完整釋文】

甲本

　　［凡］天子畫（建）之呂（以）州，邦君畫（建）之呂（以）坏（都），大夫畫（建）之呂（以）里，士畫（建）之呂（以）室。凡天子七殜（世），邦君五【1】［殜（世），大夫］三殜（世），士二殜（世）。士象大夫之立（位），身不孚（免）；大夫象邦君之立（位），身不孚（免）；邦君象天子之【2】［立（位）］，身不孚（免）。

　　豊（禮）者，義（儀）之跬也。豊（禮）之於屌（宗）庿（廟）也，不腈（精）為腈（精），不娧（美）為娧（美）。義（儀）反之，腈（精）為不【3】腈（精），娧（美）為不娧（美）。古（故）亡（無）豊（禮）

大瀍（廢），亡（無）義（儀）大誚。

型（刑），屯（純）用嘼（情），邦芒（亡）；屯（純）用勿（物），邦芒（亡）。必卓（中）嘼（情）吕（以）瞿（麗）於【4】勿（物），幾殺而邦正。

文佘（陰）而武易（陽）。信文旻（得）事，信武旻（得）田。文惪（德）綺（治），武惪（德）伐。文生武殺。日月旻（得）丌（其）【5】甫（輔），棍（相）之吕（以）玉斛（斗），栈（仇）戠（讎）戔（殘）亡。洛尹行身和二，一惪（喜）一忑（怒）。

天子坐吕（以）巨（矩），飤（食）吕（以）義（儀），立吕（以）縣（懸），行吕（以）【6】［興（繩），見（視）］厌（侯）量，募（顧）還身。者（諸）厌（侯）飤（食）同眉（狀），見（視）百〈百（首）〉正，募（顧）還骨（肩），與卿大夫同恥（止）乇（度）。士見（視）目堊（恒），募（顧）還【7】［面］。不可吕（以）不賭恥（止）乇（度），民之義（儀）也。

凡天子欽（歆）熮（氣），邦君飤（食）霝（爛），大夫弄（承）鴈（餕），士受余（餘）。天子三（四）辟【8】［延（筵）］筥（席），邦君三辟，大夫二辟，士一辟。

事魂（鬼）則行敬，儴（懷）民則吕（以）惪（德），剴（斷）型（刑）則吕（以）衰（哀）。朝不語內，红（貢）【9】［不語］戰。才（在）道不語（語）匿，尻（處）正（政）不語（語）樂，酓（樽）且（俎）不折（制）事。聚眾不語（語）怠（逸），男女不語（語）鹿（儷），塱（朋）替（友）不【10】［語（語）分。］臨飤（食）不語（語）亞（惡），臨秌（兆）不言爻（亂），不言帚（侵），不言威（滅），不言犮（拔），不言端（敦）。古（故）黽（龜）又（有）五异（忌）。臨成（城）不【11】［言］毀，觀邦不言芒（亡）。古（故）見傷而為之哲，見窔而為之內（入）；時言而媒（世）行，因惪（德）而為之折（制）。是胃（謂）【12】卓（中）不韋（違）。所不孝（教）於市（師）者三：弖（強）行、忠譽（謀）、信言。此所不孝（教）於市（師）也。【13】

乙本

凡天子畫（建）之㠯（以）州，邦君畫（建）之㠯（以）坵（都），大夫畫（建）之㠯（以）里，士畫（建）之㠯（以）室。凡天子七殜（世），邦君五殜（世），大夫三殜（世），士二殜（世）。【1】士象大夫之立（位），身不孚（免）；大夫象邦君之立（位），身不孚（免）；邦君象天子之立（位），身不孚（免）。

豊（禮）者，義（儀）之赳也。【2】豊（禮）之於尻（宗）庿（廟）也，不腈（精）為腈（精），不姽（美）為姽（美）。義（儀）反之，腈（精）為不腈（精），姽（美）為不姽（美）。古（故）亡（無）豊（禮）大瀘（廢），亡（無）義（儀）大誚。

型（刑），【3】屯（純）用甹（情），邦芒（亡）；屯（純）用勿（物），邦芒（亡）。必毌（中）甹（情）㠯（以）瞿（麗）於勿（物），幾殺而邦正。

文佥（陰）而武易（陽）。信文旻（得）叓（事），信武旻（得）田。文直（德）【4】絹（治），武直（德）伐。文生武殺。日月直（得）丌（其）甫（輔），桿（相）之㠯（以）玉枓（斗），戕（仇）戠（讎）戔（殘）亡。洛尹行身和二，一憙（喜）一悤（怒）。

天子坐【5】㠯（以）巨（矩），飤（食）㠯（以）義（儀），立㠯（以）縣（懸），行㠯（以）興（繩），貝（視）厌（侯）量，募（顧）還身。者（諸）厌（侯）飤（食）同痁（狀），貝（視）百〈百（首）〉正，募（顧）還脊（肩），與【6】卿大夫同耻（止）毛（度）。士貝（視）目歪（恒），募（顧）還面。不可㠯（以）不暗耻（止）毛（度），民之義（儀）也。

凡天子欽（歆）燹（氣），邦君飤（食）壨（蠲），大夫【7】丹（承）麃（餯），士受舍（餘）。天子三（四）辟延（筵）筈（席），邦君三辟，大夫二辟，士一辟。

事禩（鬼）則行敬，儇（懷）民則㠯（以）悳（德），剚（斷）型（刑）則㠯（以）衰（哀）。【8】［朝］不語內，𧥣（貢）不語戰。才（在）道不語（語）匿，尻（處）正（政）不語（語）樂，酓（樽）且（俎）

不折（制）事。聚眾不誣（語）悆（逸），男【9】女不誣（語）鹿（儷），
坙（朋）替（友）不誣（語）分。臨飤（食）不誣（語）亞（惡），臨尜
（兆）不言爲（亂），不言帰（侵），不言威（滅），【10】不言犮（拔），
不言端（敦）。古（故）黽〈龜〉又（有）五畁（忌）。臨成（城）不言
毀，觀邦不言茳（亡）。古（故）貝（見）傷而爲之哲，【11】

第六節 《成王既邦》字詞新證

上博八《成王既邦》講述周成王與周公在鎬京關於潔身自修、天子之正
道等問題等對話，竹簡有殘損，多不能連讀，文義也較為晦澀。釋文從整理
者〔註37〕。本節對「豫」「邈／劓」「六斁」三組詞語進行考釋。

一、豫

【相關釋文】

皆欲豫亓（其）斳（親）而新（親）之，皆欲吕（以）亓（其）邦就
之。

【新證】

整理者將「豫」讀為「俗」，釋為「風俗、習俗」。復旦吉大讀書會釋為
「豫」，讀為「捨」，指民眾都願意捨棄自己的父母，以天子為父母〔註38〕。
諸家皆從之。

按：此處的「豫」疑讀為「與」。馬王堆帛書《老子》甲、乙本《道經》：
「與呵亓（其）若東涉水，猷呵亓（其）若畏懼四叟（鄰）。」今通行本「與」
作「豫」，「猷」作「猶」。「與」訓為介詞「以」，此處的「與」與下一句的
「以」相對為文。《易·繫辭上》：「顯道神德行，是故可與酬酢，可與祐神
矣。」韓康伯注：「可以應對萬物之求，助成神化之功也。」《禮記·玉藻》：
「大夫有所往，必與公士為賓也。」王引之《經傳釋詞》卷一：「言必以公
士為擯也。」

〔註37〕簡9和簡16從網友汗天山、紫竹道人等觀點編入《舉治王天下》。
〔註38〕詳見《上博八〈成王既邦〉校讀》，復旦大學出土文獻與古文字研究中心網站，2011
年7月17日。

二、遡／劃

【相關釋文】

天子之正道，弗遡（朝）而自至，弗審（審）而自周，弗會而自劃。

【新證】

整理者將「遡」訓為朝見。「審」讀為「審」，訓為詳查、細究。「自周」，引《晏子春秋・外篇上》：「夫能自周於君者，才能皆非常也。」「劃」讀為「團」，團聚。復旦吉大讀書會讀「審」為「密」，讀「劃」為斷，弗會而自斷，指不召開公會便可以決斷。

按：弗遡（朝）而自至，朝，不應該指朝見。根據上下文，「朝」「審」「會」的主語應該是指「天子」，「自至」「自周」「自專」的主語應該是外邦或臣下。這樣的話，「朝見」只能用於下對上，此處解釋不妥。「朝」應該訓為「召、會聚」。《禮記・王制》：「耆老皆朝於庠。」鄭玄注：「朝，猶會也。」《楚辭・九歎》：「馳六龍於三危兮，朝四靈於九濱。」王逸注：「朝，召也。」

「審」與「密」在楚簡中形體有別，復旦讀書會將「審」讀為「密」，似不可取。「弗審（審）而自周」，從整理者。

「弗會而自劃」，會，指盟會。《禮記・檀弓下》：「殷人作誓而民始畔，周人作會而民始疑。」鄭玄注：「會，謂盟也。」「劃」讀為「專」，司也。《禮記・檀弓下》：「我喪也斯沾，爾專之。」鄭玄注：「專，猶司也。」言不用會盟各諸侯、外邦各司其職。

三、六贄

【相關釋文】

而臤（賢）者能㠯（以）亓（其）六贄之戰（獸）取新安（焉）是胃（謂）六新之約。

【字詞新證】

整理者將「贄之獸（守）」連讀，「所以『藏之獸』為舊物，經鼎烹飪，煥然一新。」復旦吉大讀書會讀「獸」為「守」，未做注釋。網友「子居」認為「六

藏之守」即「六守」，所謂仁、義、忠、信、勇、謀。又引《說苑·敬慎》認為「六守」為周公所言六種謙德。〔註39〕

按：《莊子·齊物論》：「百骸、九竅、六藏，賅而存焉，吾誰與為親？」與此句略似。所謂「六藏」，似應指身體六藏。「薪」從復旦讀書會，讀為「親」，正對應《齊物論》「誰與為親」。《難經·三十九難》言：五藏亦有六藏者，謂腎分兩藏也。守，職守。《左傳·隱公五年》：「官司之守，非君所及也。」這句話大義為賢者能因六藏的職守而有親疏。

【完整釋文】

成王既邦周公二年，而王厚亓（其）貢（任），乃訪 [□□]【1】

[□□] 王才（在）鎬，誓（召）周公旦曰：亞（嗚）虖（呼）！敬之才（哉），鞏（朕）聒（聞）才（哉）【2】

[□□] 欲明智（知）之，周公曰：旦之聒（聞）之也，各才（在）亓（其）而 [□□]【3】

[□□] 安（焉）不曰日章而冰澡虖（乎）？成王曰：於（嗚）虖（呼）[□□]【5】

[□□] 之正道也。成王曰：「青（請）聒（問）天之正道？」周公曰：「【6】皆欲亓（其）薪（親）而新（親）之，皆欲吕（以）其邦而就之，是胃（謂）【8】天之正道。弗遡（朝）而自至，弗審而自周，弗會而自剴。」成王曰：「青（請）聒（問）亓（其）事 [□□]」【7】

[□□] □而臤（賢）者能吕（以）亓（其）六贊（藏）之戰（獸）取新（新）安（焉），是胃（謂）六薪（新）之約。成王曰：青（請）聒（問）亓（其）方周 [□□]【10】

先或（國）變之攸（修）也，外道之明者，少疋（疏）於身，非天子 [□□]【11】

道大才（在）宅，嗚呼欲墾（舉）之不果，吕（以）進則邊安（焉）達 [□□]【12】

〔註39〕子居：《上博八〈成王既邦〉冉編連》，孔子2000網，2011年7月21日。

是抻之不果，毀之不可，亓（其）頪（狀）膏巫（脞）吕（以）睪罙（深）季（厲）［□□］【13】

皆見章（彰）於天。成王曰：「夫頯（夏）曾（繒）是（氏）之道，可吕（以）智（知）善否？可吕（以）智（知）亡才（災）？可胃（謂）又（有）道虛（乎）？」周公曰：是。夫【14】

［□□］童（重）光，童（重）光昌也，可羿（旗）而寡也，此六者皆逆民，皆又（有）夬鴈之心而或（國）有相串（患）割之志，是胃（謂）童（重）光【15】（簡9、16併入《舉治王天下》）

第五章　禮記類文獻字詞新證（下）

第一節　《子道餓》字詞新證

上博八《子道餓》傳世典籍未見，是一篇重要的儒家文獻，講言游因魯國司寇待人不以禮，遂離開魯國，其一子餓死在宋衛之間之事。簡文殘損較多，簡序從復旦吉大古文字專業研究生聯合讀書會所整理簡序。本節對「奇」「與為／睪攻」「豢（家）書」三組詞語進行考釋。

一、奇

【相關釋文】

魯司寇奇詧（言）遊於遊楚，曰：「荼害（乎）司寇［口］［口］左相我。」門人既荼，而司寇不至。詧（言）遊去。司［口］牁（將）安（焉）遳（往）？

【新證】

復旦吉大讀書會認為「奇」用如動詞，讀法待考。簡文「魯司寇」至「言游去」大義為：魯司寇「奇」言游，言游認為司寇理應身至其所，故命門人糞除以迎。不料門人打掃完畢，而司寇未至。言游以為非禮而去之。〔註1〕蘇建洲

〔註1〕復旦吉大讀書會：《上博八〈子道餓〉校讀》，復旦網，2011 年 7 月 17 日。

認為「奇」（群紐歌部）或可讀為「麾」（曉紐歌部）。「麾」有招之使來或使去的意思，如《左傳・隱公十一年》：「瑕叔盈又以蝥弧登，周麾而呼曰：『君登矣』」杜預注：「麾，招也。」《漢書・樊噲傳》：「沛公如廁，麾噲去。」簡文「魯司寇奇（麾）言游於逡楚」意思是說魯司寇招言游來逡楚。〔註2〕劉洪濤認為「奇」讀為「寄」，引《左傳・襄公十四年》：「齊人以郲寄衛侯。及其復也，以郲糧歸」寄為證，言「以郲寄衛侯」即「寄衛侯於郲」。〔註3〕廖名春在此基礎上引申出「也就是魯司寇委託言游管理其封邑逡楚」。〔註4〕

按：從上下文來看，司寇是要前往言游家，所以有「門人既茶，而司寇不至」之句，訓為「招」於句義不和。將「奇」讀為「寄」恐不妥，諸侯失國，寓居他國，稱寄公。《儀禮・喪服傳》：「寄公者何，失地之君也。」亦稱寓公，《禮記・郊特牲》：「諸侯不臣寓公，故古者寓公不繼世。」言游並非失地諸侯，如果用「寄」字，與事實不符。

「奇」，應讀為「期」，二者皆為群母之部字，於音可通。《論衡・遣告》：「周公可隨為驕，商子可順為慢，必須加之捶杖，教觀於物者，冀二人之見異，以奇自覺悟也。」「奇」讀為「期」，謂期望自我覺悟。〔註5〕此處訓為約見、會面。《說文・月部》：「期，會也。」段玉裁注：「會者，合也。期者，邀約之義，所以為會合也。」《詩・墉風・桑中》：「期我乎桑中，要我乎上宮，送我乎淇之上矣。」上下文來看，是司寇約言游見面，但是司寇失約了。

二、與為 / 嗇攻

【相關釋文】

　　眘（言）遊曰：「猷而弗與為豊，是嗇攻畜之也【3】。疢（偃）也攸（修）元（其）悳（德）行，以受嗇攻之猷於子。於疢（偃）偽，於子員（損）。於是虍（乎）可（何）待？」【2】〔註6〕

〔註2〕復旦吉大讀書會《上博八〈子道餓〉校讀》學者評論第10樓，復旦網，2011年7月18日。

〔註3〕復旦吉大讀書會《上博八〈子道餓〉校讀》學者評論第16樓，復旦網，2011年7月18日。

〔註4〕廖名春：《上博竹書〈魯司寇寄言游於逡楚〉篇考辨》，《中華文史論叢》2011年第4期。

〔註5〕馮其庸、鄧安生：《通假字彙釋》，北京大學出版社，2006年，第191頁。

〔註6〕此處簡序有調整，故注明簡號。簡序排列從復旦吉大讀書會《上博八〈子道餓〉校

【新證】

「與為」，「為」可訓為「給予」。《左傳・襄公二十三年》：「齊侯將為臧紇田。」杜預注：「與之田邑。」與為，同義連文，給予。《禮記・冠義》：「成人而與為禮也。」《漢語大詞典》失收。

「嘼攻」，整理者濮茅左讀為「戰攻」，李銳讀為「守攻」〔註7〕。廖名春認為「獸工」即製革工，《禮記・曲禮下》：「天子之六工曰：土工、金工、石工、木工、獸工、草工，典制六材。」鄭玄注：「獸工，函鮑韗韋裘也。」此泛指工匠，故簡文稱「畜」。「禮不下庶人」，故「飤而弗與為豊」〔註8〕。復旦吉大讀書會將「嘼攻」理解為「武夫」，將此句理解為「供養我，卻不以禮待之，而把我當作武夫（戰攻之人或有戰功之人）一般畜養。言偃修習德行，卻受到武夫一樣的對待，這對言偃而言是欺偽，對司寇而言則是損失，這樣的話我還等什麼呢」。陳劍認為「嘼攻」是一個名詞性結構，最可能的是並列／聯合式。「嘼」所從「單」是「商」的訛誤，從而將其讀為「商工」，認為所謂「禮不下庶人」，「商工」更是下庶人一等，故不得與於禮。言游以為，魯司寇為禮而己不得與，是以商工畜己；與己實非商工而受商工之食，是為偽；己為修德之儒，不能如司寇所畜之商生利，工生器，故於司寇為損。〔註9〕蘇建洲在陳劍文後評論指出，「嘼」（單）、「商」有音近的關係，清華簡《祭公之顧命》簡7、14「商」上部為「商」，下部為「嘼」（單），是文字糅合。孟蓬生在陳劍文後反駁道，凡並列者大多同類，「商」「工」非一類，古代未見「畜商」之說，他將「單工畜之」讀為「賤工畜之」。李銳將「嘼攻」讀為「守攻」，指墨子指「守攻」，認為簡文子游之言暗批墨家。〔註10〕何有祖懷疑「嘼攻」讀為「獸工」，即製革工，身份為庶人。〔註11〕黃傑認為「獸工」就是野獸和工匠，都是被畜養著使用的，談不上什麼與之為禮。〔註12〕侯乃峰引《廣雅・

讀》，復旦網，2011年7月17日。

〔註7〕李銳：《讀〈上博八〉箚記》，未刊稿。

〔註8〕廖名春：《上博竹書〈魯司寇寄言游於逵楚〉篇考辨》，《中華文史論叢》2011年第4期。

〔註9〕陳劍：《〈上博（八）子道餓〉補說》，簡帛網，2011年7月19日。

〔註10〕李銳：《讀上博八箚記（一）》，清華網，2011年7月18日。

〔註11〕何有祖：《上博楚簡釋讀箚記》，簡帛網，2011年7月14日。

〔註12〕黃傑：《〈上海博物館藏戰國楚竹書（八）〉補釋六則》，《江漢考古》，2017年第1期。

釋獸》云：「攻，犅也」，認為「犅」為去勢之牲畜，「嘼攻」含義同為典籍中的犬馬。〔註13〕

按：以上諸家關於「嘼攻」解釋均可商，「商工說」從字和詞的角度都略顯牽強。《廣雅・釋獸》確有「攻，犅也」之句，但此處的「犅」並非是「去勢之牲畜」，是「犍」的異體字，是動詞「閹割牲畜」之義，《集韻・元韻》：「犍，犗牛。或作犅。」「攻」在文獻中從未有名詞「閹割之牲畜」的訓釋，而是動詞「閹割」，如《周官・夏官・校人》：「夏祭先牧，頒馬攻特。」。

筆者認為，此處的「攻」為通假字，通「駒」，「攻」「駒」雙聲，侯東陰陽對轉，這在傳世文獻和出土文獻中有足夠第證據來證明，曹錦炎先生《吳王壽夢之子劍銘文考釋》：

> 攻敔，國名，即吳國。《史記》或作「句吳」。《吳太伯世家》：「太伯之犇荊蠻，自號句吳。」宋國銅器宋公欒瑚稱之為「句敔」。從出土及傳世的吳國青銅器銘文來看，吳國國名本來寫作『工盧』或『工㿺』，後來寫作「攻五」「攻敔」「攻敔」「攻吳」，最後由「攻吳」省寫作「吳」。各種寫法在特定的歷史階段形成，將「攻吳」寫作「句吳」，乃是中原人記吳音的緣故。〔註14〕

《禮記・檀弓下》：「昔我先君駒王，西討濟於河。」《叔巢鎛》有「余攻王之玄孫」，「駒王」即「攻王」。故「嘼攻」應讀為「嘼駒」，義為像禽獸家畜般畜養。《孟子・盡心上》有句話與這句話非常相似：

> 孟子曰：「食而弗愛，豕交之也。愛而不敬，獸畜之也。恭敬者，幣之未將者也。恭敬而無實，君子不可虛拘。」

「豕」「獸」與簡文「嘼駒」一樣，表示對待人才像對待家畜一樣。所以下文言游不滿，帶領家人門人離開。

三、豦（家）㫷

【相關釋文】

述（遂）行，至宋衛之外（間），其一子道餓而死安（焉），門人東

〔註13〕侯乃峰：《上博楚簡儒學文獻校理》，上海古籍出版社，2018年。
〔註14〕曹錦炎：《吳越歷史與考古論叢》，文物出版社，2007年，第20頁。

（諫）曰：「虘（吾）子齒年長壴（矣），豪（家）眚甚級（急），生未有所奠（定），元（願）虘（吾）子止，煮（圖）之也。」

【新證】

眚，整理者讀為「性」。復旦吉大讀書會讀「豪（家）眚」為「家姓」，認為古書裏往往把子孫後人稱為「姓」（或「生」），引《詩・周南・麟之趾》「振振公姓」、《左傳・昭公四年》「問其姓，對曰：『余子長矣』」等為證，認為言游之門人因言游喪子與其談及子孫後人的問題，是十分合理的。劉洪濤在讀書會文後評論，家生讀如本字，指生計、營生。張崇禮評論，「眚」或可如字讀，疾苦。陳劍贊同張崇禮讀觀點，「甚急」之「家眚」即言游喪子之事。廖名春讀為「生」，家生，指一家人的生計。《史記・倉公列傳》：「左右不修家生，出遊於國中。」「家生甚急」，此指子游辭行之後，在「宋衛之間」生計緊張，遭遇飢餓。

按：筆者認為「眚」如字讀，訓為「災」。《左傳・莊公二十五年》：「非日月之眚不鼓。」《易・訟》：「不克訟，歸而逋，其邑人三百戶，无眚。」《書・舜典》：「眚災肆赦，怙終賊刑。」《周禮・天官・甸師》：「喪事代王受眚烖。」《史記・五帝本紀》：「眚烖過，赦。」裴駰集解引鄭玄曰：「眚烖，為人作患害者也。」言游在宋衛之間，一子餓死，已經不是生計緊張的，而是家庭遭遇災害了，訓為「家災甚急」更貼合文義。

【完整釋文】

魯司寇奇誊（言）遊於逶楚曰：「荼虘（乎），司寇【4】將見我。」門人既荼而司徒不至。誊（言）遊去。司【5】寇□「□牑（將）安逪（往）？」誊（言）遊曰：「飤而弗與為豐，是嚻攻畜【3】之也，妝（偃）也攸（修）元（其）惪（德）行，以受嚻攻之飤於子，於妝（偃）偽，於子員（損）。於是虘（乎）可（何）待？」述（遂）行，至宋衛之外（間），其一【2】子道餓而死安（焉）。門人柬（諫）曰：「虘（吾）子齒年長矣，豪（家）眚甚級（急），生未有所奠（定），元（願）虘（吾）子之煮（圖）之也。」誊（言）遊【1】〔□□〕

第二節 《顏淵問於孔子》字詞新證

上博八《顏淵問於孔子》傳世典籍未見，主要講顏淵就「內事」「內教」「至明」等問題諮詢孔子，孔子進行了針對性的解答。竹簡殘損較為嚴重，復旦吉大讀書會進行了系統整理，釋文從讀書會研究成果。本節考察「豫絞而收貧」考釋問題。

一、豫絞而收貧

【相關釋文】

孔子曰：「敬又（有）征（正）而先又（有）司，老老而戀（慈）學（幼），豫絞而收貧，彔（祿）不足則青（請），又（有）余（餘）則會（辭）。所以敬又（有）征（正），所以為退也。先又（有）司，所昌（以）旻（得）青（情）；老老而戀（慈）學（幼），所以尻（處）悬（仁）也；豫絞而收貧，所以取新（親）也；彔（祿）不足則青（請），又（有）余（餘）則會（辭），所昌（以）易（揚）信也。害（蓋）君子之內事也女（如）此矣。」

【新證】

整理者將「豫」隸定為「敓」，訓為「強取」，讀「絞」為「交」，認為本句義為「奪上收下」，貪吞國資，搜刮民脂。復旦吉大讀書會將「豫絞」讀為「捨繳」，義為免除賦稅。關於「收貧」一語，《管子・輕重甲》：「君出四十倍之粟，以振孤寡，收貧病，視獨老。」可資對照。《管子・入國》：「入國四旬，五行九惠之教：一曰老老、二曰慈幼、三曰恤孤、四曰養疾、五曰合獨、六曰問病、七曰通窮、八曰振困、九曰接絕。」簡文老老、慈幼、豫絞、收貧都是惠政。「豫絞」與「收貧」相對。〔註15〕陳偉則認為「豫」讀為捨，與「收」對應，「絞」讀為「饒」，富裕、富足義，與「貧」相對。〔註16〕孟蓬生讀「豫絞」為「舉約」，認為「舉約收貧」意謂「賑濟族中貧困者」。〔註17〕

〔註15〕復旦吉大讀書會：《上博八〈顏淵問於孔子〉校讀》，復旦網，2011 年 7 月 17 日。

〔註16〕陳偉：《〈顏淵問於孔子〉內事、內教二章校讀》，簡帛網，2011 年 7 月 22 日。

〔註17〕復旦吉大讀書會：《上博八〈顏淵問於孔子〉校讀》後學者討論第 15 樓，復旦網，2011 年 7 月 18 日。

黃人二、趙思木認為，「豫絞」可讀為「逸勞」，謂使辛勞者得以休息，正與「收貧」相對為文。〔註18〕劉波認為「豫絞而收貧」可能與《周書・卷十》：「所獲祿秩，周贍無餘」、《漢書・卷九十九上・王莽傳》「各竭所有，或入金錢，或獻田畝，以振貧窮，收贍不足者」，《三國志・吳志・陸遜傳》「遜傾財帛，周贍經恤」義同，由此可以推斷，絞可能為財帛一類，拿出（捨）絞這類財帛來周濟貧苦之人。〔註19〕王化平認為「豫絞」可讀為「逸勞」，謂使辛勞者得到休息，與「收貧」相對為文。〔註20〕王輝讀「豫絞」為「譽髦」，訓為選舉俊傑之士，即舉賢人。〔註21〕侯乃峰讀「豫絞」為「予約」，予，給予。簡文意謂對貧約窮困者給予救助賑濟。〔註22〕

　　按：根據文意，孔子在論述「內事」時講到四個方面，第一是尊敬掌權的大臣（有正）和先任命有司。《論語・子路》：「仲弓為季氏宰，問政。子曰：『先有司，赦小過，舉賢才。』」第二是尊老愛幼。上博簡《仲弓》：「老老慈幼，先有司，舉賢才，宥過赦罪。」第三是「豫絞」和收容貧困的人。第四是關於俸祿的。「豫絞」和收容貧困的人是處在同一層次的。「豫絞」和「收貧」並列而言，「絞」和「貧」相對而言，「絞」所代表的和「貧」一樣，是弱勢群體。在儒家思想中，富裕是從政所追求的一個方面，《論語・子路》：「子適衛，冉有僕。子曰：『庶幾哉！』冉有曰：『既庶矣，又何加焉？』曰：『富之。』曰：『既富矣，又何加焉？』曰：『教之。』」

　　「豫絞」可以這樣釋讀。「豫」，同「舒」，《書・洪範》：「曰豫，恒燠若。」孫星衍疏引鄭玄曰：「豫作舒。」《集韻・魚韻》：「舒，《說文》：『伸也。』《方言》：『東齊之間凡展物謂之舒。』一曰敘也，散也。或作豫。」「絞」，讀為「校」，刑具、枷械的統稱。《說文・木部》：「校，木囚也。」王筠句讀：「囚從口，高其牆以闌罪人也。木囚者，以木作之如牆也。桎梏皆圍其手足，情事相似，故以校名。」《易・噬嗑》：「履校滅趾，无咎。」王弼注：「校者以木絞校也，即械也。校者取其通名也。」孔穎達疏：「校謂所施之械也。」「豫

〔註18〕黃人二、趙思木：《〈讀上海博物館藏戰國楚竹書（八）・顏淵問於孔子〉書後》，簡帛網，2011 年 7 月 26 日。

〔註19〕劉波：《上博八〈顏淵問於孔子〉箚記二則》，復旦網，2012 年 4 月 5 日。

〔註20〕王化平：《讀〈上博八・顏淵問於孔子〉箚記四則》，簡帛網，2011 年 9 約 20 日。

〔註21〕王輝：《一粟居讀簡記（六）》，《古文字研究》第 30 輯，中華書局，2014 年。

〔註22〕侯乃峰：《上博楚簡儒學文獻校理》，上海古籍出版社，2018 年。

絞」義同於舒緩刑具，即打開刑具，代指《子路》中「赦小過」或《仲弓》中「宥過赦罪」。《管子・五輔》：「薄征斂，輕徵賦，弛刑罰，赦罪戾，宥小過，此謂寬其政。」

【完整釋文】

[□□] 詹（顏）困（淵）甯（問）於孔子曰：「敢甯（問）君子之內事也又（有）道虐（乎）？」孔子曰：「又（有）。」詹（顏）困（淵）：「敢甯（問）可（何）女（如）？」孔子曰：「敬又（有）征（正）而【1】先又（有）司，老老而懋（慈）學（幼），豫絞而收貧，彔（祿）不足則青（請），又（有）餘則訇（辭）。【12上】所以為退也，先【2下】又（有）有司，所呂（以）【2上】旻（得）青（情）；老老而懋（慈）幼，所以尻（處）悤（仁）也；豫絞而收貧，所呂（以）取【11】新（親）也；彔（祿）不足則青（請），有餘【12下】則辭，所呂（以）易（揚）信也。害（蓋）君子之內事也女（如）此矣。」

詹（顏）困（淵）曰：「君子之內事也，悺（回）既聞命矣，敔（敢）甯（問）【5】君子之內教也又（有）道虐（乎）」孔子曰：「又（有）。」詹（顏）困（淵）：「敔（敢）甯（問）可（何）女（如）？」孔子曰：「攸（修）身呂（以）先，則民莫不從矣；耑（前）【6】〔□〕呂（以）尃（博）忘（愛），則民莫遝（遺）新（親）矣；道（導）之呂（以）僉（儉），則民智（知）足矣；耑（前）之呂（以）讓，則民不靜（爭）矣。或迪而教【7】之能，能戔（賤）不枭（肖）而遠之，則民智（知）欽（禁）矣。女（如）進者雚（勸）行，退者智（知）欽（禁），則丌（其）於教也不遠矣。」

詹（顏）困（淵）曰：【9】「君子之內教也，悺（回）既甯（聞）矣，敔（敢）甯（問）至明。」孔子曰：「惪（德）城（成）則名至矣，名至必俾（卑）身，身綺（治）大則彔（祿）【10】

[□□]〔君子讓〕而旻（得）之，少（小）人靜（爭）而遊（失）之。【8】

[□□] 示則斤，而母（毋）谷（欲）旻（得）安（焉）。【14】

[□□] 芦行而信，先尻（處）忠也，貧而安樂，先尻（處）【13】

　　［□□］內矣。甬（庸）言之信，甬（庸）行之敬【4】

　　［□□］必不才（在）戀（茲）之內矣。詹（顏）困（淵）西【3】

第三節　《舉治王天下》字詞新證

　　《舉治王天下》為上博簡中一部非常重要的儒家文獻，該篇包括連續抄寫的五篇文章，分別是《古公見太公望》《文王訪之於尚父舉治》《堯王天下》《舜王天下》和《禹王天下》，講的是古代聖君治國治民之事。竹簡殘損較為嚴重，在重新編聯方面各家觀點不一。釋文暫從整理者簡序。本節考釋「𥅆」和「百丩旨／身鯰鰭」。

一、𥅆

【相關釋文】

　　子為我旻（得）上父，軯（載）我天下；子遊（失）上父，圡（墜）我周𥅆。

【新證】

　　整理者將「圡」讀為「遂」，訓為乃、使。將「𥅆」隸定為「𥦙」，讀為「懼」，訓為「恐」，又言「懼，無守兒，顏師古說」。鄔可晶將「𥅆」隸定為「貼」，左邊隸定作「貝」是權益讀辦法，讀為「祚」，意謂得不到尚父，周祚將墜失。〔註23〕田雨釋作「則」，認為該字是雜糅兩種形體變過來的。屬下讀「則既言而上父乃皆（階？）至」，「則既」連言，文獻不乏其例。〔註24〕王凱博讀為「阻」，作名詞，指保障國家安全的設施或屏障。簡文是比喻用法，將尚父比作周邦的靠山，認為尚父有保衛、安護周邦之能之用。文王這樣講，意在凸顯尚父之於周的重要性。〔註25〕

　　按：「𥅆」字簡文作「（圖）」形，學者的爭議在於所從「（圖）」旁，筆者認為可

〔註23〕鄔可晶：《〈上博（九）·舉治王天下〉「文王訪之於尚父舉治」篇編連小議》，簡帛網，2013 年 1 月 11 日。

〔註24〕田雨：《讀上博楚簡九箚記（二）》，簡帛網，2013 年 1 月 14 日。

〔註25〕王凱博：《上博簡拾詁二則》，《簡帛研究二〇一六》（春夏卷），廣西師範大學出版社，2016 年。

隸定為「目」。「多」旁隸定為「宜」,並且從「宜」得聲,故此字可隸定為「晢」。此字可讀為「晢」,「晢」即「輗」,《龍龕手鑒·車部》:「晢,俗;輗,正。」輗,大車上轅端與橫木相接處的活銷。《說文·車部》:「輗,大車轅端以持衡者也。」段玉裁注:「轅與衡相接之關鍵也。」《論語·為政》:「大車無輗,小車無軏,其何以行之哉!」何晏集解引包咸曰:「輗者,轅端橫木以縛軛。」「坯」讀為「墜」,訓為毀壞。《左傳·定公十二年》:「墮成,齊人必至於北門。且成,孟氏之保障也。無成,是無孟氏也。子偽不知,我將不墮。」簡文此句以車喻周之命運,「載我天下」與「墜我周晢」相對為文,意義上正好相反,這兩句話均以車作比喻,言得到尚父,周將如車行天下;失去尚父,周如車般損壞了車輗,將寸步難行。

二、百丩旨／身鱗鰭

【相關釋文】

　　鼉(禹)疋(疏)江為三,疋(疏)河為九,百洲(川)皆道(導),賽(塞)專九十,夬(決)瀆三百。百丩旨,身鱗鰭。

【字詞新證】

　　「百丩旨」,整理者讀為「百糾置」,「糾」,引《說文》訓為「相糾繚也」。「旨」讀為「置」,又讀為「致」,訓為「獻出」。網友「鳲鳩」讀為「首垢齂」或「首耇齂」〔註26〕。鱗鰭,整理者認為鱗鰭泛指水中異猛魚類,此句句義為禹治水能不惜自身,百事相縈,致身不顧鱗鰭異猛之危。蘇建洲指出「百丩旨,身鱗鰭」可比對《容成氏》23+24「面軹鰭,脛不生之毛」之句,「首丩旨」可能讀為「手厚胝」,「丩」讀為「佝」。〔註27〕

　　蔡偉理解為「首(手)丩(句)旨(指),身鱗(鱗)鰭(骸／錯)」,指出:

　　　　「拘指」、「句指」為同義連語,彎曲之貌(不能照字面簡單地理解為「彎曲手指」)。而連語往往可以倒言之,如「怠荒」或作「荒怠」、「寬綽」或作「綽寬」、「貪婪」,《清華簡(三)·芮良夫毖》作

〔註26〕詳見簡帛網簡帛論壇2013年1月2日《舉治王天下初讀》討論帖第60樓。
〔註27〕蘇建洲:《初讀〈上博九〉劄記(二)》,簡帛網,2013年1月14日。

「惏（婪）愈（貪）」，則尤為顯例。故「拘指」、「句指」文獻中或寫作「穚秡」、「枳棋」、「枳枸」、「枳句」、「枝拘」、「迒曲」、「稽極〈秡〉」、「稽可〈句〉」，大抵皆為「詰詘不得伸之意」。簡文是描寫大禹治水之辛勞，以致：手彎曲而不能伸展，身之膚理也麤皵若魚鱗了。〔註28〕

結合上下文來看，「百（首）丩旨，身鱗鰼」之句顯然是指大禹治水期間極為勞苦，以致身體外貌都發生了變化。這在傳世文獻中多有記載。《呂氏春秋‧求人》：「（禹）顏色黎黑，竅藏不通，步不相過。」《史記‧李斯列傳》：「（禹）而股無胈，脛無毛，手足胼胝，面目黎黑，遂以死於外，葬於會稽。」《劉子‧知人》：「禹為匹夫，未有功名。堯深知之，使治水焉。乃鑿龍門，斬荊山，導熊耳，通鳥鼠，櫛奔風，沐驟雨，耳目黧黔。」學者受其影響，在注釋這句話時，很容易將「百丩旨」往「顏色黎黑」上靠攏。將「首」解為臉、面，將「丩旨」誤解為「黎黑」。文獻中並無「首」訓為臉、面的書證。「首」，本訓為頭，此處隨文生義，當理解為頭髮。這種以「首」代指頭髮的用法古書中比較常見，如《詩‧衛風‧伯兮》：「自伯之東，首如飛蓬。」朱熹集傳：「言我髮亂如此，非無膏沐可以為容；所以不為者，君子行役，無所主而為之故也。」《左傳‧僖公十五年》：「晉大夫反首拔舍從之。」杜預注：「反首，亂頭髮下垂也。」丩即糾，訓為纏繞、糾纏，《玉篇‧丩部》：「糾，絞也，繚也。」《楚辭‧招隱士》：「樹輪相糾兮，林木茷骫。」旨，讀為指，訓為直立、豎起。古書中表「頭髮直立」義常用「植」或「指」，比如《呂氏春秋‧必己》：「孟賁瞋目而視船人，髮植，目裂，鬢指。」高誘注：「指，直。」《史記‧項羽本紀》：「頭髮上指，目眥盡裂。」「糾指」言大禹治水，長期在太陽下暴曬，頭髮黏結在一起，凌亂直立。

上博簡二《容成氏》：「禹既已受命，乃艸服、箬箬帽、蒲笠𢽥定𣂏〔□〕面軓鰼，脛不生之毛。」這一句和「百丩旨」有直接關係且屬於同一批竹簡，內容聯繫極為緊密。「軓鰼」，孟蓬生讀為「皯皵」，指面部皮膚烏黑粗糙。〔註29〕孟說可從。皯，面色枯焦黝黑。《說文‧皮部》：「皯，面黑氣也。」桂馥《說文

〔註28〕蔡偉：《釋「百丩旨身鱗鰼」》，復旦網，2013年1月16日。
〔註29〕孟蓬生：《上博竹書（二）字詞劄記》，《上博館藏戰國楚竹書研究續編》，上海書店出版社2004年版。

解字義證》引《通俗文》:「面鼾黑曰皯。」皵,表皮粗糙皴裂。《爾雅‧釋木》:「槐小葉曰榎;大而皵,楸;小而皵,榎。」郭璞注:「老乃皮麤皵者為楸,小而皮麤皵者為榎。」

鮥鰝,孟蓬生在《容成氏》中將「鰝」字讀為「皵」,蔡偉從之。筆者也認同這種觀點。但在「鮥」的解釋上,另有想法。蔡偉讀「鮥」為「鱗」,從音的角度上似乎可以讀通。但從語法上似乎有可商榷的地方。「百(首)丩旨」與「身鮥鰝」相對為文,都是主謂結構。「丩旨」和「鮥鰝」都是形容詞,且都是同義連文。若從蔡說,「鱗皵」之「鱗」為名詞。句法上總是不太協調。蔡文所舉的兩個例子,均屬唐宋時代,與先秦相距千年,說服力不足。〔註30〕

「鮥鰝」意義接近於《容成氏》的「皯皵」。「鰝」從孟說讀為「皵」。「鮥」則讀為「㽰」,典籍中「命」可通假為「慢」,《禮記‧大學》:「見賢而不能舉,舉而不能先,命也。」鄭注:「命,讀為慢,聲之誤也。舉賢而不能使君以先己,是輕慢於舉人也。」㽰,皮脫離,《廣雅‧釋詁三》:「㽰,離也。」《玉篇‧皮部》:「㽰,皮脫也。」鮥鰝,即㽰皵,指身上的皮皸裂脫落。

「百丩旨」與「身鮥鰝」相對為文,盡言大禹治水之勞苦,長期風吹日曬,導致頭髮糾結凌亂,身上皸裂脫皮。

【完整釋文】

[□□] 坪。者(古)公見大(太)公朢(望)於隧,曰:虞(吾)睧(聞)周宗又(有)難而不 [□□]」【1】

[□□] 令睧(聞)光烈之鰍(族)。者(古)公 [□□]【2】

[□□] 又(有)慶,子嘗以此㠯(以)此蹊之,㠯(以)白墨(黑)牂(將)可智(知)也。者(古)【3】

[□□] 子訪之上父塱(舉)詞(治),文王曰:日端(短)而世恩 [□□]【4】乃遑(往),既見牂(將)反(返)文王 [□□]【11】 [□□]之,至才(在)周之東,乃命之曰:「昔者又(有)神【成16】冥(寡)

〔註30〕語言是具有時代性和地域性的,詞彙的時代性表現為古詞和新詞,地域性表現為通語詞和方言詞。在使用書證論證觀點時,要注意不能用後世特別是極晚的書證來論證前代的語言現象。唐宋時期文人雖然也使用先秦的字詞語法,但有很多是仿古詞,並非先秦一定存在。

監於下，乃語周之先裋（祖）曰：「天之所向，若或與之；天之所怀（背），若佢（拒）之，勿（物）又（有）所總【9】，道又（有）所修，非天之所向，莫之能旻（得），尚退而思之，亓（其）唯臤（賢）民虖（乎）？子為我【7】旻（得）上父，軷（載）我天下；子遊（失）上父，坅（墜）我周豎。」既言，而上父乃皆（階）至。隹七年文【5】王訪於上父，曰：「我左串（患）右難，虘（吾）欲達中梼（持）道，昔埜（我）旻（得）中，殜（世）殜（世）毋又（有）逡（後）愚（悔）。隹【6】梼市明之悳（德）亓（其）殜（世）也［□□］【成9】［□□］遊（失）也苑並之眾人也，非能畣（合）悳（德）於殜（世）者也［□□】【28】［□□】也，非天子之差也，請於ム（私）之於夫子。昔者舜台（以）大畬（享）［□□】【10】矣。上父乃言曰：四帝二王之［□□】【16】［□□】啟行五厇，行三卺（起）。王曰：「道又（有）獸（守）虖（乎）？」上父曰：「黃帝口光，堯［□□】【17】［□□】【14】［□□】不智（知）亓（其）所埅（極）。」文王曰：「又（有）後虖（乎）？」上父曰：「黃帝攸（修）三員，備（服）日行，習女智，【19】於是甬牆（將）安（焉）。」文王曰：「請暜（問）亓（其）【15】荅（略）？」上父曰：「黃帝修三［□□】【18】［□□】埶（設）皆紀，四正受績（任），五事皆【20】李（理），正估才（在）耑（微），請［□□】【27】［□□】□五□一□二□，五穀（穀）不翆（舉），亓（其）民能相分畬（餘），三年不生粟，五年亡（無）凍餒者，此盡民之道也。」文王曰：「請【13】暜（問）日行？」上父曰：「日行虖（乎），甬以果而潛以成，高而均庶，遠而方達，此日行也。」【21上】

堯王天下，備方丕（恒）吝（長）明行四［□□】【21下】

乃逓（往），既見，牆（將）反（返）文王［□□】【11】

［□□】訪之於子，曰：「坒（從）正（政）可（何）先？」壑（禹）畬（答）曰：「隹（唯）寺（志）。」堯［□□】【22】

［□□】則勿（物）生，潰則智城（成），金厚不濫（流），玉則不剖。堯吕（以）四剖之文為未也，乃暜（問）於壑（禹）曰：「大剖既折，少（小）［□□】【23】

　　［□□］尻（居）寺（時）可（何）先？」曰：「毋忘亓（其）所不能。」堯曰：「於（鳴）虖（呼）！日月閔閔，骰（歲）聿［□□］【24】

　　［□□］諓之於堯，堯司（始）甬（用）之，嘉惪（德）［□□］【25】

　　舜王天下，三毘（苗）不賓，舜不割亓（其）道，不賓亓（其）［□□］【26】明則保或（國），智臤（賢）正（政）絧（治），教姓（美）民備（服）。【29上】

　　墨（禹）王天下，備（服）深死厚［□□］【29下】五年而天下正。一曰：墨（禹）事堯，天下大水。堯乃䚦（就）墨（禹）曰：「氣（乞）女（汝）亓（其）逬（往），疋（疏）洲（川）记（起）浴（谷），吕（以）瀆天下。」墨（禹）疋（疏）江為三，疋（疏）河【30】為九，百洲（川）皆道（導），賽（塞）專九十，夬（決）瀆三百。百丩旨，身鮍鯌。墨（禹）吏（使）民吕（以）二和，民乃聿（盡）力。洲（川）既【31】道（導），天下能死。二曰：墨（禹）奉舜童（重）惪（德），敓（施）於四或（國），慸（悔）吕（以）裝（勞）民，畿而聿（盡）力。墨（禹）衷（奮）中疾志，又（有）欲而弗【32】遺深僪（涉）固，疋（疏）又（有）社（功）而弗癹（廢）。三曰：墨（禹）王天下，卲（昭）大止（志）不厶（私）［□□］【33】［□□］棄身，生行裝（勞）民，死行不祭，前行畫（建）社（功），中行固同，冬（終）行不［□□］【34】［□□］五曰：忞（恕）而不冡（寡），不悉（愛）亓（其）［□□］【35】

　　［□□］之道，冥（寡）人不能弋（一）安（焉），而介綏（接）弋（代）之。夫立民，天下之難事也。或吕（以）興，或吕（以）亡，公亓（其）聿之夫［□□］【8】

　　［□□］安共厶［□□］【12】

第四節　《史蕾問於夫子》字詞新證

　　《史蕾問於夫子》為上博九儒家文獻，記載史蕾與夫子關於「敬」「強」等話題的對話，竹簡殘損較為嚴重。釋文暫從整理者簡序。本節考察「遲」的釋讀問題。〔註31〕

〔註31〕將「遲」釋為「夷」，學者們很早就已經在網絡上發表過相關意見（詳見正文），

一、遲

【相關釋文】

子之吏（事）行，百生（姓）旻（得）亓（其）利，邦豪（家）已（以）遲。

【新證】

「遲」，整理者引《說文》「遲，籀文遲」，訓為期待、等待。將本句理解為邦家之道長遠，以待邦治。又言「遲」可讀為「治」。〔註32〕蘇建洲認為此字當隸定為「得」，讀為「厚」，未作訓釋。〔註33〕網友 mpsyx 在 youren 文〔註34〕後評論說，所謂「得」應隸定作「㝵」，兩個字讀音相同，這裡讀「夷」，平安。「子之吏行。百姓得其利，邦家以夷」。「邦家以夷」跟「邦家以寧」意思略同。季旭昇認為「㝵」可讀為「㝵／夷」。〔註35〕

按：整理者隸定為「遲」，可從，讀為「遲」，亦可從，但訓釋可商。「遲」訓為等待、期待，與文義不和。王粲《七哀詩》：「百里不見人，草木誰當遲？」章樵注：「遲與治同，皆平聲，謂芟除之也。」整理者受其影響，將「遲」讀為「治」。但於音韻上證據不足，且書證年代偏晚。楚簡中表示「治」的含義時，一般用「訂」，本文其他簡亦是如此，如第 4 簡：「故教於訂乎在訂。」此處讀為「治」似乎不通。

「遲」當從 mpsyx、季旭昇等人觀點讀為「夷」，上博三《周易》第 14 簡：「迡，有悔。」阜陽漢簡《周易·豫》：「夷，有悔。」「夷」和「迡」傳世本作「遲」。「迡」字從「𡰥」，而「𡰥」即「夷」字古文。《玉篇·尸部》：「𡰥，古文夷字。」《漢書·地理志》：「𡰥江在西北。」顏師古注：「𡰥，古夷字。」郭店簡《老子》乙本：「明道女（如）孛（昧），迡道女（如）纇（類）。」傳世本

　　筆者寫作本節時並未發現。結論雖一致，考察角度和過程卻有所不同，可謂殊途同歸。

〔註32〕詳見上博九第 287 頁。

〔註33〕蘇建洲：《初讀〈上博九〉箚記（一）》，簡帛網，2013 年 1 月 6 日

〔註34〕youren：《〈史蒥問於夫子〉初讀》，簡帛網「簡帛論壇·簡帛研讀」，2013 年 1 月 5 日。

〔註35〕季旭昇：《上博九〈史蒥問於夫子〉釋讀及相關問題》，《吉林大學社會科學學報》，2015 年第 4 期。

和馬王堆帛書《老子》乙本遲」均作「夷」。從古文字分析，「遲」即「尸」字繁構，讀為「夷」早見於甲骨文，《英藏》2524：「癸酉王卜，才（在）〔□〕貞：旬亡憂。〔才（在）〕十月又二，王正（征）尸（夷）方。」

「夷」應當訓為「平」也。《書‧堯典》：「厥民夷。」孔安國傳：「夷，平也。」《詩‧大雅‧柔桑》：「亂生不夷，靡國不泯。」鄭玄箋：「夷，平。」孔穎達疏：「亂日生不復能平之。」又《鄭風‧風雨》：「既見君子，云胡不夷？」《左傳‧昭公十七年》：「五雉為五工正，利器用，正度量，夷民者也。」杜預注：「夷，平也。」《逸周書‧明堂》：「大維商紂暴虐，脯鬼侯以享諸侯，天下患之，四海兆民欣戴文武，是以周公相武王以伐紂，夷定天下。」朱右曾集訓校釋：「夷，平也。」「邦家以遲」讀為「邦家以夷」，也就是「邦家以平」。

【完整釋文】

[□□] 亓口之。吏（史）䰞曰：「䰞也，古（故）齊邦㮰（敝）吏之子也。亡（無）女（如）煮（者）也 [□□]【1】

[□□] 既之呂（以）亓（其）子，子亓（其）身之或（惑）也。含（今）吏（使）子帀（師）之，君之罩（擇）之斳（慎）矣 [□□]【2】

[□□] 比（必）㟴（危）亓（其）邦豪（家），則能貴（潰）於壺（禹）㵒（湯），壺（禹）㵒（湯）則睪（舉）自 [□□]【3】

[□□] 丞（恒）攺（啟）同，古（故）䰞（教）於詞（治）虖虖（乎），才（在）詞（治）旻（得）可（何）人而與（舉）之 [□□]【4】

[□□] 莫之能壴也，子呂（以）氏（是）見之，不亓（其）難與言也。戲（且）夫 [□□]【5】

[□□] 也。史䰞曰：「可（何）胃（謂）八？」夫子曰：「內（納）與賜，幽色與酉（酒），大鐘貞（鼎）[□□]【6】

[□□] 美宝（主）室，區（軀）輒（軹）玫乘，與（輿）獄訟（訟）易，所以遊（失）[□□]【7】

[□□] 夫子曰：敬也者，㝃人之瓮亓（其）為之為，見亓（其）所谷（欲）亓（其）[□□]【8】

[□□] 害（曷）鹿而不敬，子亦氏（是）之惻‧吏（史）䰞口：可

（何）胃（謂）畺（強）可（何）胃（謂）［□□］【9】

［□□］又（有）民呂（以）來，未或能才立於堕（地）之上，鼠（抑）或不免有謂（禍），不［□□］【10】

［□□］不可以弗戒。子之吏（事）行，百生（姓）旻（得）亓（其）利，邦豪（家）呂（以）遲；子之吏（事）不行，百生（姓）［□□］【11】

［□□］聑（聞）子之言大矍（懼），不志所為。夫子曰：「善才（哉）！臨事而矍（懼），奏不［□□］【12】

第五節　《武王踐阼》字詞新證

　　上博七《武王踐阼》分甲乙兩本，與《大戴禮記・武王踐阼》內容相同，為現今發現最早的版本。傳世本參考了這兩種簡本。乙本在敘事和文字上更接近於原始的記錄，成文早於甲本。甲乙本之間沒有直接的文本傳承關係，應是兩系文本發展的不同形態。〔註36〕竹簡保存相對完整，釋文從整理者所定簡序。本節考察「意幾」的釋讀問題。

一、啻（意）幾

【相關釋文】

　　武王鄙（問）帀（師）上（尚）父曰：「不智（知）黃帝、端（顓）琂（頊）、堯、舜之道在（存）乎？啻（意）幾（豈）喪不可得而訨（睹）虖（乎）？」

【新證】

　　傳世本《武王踐阼》作「昔黃帝顓頊之道存乎？意亦忽不可得見與」。劉洪濤認為「幾喪」跟「存」對，傳本跟「存」對讀字作「忽」，學者或訓為「滅」「盡」，都不如直接讀為「沒」好。〔註37〕林清源認為「意幾」應讀為「抑豈」，當作並列疑問句的連詞使用，其用法猶如先秦典籍所見的「意亦」或「抑亦」。〔註38〕蔡樹才認為「幾」讀「豈」。〔註39〕龍國富認為《武王踐阼》中的「意

〔註36〕許兆昌、李大鳴：《試論〈武王踐阼〉的文本流傳》，《古代文明》，2014年第2期。
〔註37〕劉洪濤：《〈武王踐阼〉校讀舉例》，《中國典籍與文化》，2011年第1期。
〔註38〕林清源：《上博簡〈武王踐阼〉「幾」、「微」二字考辨》，簡帛網，2009年10月13日。

微」即「意無」，讀作「抑無」，與傳世文獻「意亦／意者」用法相同，作連詞，表示選擇關係。〔註 40〕

按：今本《大戴禮記》作「意亦」。意，通抑，或者。《墨子・明鬼下》：「豈女為之與，意鮑為之與？」孫詒讓《墨子閒詁》引王引之曰：「意，與抑同。」幾，將近、幾乎。《國語・晉語四》：「時日及矣，公子幾矣。」上博簡《武王踐阼》「意幾喪不可得而睹乎？」正對應《大戴禮記・武王踐阼》「意亦忽不可得見與？」從文義來看，應該讀為「意／幾喪／不可得而睹乎？」「幾喪」是一個詞組，表示「接近於喪失」之義。《老子》第六十九章：「攘無臂、扔無敵、執無兵，禍莫大於輕敵，輕敵幾喪吾寶，故抗兵相加，哀者勝矣。」

傳世文獻中作「意亦」，《漢語大詞典》列「意亦」詞條，兩個義項，「表測度，大概、或許」、「表示選擇，還是」。從出土的《武王踐阼》來看，「意亦」很可能是在傳抄過程中形成的一個誤解誤用的詞語。

【完整釋文】

甲本

武王餌（問）帀（師）上（尚）父曰：「不智（知）黃帝、端（顓）琂（頊）、堯、舜之道在（存）乎？啻（意）幾（豈）喪不可得而訨（睹）虖（乎）？」帀（師）上（尚）父曰：【1】「才（在）丹箸（書），王女（如）谷（欲）雚（觀）之，盍誓（祈）乎？牆（將）以書視（示）。」武王誓（祈）三日，端（端）備（服）毷（帽），逾（逾）堂幾（階），南面而立，帀（師）上（尚）父【2】［曰］：「夫先王之箸（書），不弆（與）北面。」武王西面而行，柚（曲）折而南，東面而立。帀（師）上（尚）父弆（奉）箸（書），道箸（書）之言曰：「怠【3】勳（勝）義則喪，義勳（勝）怠則長，義勝谷（欲）則從，谷（欲）勳（勝）義則凶。悬（仁）㠯（以）得之，悬（仁）㠯（以）守之，亓（其）箽（運）百［世］；【4】不悬（仁）㠯（以）尋（得）之，悬（仁）㠯（以）獸（守）之，亓（其）

〔註 39〕蔡樹才：《〈上海博物館藏戰國楚竹書（七）〉文獻研究》，華中師範大學 2011 年博士學位論文。

〔註 40〕龍國富：《析出土文獻虛詞「意微」（初稿）》，復旦網，2017 年 8 月 26 日。

箅（運）十殜（世）；不悬（仁）昌（以）曼（得）之，不悬（仁）昌（以）獸（守）之，及於身。」武王齀（聞）之忑（恐）偲（懼），為【5】名（銘）於筶（席）之四岩（端）曰：「安樂必戒。」右岩（端）曰：「毋行可悔。」席遂（後）左岩（端）曰：「民之反昊（側），亦不可［不］志。」遂（後）右岩（端）曰：【6】「［□］諫不遠，視而所弋（代）。」為機曰：「皇皇惟謹口，口生敬，口生訽〈詬〉，諹（慎）之口口。」檻（鑒）銘曰：「見亓（其）前，必慮亓（其）遂（後）。」【7】鑑（盟）銘曰：「與其溺於人，寧溺於宋（淵），溺於宋（淵）猶可游，溺於人不可救。」桯銘唯［曰］：「毋曰何傷，祂（禍）將長。【8】毋曰亞（惡）害，祂（禍）將大。毋曰何戔（殘），祂（禍）將言（然）。」枳（杖）銘唯曰：「惡危，危於忿連（戾）。惡遜（失）道，遜（失）道於嗜欲。惡【9】［相忘，相忘］於貴富。」卣（牖）銘唯曰：「立（位）難尋（得）而易遜（失），士難曼（得）而易箪（外）：無堇（謹）弗志，曰余知之。毋【10】

乙本

武王齀（問）於大（太）公脞（望）曰：「亦又（有）不浧（盈）於十言而百殜（世）不遊（失）之道，又（有）之唐（乎）？」大（太）公脞（望）倉（答）曰：「又（有）。」武王曰：「丌（其）道可曼（得）【11】以齀（聞）唐（乎）？」大（太）公脞（望）倉（答）曰：「身則君之臣，道則聖人之道。君齋，牁（將）道之；君不祈，則弗道。」武王齋七日，大（太）【12】［公］脞（望）弄（奉）丹箸（書）以朝。大（太）公南面，武王北面而遉（復）齀（問）。大（太）公倉（答）曰：「丹箸（書）之言又（有）之曰：志勅（勝）欲則【13】利，欲勅（勝）志則喪；志勅（勝）欲則從，欲勅（勝）志則凶。敬勅（勝）怠則吉，怠勅（勝）敬則威（滅）。不敬則不定，弗【14】［強］則枉。枉者敗，而敬者萬殜（世）。吏民不逆而訓（順）城（成），百姓之為（經）。丹箸（書）之言又（有）之。」【15】

第六章　楚辭卜書類文獻字詞新證

第一節　《李頌》字詞新證

上博八《李頌》為楚辭類文獻，是現存版本較早的詠物賦。該文共三枚竹簡，內容完整，賦後附評論性文字。釋文從整理者所定簡序。本節考察「官桓（樹）」「枭示方落（落）可（兮）」「胃（謂）」的釋讀問題。

一、官桓（樹）

【相關釋文】

相虗（吾）官桓，桐戲（且）忌（怡）可（兮）。

【新證】

整理者曹錦炎先生認為「官」，公、公有，與「私」相對。《大戴禮記・千乘》「是以母弟官子咸有臣志。」王聘珍《解詁》:「官，猶公也。」《漢書・蓋寬饒傳》引《韓氏易傳》:「五帝官天下，三王家天下，家以傳子，官以傳賢。」「桓」讀為「樹」[註1]。復旦吉大古文字專業研究生聯合讀書會讀「官」為「棺」，義為做棺木的樹。[註2] 黃浩波指出，官樹為道旁之樹，古人官樹

〔註1〕詳見《上博八》第 231 頁。
〔註2〕復旦吉大讀書會:《上博八〈李頌〉校讀》，復旦網，2011 年 7 月 17 日。

多種植梓樹，梓樹至今仍用作行道樹。〔註3〕黃人二認為「官樹」即下文的「桐」，梧桐，楚人滅國無數，是以山東河南之物產，能被移植於楚地種植，蓋以戰勝國之姿態，將戰敗國之貴重物產，輸送於母國是也。〔註4〕陳偉、季旭昇、林清源讀「官」為「館」。

按：讀書會受「桐棺三寸」影響，先入為主將桐樹定義為「棺樹」恐不妥當。「桐棺三寸」僅指薄葬而已。桐主要以裝飾庭院道路為主，作棺木並非主要功能，怎能以「棺樹」定義之？此處從曹錦炎先生，讀為「官樹」，訓釋上從黃浩波觀點，訓為「官道旁所植的樹」，《周禮·野廬氏》：「比國郊及野之道路、宿息、井、樹。」《國語·周語上》：「周制有之曰：『列樹以表道，立鄙食以守路。』」又「野有庾積，場功未畢，道無列樹。」《楚辭·七諫》：「斥逐鴻鵠兮，近習鴟梟，斬伐橘柚兮，列樹苦桃。」《荀子·哀公》：「孔子對曰：『古之王者，有務而拘領者矣，其政好生而惡殺焉，是以鳳在列樹，麟在郊野，烏鵲之巢可俯而窺也。君不此問而問舜冠，所以不對也。』」以桐樹裝飾官道兩旁，後世延續，西晉司馬彪《續漢書·百官志·將做大匠》：「掌修作宗廟、路寢、宮室、陵園土木之功，並樹桐梓之類，列於道側。」〔註5〕顧炎武《日知錄·官樹》：「古人於官道之旁必皆種樹以記里，至以蔭行旅。是以南土之棠，召伯所茇。道周之杜，君子來遊，固以宣美風謠，流恩後嗣。子路治蒲，樹木甚茂。子產相鄭，桃李垂街。」桐樹常見於道邊，用於遮陰裝飾道路，故此處以官樹相稱。

二、槀其方䓞（落）可（兮）

【相關釋文】

旟（寒）夆（冬）之旨（祁）倉（滄），槀亓（其）方䓞（落）可（兮）。鸎（鵬）鳥之所槼（集），祀（竢）時而复（作）可（兮）。

〔註3〕黃浩波：《讀上博八〈杍頌〉箚記》，簡帛網，2011年8月23日。
〔註4〕黃人二：《上博簡〈李頌〉、清華簡〈殷高宗問於三壽〉與〈荀子·賦篇〉研究——兼談先秦辭賦體裁的發展》，「楚文化與長江中游早期開發國際學術研討會」論文，武漢，2018年。
〔註5〕范曄《後漢書》問世後，司馬彪《續漢書》逐漸被淘汰，八志因補入《後漢書》而保存下來，其中就包括《百官志》。

【新證】

　　槀，曹錦炎先生讀為「燥」，訓為乾燥。萚，讀為「落」，訓為樹葉脫落。復旦吉大讀書會認為「槀」可能為「業」的訛變。陳劍認為「槀」疑讀為「巢」，簡文說冬天凜寒，鳳鳥所生活集居讀巢窩掉落了，只能等待時機重新建造。黃浩波釋「槀」為「果」，認為金文「槀」與甲骨文「果」二者形近而訛。梓樹為落葉喬木，秋天即落葉，而長柱形的蒴果可歷秋至冬而不落。陳偉讀「槀」為「操」，執持。

　　按：「槀亓（其）方萚（落）可（兮）」這種句式本文中出現：

　　　　（1）欽亓（其）不還可（兮）。

　　　　（2）誇（姱）亓（其）不弍（貳）可（兮）。

　　　　（3）敬而勿寀（集）可（兮）。

　　《橘頌》中則有「紛其可喜兮」「姱而不醜兮」「廓其無求兮」「橫而不流兮」「梗其有理兮」等。

　　通過對比可以發現，處在句首的詞，一般是形容詞或者動詞，絕對不會是名詞，讀書會的觀點不可通。曹錦炎先生將其讀為「燥」，從語法角度講是完全可以的。但從語義角度講略有不協。「槀」似可讀為「懆」，訓為憂愁，《說文·心部》：「懆，愁不安也。」《玉篇·心部》：「懆，憂愁也，不安也。」《詩·小雅·白華》：「念子懆懆，視我邁邁。」朱熹集傳：「懆懆，憂貌。」

三、胃（謂）

【相關釋文】

　　幾（豈）不皆生，則不同可（兮）。胃（謂）群眾鳥，敬而勿寀（集）可（兮）。

【新證】

　　曹錦炎先生認為「胃」讀為「謂」，《老子》：「是謂玄同。」郭店楚簡本、馬王堆帛書本「謂」作「胃」；上海博物館藏楚竹書《鬼神之明》：「［曰鬼神有］所明有所不明，此之謂乎？」「謂」作「胃」，《孔子詩論》「成胃之也」即讀作「誠謂之也」。謂，告訴，對……說。《詩·大雅·皇矣》：「帝謂文王，無然畔援，無然歆羨。」《書·盤庚下》：「爾謂朕：『曷震動萬民以遷？』」各

家研究者對「胃」的通假和訓釋並無異議。

　　按：曹錦炎先生讀「胃」為「謂」，甚確。但在訓釋上，還可以更進一步。此處只是讚美李樹，卻並未將李樹擬人化。訓「謂」為「告訴」，於文義略顯不協。此處「謂」訓為「使」更妥，《廣雅·釋詁》：「謂，使也。」《詩·小雅·出車》：「我出我車，于彼牧矣！自天子所，謂我來矣！召彼僕夫，謂之載矣！王事多難，維其棘矣！」馬瑞辰《毛詩傳箋通釋》：「《廣雅》：『謂，使也。』謂我來，即使我來也。」《孫子·謀攻》：「故君之所以患於軍者三：不知軍之不可以進而謂之進，不知軍之不可以退而謂之退，是為縻軍。」「謂之進」「謂之進」即為「使之進」「使之退」，此處的「謂群眾鳥，敬而勿集可（兮）」即「使眾鳥恭恭敬敬而不敢集於其上」。

【完整釋文】

　　相虗（乎）官桓（樹），桐嘁（且）忌（怡）可（兮）。剺（剸）外罨（置）宷（中），眾木之緔（紀）可（兮）。旟（寒）夆（冬）之旨（祁）倉（滄），枭（燥）亓方茗（落）可（兮）。鼺（鵬）鳥之所槑（集），玘哼（時）而復（作）可（兮）。木斯蜀（獨）生，秦（榛）朸（棘）之閖（間）可（兮）。互植兼成，欤（歋）亓（其）不還可（兮）。深利【1正】冬（終）豆（逗），誇亓（其）不弍（貳）可（兮）。躐（亂）木曾枳（枝），淯剝（毀）｜可（兮）。嗟嗟君子，覤（觀）虗（乎）桓（樹）之蓉（容）可（兮）。幾（豈）不皆生，則不同可（兮）。胃（謂）羣眾鳥，敬而勿槑（集）可（兮）。索（素）府宮李（李），木異頪（類）可（兮）。忼（願）戠（歲）之啟時，思虗（乎）【1背】桓（樹）秀可（兮）。豐芌（華）繵（繮）光，民之所好可（兮）。戰（守）勿弨（強）橌（杆），木一心可（兮）。憚（違）與他木，非與從風可（兮）。氏（是）古（故）聖人兼此，咊勿（物）㠯（以）李（李）人情。人因丌（其）情，則樂丌（其）事，遠丌（其）情。【2】［口口］氏（是）古（故）聖人兼此。【3】

第二節　《蘭賦》字詞新證

　　《蘭賦》屬傳世文獻未見之辭賦類作品，內容以蘭為主題，託物言志。竹簡有殘損，釋文從整理者所定之簡序。本節釋讀「安」「攸茗／訕」兩組詞語。

一、安

【相關釋文】

[□□] 汗（旱）其不雨，可（何）淵而不沽（涸）？備壄（修）庶戒，方旹（時）安复（作）。

【新證】

曹錦炎先生認為「安」讀為「焉」，《廣雅・釋詁》：「安，焉也。」《老子》：「城中有四大，而王居其一焉。」郭店楚簡本作「國中又四大安，王居一安。」「焉」作「安」。《論語・為政》「人焉瘦哉」、《子罕》「焉知來者之不如今也」，皇侃疏：「焉，安也。」楚簡此種寫法的「安」字與從「宀」的「安」字相同，但字形有別，簡文多作「焉」。「焉」，連詞，相當於「則」，「於是」。《墨子・兼愛》：「必知亂之所自起，焉能治之。」《國語・晉語二》：「盡逐群公子，乃立奚齊，焉使為令，國無公族焉。」《禮記・祭法》：「壇墠，有禱焉祭之，無禱乃止。」

按：此處「安」訓為「焉」可通。但可如本字讀。「安」可用作連詞，表示承接。王引之《經傳釋詞》卷二：「安，猶於是也，乃也，則也。」《管子・大匡》：「桓公乃告諸侯，必足三年之食，安以其餘修兵革。」王念孫《讀書雜志》：「安，語辭，猶乃也。」《荀子・仲尼》：「委然成文，以示之天下，而暴國安自化矣。」《戰國策・魏策一》：「因久坐，安從容談三國之相怨。」皆其例。上博簡《卜書》：「兆印首出趾，是謂闕。卜人無咎，將去其里，而它方安適。」「它方安適」之「安」字用法與此句同，表示承接關係，可為互證。

二、攸苕 / 訛

【相關釋文】

緩才（哉）菓（蘭）可（兮），華攸苕（落）而猷不遊（失）坒（厥）芳，淫（盈）訛迟而達齧（聞）於四方。

【新證】

曹錦炎先生讀「攸」為「滌」，認為「滌」從「條」聲，而「條」從「攸」聲，可通，《說文》：「滌，灑也。」由「洗滌」義引申為淨、除，《詩・豳風・

七月》：「九月肅霜，十月滌場。」《書・禹貢》：「九山刊旅，九州島島滌源。」將原簡中「𧥞」字隸定為「訛」，認為同訾，詆毀、誹謗。《說文》：「訾，不思稱義也。從言，此聲。《詩》曰『翕翕訛訛』。」朱熹《集傳》：「訛訛，務為譖謗也。」《荀子・非十二子》：「禮節之中則疾疾然，訛訛然。」《楚辭・九思・遭厄》：「指正義兮為曲，訛玉璧兮為石。」《禮記・曲禮上》：「不苟訛，不苟笑。」復旦吉大讀書會讀「攸」為「搖」。「搖落」古有其例，宋玉《九辨》：「悲哉秋之為氣也，蕭瑟兮草木搖落而變衰。」將原簡中「𧥞」隸定為「訛」，讀為謐。〔註6〕鄔可晶在讀書會文後評論指出，「攸落」可逕讀為「凋落」。

按，此處「攸」似應讀為「修」。《史記・秦始皇本紀》：「德惠修長。」《史記索隱》：「王劭按張徹所錄會稽南山《秦始皇碑文》『修』作『攸』。」《隸釋》八《張表碑》：「令德攸兮宣重光。」洪适釋：「攸即修字。」修，訓為乾枯。《詩・王風・中谷有蓷》：「中谷有蓷，暵其修矣。」毛傳：「修，且乾也。」暵，乾旱也。這篇賦前文講到「汗（旱）亓（其）不雨，可（何）淵而不沽（涸）」，說明遭遇乾旱。此處言蘭花雖然乾枯零落，卻仍然保持馨香。

「𧥞」這個字中間所從字形既不像止，也不像才，楚簡中較為標準的「此」作「𣥂」（郭店《唐虞之道》第8簡），較為標準的「𢆶」作「𣏟」（郭店簡《語叢三》第16簡），可能這個字書手並未寫好，在筆者看來中間所從字形可能更接近於才，暫從讀書會觀點。楚簡中「𢆶」字多見，均讀為「必」，此字暫讀為「謐」。訓為安靜，寂靜。《爾雅・釋詁上》：「謐，靜也。」《素問・五運行大論》：「其政為謐。」迡，從尼得聲，尼可通為寧，寧，安靜。《莊子・大宗師》：「攖寧也者，攖而後成者也。」成玄英疏：「攖，擾動也；寧，寂靜也。」此處謐寧為同義連文，安靜也。此句言安靜卻名聞於四方。

【完整釋文】

[□□] 汗（旱），雨露不墜（降）矣。日月遊（失）時，芒（萹）薜茅（茂）豐。夬（決）迲（去）選勿（物），宅（宅）才（在）孳（茲）宁（中）。【1】[□□] 汗（旱）亓（其）不雨，可（何）淵而不沽（涸）？備坙（修）庶戒，方（旁）㫭（時）安（焉）复（作）。緩才（哉）菓

〔註6〕復旦吉大讀書會：《上博八〈蘭賦〉校讀》，復旦網，2011年7月17日。

（蘭）可（兮），華攸（滌）茖（落）而猷不遴（失）乓（厥）芳，涅（盈）訑迡而達䐓（聞）於四方。尸宄（宅）幽泵（麓），【2】戔（殘）惻（賊）螻蛾（蟻）蟲蛇。親眾秉志，綽（逴）遠行道。不躬又（有）折，萊（蘭）斯秉惪（德）。叚（賢）［□□］【3】［□□］年（佞）前亓（其）約㑇（儉），後亓（其）不長，女（如）萊（蘭）之不芳。信萊（蘭）亓（其）㲚（栽）也，風汗（旱）【4】之不罔（罔），天道亓（其）越（越）也。芲（黃）薛之方记（起），夫亦啻（適）亓（其）哉（歲）也。萊（蘭）又（有）異勿（物），荙（蔘）惻（則）柬（簡）牆（逸），而莫之能嗇（效）矣。身體肚（重）宵（輕），而目耳勞矣。口立（位）尌下，而比忿（擬）高矣。【5】

第三節　《卜書》字詞新證

上博九《卜書》是傳世典籍未見的占卜類文獻，是目前發現最早的卜書，基本體例是先講龜兆，再講所代表的吉凶。釋文從整理者所定簡序。本節考察「𩵋」「䣎」「句旨而惕」的釋讀問題。

一、𩵋

【相關釋文】

季曾曰：「尐（兆）俯首內趾，是胃（謂）㠯。尸（處）宮無咎，又（有）疾乃𩵋。」

【新證】

「有疾乃𩵋」，整理者訓為有病才搬到其他地方。〔註7〕蘇建洲認為「𩵋」字上部所從為「帝」。〔註8〕林志鵬認為「𩵋」當讀為「疧」，「有疾乃疧」謂疾病沉滯。〔註9〕網友 ee 認為該字應釋為「𢢩」。〔註10〕網友 mpsyx 贊同 ee 觀點，在此基礎上讀為「漸」，疾病加重之義，可與傳世文獻「疾漸」及清華簡《保訓》

〔註7〕詳見上博九第 294 頁。
〔註8〕蘇建洲：《〈保訓〉字詞考釋二則》，復旦大學出土文獻與古文字研究中心網，2009 年 7 月 15 日。
〔註9〕林志鵬：《讀上博第九冊〈卜書〉簡記》，簡帛網，2013 年 3 月 11 日。
〔註10〕ee：《上博九識小》，簡帛網「簡帛論壇‧簡帛研讀」，2013 年 1 月 5 日。

之「疾漸甚」對讀。〔註11〕

　　按：清華簡《保訓》第 2 簡「朕疾薑甚」與此處「有疾乃薑」文義相對。薑，即「適」，可讀為「至」，武威漢簡《泰射》：「又諾以商，至乏，聲止。」至，甚也。《孟子・萬章下》：「夫謂非其有而取之者盜也，充類至義之類也。」趙岐注：「至，甚也。」《荀子・正論》：「罪至重而罰至輕，庸人不知惡矣。」《莊子・人間世》：「克核大至，則必有不肖之心應之。」清華簡「至甚」為同義連文，訓為甚。《卜書》「又（有）疾乃薑」言有疾病則會加重。

二、鄎

【相關釋文】

　　鄎（蔡）公曰：「枛（兆）女（如）卬首出止（趾）而屯（純）不困臘（膺），是胃（謂）狐，卜煜龜亓（其）有吝尻（處），不沾大污，乃沾大浴（谷），曰枛（兆）少鄎，是胃（謂）族。

【新證】

　　整理者將原簡「」字隸定為「鄎」，讀為「陷」。高祐仁認為此字應改釋作「畬」，讀為「沈」。〔註12〕蘇建洲指出，「臽」、簡 3「陷」字旁「臽」寫法與「沈」全同，陳劍指出改「臽」上「人」為形近之「尤」以標音，因「臽」聲化為「尤」致使「臽」「沈」二字形體完全相同。〔註13〕林志鵬認為「畬」下所從「臼」乃坎陷之形，當是「陷」字異體。古音「尤」為定母侵部，「陷」為匣母談部，簡文「陷」上部「人」形換為「尤」屬聲化。整理者釋此兆名為「陷」可通，但也可考慮「沈」，兆象有以「沈」命名者，《左傳・哀公九年》載「謂潘陽」可證。「陷」「沈」，陷溺、沉滯。〔註14〕

　　按：上博五《鬼神之明》第七簡：湛（沈）坐念惟，發揚索償。」「沈」作「」字。郭店簡《窮達以時》第 9 簡「」字：「初湛（沈）酤，後

〔註11〕見 youren《〈卜書〉初讀》後面跟帖評論，簡帛網「簡帛論壇・簡帛研讀」，2013年 1 月 5 日。

〔註12〕高祐仁：《〈上博九〉初讀》，簡帛網，2013 年 1 月 8 日。

〔註13〕蘇建洲：《初讀清華三〈周公之琴舞〉、〈良臣〉箚記》，簡帛網，2013 年 1 月 18 日。

〔註14〕林志鵬：《讀上博簡第九冊〈卜書〉箚記》，簡帛網，2013 年 3 月 11 日。

名揚」。清華簡三《周公之琴舞》第9簡:「迖思滔(沈)之」「沈」字作「」。都是從水從尤從臼,隸定為「滔」,釋為「沈」,得到學界一致認同。所以「」應隸定為「鄩」,即「邥」字,「邥」,讀為「沈」,「沈」為「沉」之本字,卜辭中用為沉祭的專名。與上條所引的「臽(陷)」皆指兆象。《左傳・哀公九年》:「史龜占之曰:『是謂沈陽,可以興兵,利以伐姜,不利子商。』伐齊則可,敵宋不吉。」可見證兆象有以「沈」命名者。後世卜書《玉靈聚義》卷四〔註15〕:

身沈頭重多飛雪,褶折交加雷電風。

水鄉發火號兜財,仰月身沈喜事來。

　　兆象分為四段,其上出之端曰首,上部近中曰膺,下部近中曰胯,下出之端之曰趾。在後世卜書術語中,「首」稱為「頭」,「趾」稱為「足」,「膺」和「胯」合稱為「身」。在表示下垂這種狀況時,「首」和「趾」用「伏」,而「身」用「沈」。《卜法詳考》記載:「頭直身沈足尖,財利不全。」簡文「兆少沈」,當指兆紋的「身」稍稍下沉。

〔註15〕　《玉露聚義》和下文的《卜法詳考》為後世卜書,與先秦相去較遠,僅作參考。

三、句旨而惕

【相關釋文】

窓（深）公占之曰：「若卜貞邦，三族句旨而惕，三末唯（雖）敗，亡大咎。」

【新證】

句旨而惕，整理者讀為「苟栗而惕」，言「栗」可訓憂訓懼，與惕含義接近。程少軒將「句」讀為「鉤」，斷句為「三族句（鉤），旨而惕」〔註16〕。林志鵬讀為「三簇句指而逖」，訓為兆紋聚集處彎曲，且兆枝穿過兆幹。

按：此處整理者將「三族」理解為周人的三族，將「三末」理解為「三族」的支裔，故有此訓釋。程說和林說則將「三族」、「三末」理解為關於卜紋的專用詞，三族指三條裂紋的彙集處，三末為三條裂紋的末端。程說林說關於「三族」、「三末」的訓釋，可從，但「句旨而惕」的訓釋可商。

「句旨而惕」，句，如字讀，訓為彎曲，《周禮・考工記・冶氏》：「戈廣二寸，內倍之，胡三之，援四之。已倨則不入，已句則不決。」「旨」當讀為「指」，訓為向上。上博九《舉治王天下》第 31 簡：「首丩旨，身鱗鱜。」「旨」讀為「指」，訓為向上，言大禹治水時頭髮糾結向上，皮膚皸裂脫落。惕，從「易」得聲，可讀為「夷」，《詩・小雅・何人斯》：「爾還而入，我心易也。」《召南・草蟲》作「我心則夷」，夷、易一聲之轉。夷，平也。《韓非子・外儲說右下》：「椎鍛者所以平不夷也。」「句旨而惕」讀為「句指而夷」，言兆紋「三族」彎曲向上而後平直。

【完整釋文】

肥甚（叔）曰：「𠁣（兆）𠨘首出止（趾），是胃（謂）閟。卜人無咎，牂（將）迲（去）其里，而它方安（焉）適。」季曾曰：「𠁣（兆）俯首內趾，是胃（謂）【1】㐁，凥（處）宮無咎，又（有）疾乃𧵣（適）。」鄒（蔡）公曰：「𠁣（兆）女（如）𠨘首出止（趾），而屯（純）不困𦝢（臁），是胃（謂）狋。卜焈龜亓（其）有吝凥（處）【2】，不沾大污，

〔註16〕程少軒：《小議上博九〈卜書〉的「三族」和「三末」》，復旦大學出土文獻與古文字研究中心網，2013 年 1 月 16 日。

乃沾大浴（谷），曰㲹（兆）少卻，是胃（謂）族。少（小）子吉，丈人乃哭，甬（用）尻（處）宮。［□□］【3】潯（潰）肹高上，㲹（兆）屯（純）䂓（深），是胃（謂）淺。婦人淺吕（以）歡（飲）飤（食），丈夫䂓（深）吕（以）伏匿。一占

　　　［□□］【4】［□□］吉，邦壯又疾。凡三族又此，三末唯吉，女白女黃貞邦［□□］【5】夫貞卜邦，㲹（兆）唯（雖）记（起）句（鉤），毋白毋赤，毋卒（卒）吕（以）易，貞邦無咎，殹酒（將）又（有）设（役），女［□□］【6】墨，亦無它色。窓（深）公占之曰：「三族之敔。周邦又吝，亦不。三末飤墨虘（且）祙。我周之子孫，亓【7】遷（遷）於百邦，大貞邦亦凶。」窓公占之曰：「若卜貞邦，三族句旨而惕，三末唯（雖）敗，亡大咎，又（有）【8】吝於外。女三末唯（雖）吉，三族是巫，亦無大咎，又吝於內。女三族［□□］【9】凶，㲹（兆）不利貞邦」【10】

第四節　疑問代詞「奚」及《凡物流形》「問物」篇起源地域新證〔註17〕

一、先秦疑問代詞「奚」的起源地域

　　關於疑問代詞「奚」，前輩學者很早就對其展開了研究。楊樹達較早對疑問代詞「奚」進行了系統研究，將「奚」的用法分為四類：疑問代名詞，何事也；疑問代名詞，何處也；疑問形容詞，何也，用在名詞之前；疑問副詞，為何也。〔註18〕周法高對先秦文獻中疑問代詞「奚」進行了更為細緻的分類與描寫，指出：疑問代詞「奚」，甲骨文、周金文中未見此用法，易經、今文書經、詩經、公羊、穀梁皆無此用法。「奚」在句中可以作名語、形容語、副語，大體上和「何」的用法相近。他將「奚」的用法分為六類：1.「奚」用作述語的賓語，表示何物、何事、何處，通常用在述語之前。2.「奚」用作介詞的賓語，放在介詞之前。如「奚自」「奚以」等。3.「奚」與「為」同用。4.「奚如（若）」，和「何如（若）」用法同，義為「怎麼樣」。5.「奚」用作形容語，

〔註17〕本節發表於《新疆大學學報‧哲學人文社會科學版》，2017年第6期。
〔註18〕楊樹達：《詞詮》，中華書局，1978年，第171～172頁。

解作「什麼」,與「何」同,但比較少見。6.「奚」用作副語。〔註19〕王力進一步指出:「奚」用於賓語的情況比較少見,通常只作狀語,很少做定語。〔註20〕

貝羅貝、吳福祥根據詢問功能,將漢語的疑問代詞分為七類:事物疑問代詞〔what / which〕(「什麼」「哪」)、人物疑問代詞〔who〕(「誰」)、方式情態疑問代詞〔how〕(「怎麼」「怎樣 / 怎麼樣」)、原因目的疑問代詞〔why〕(「怎麼」「幹嗎(嘛)」)、時間疑問代詞〔when〕(「曷何時」)、處所疑問代詞〔where〕(「哪裏(哪兒)」)和數量疑問代詞〔how many / how much〕(「幾」「多少」)。他們認為「奚」可以作事物疑問代詞、方式情態疑問代詞、原因目的疑問代詞、時間疑問代詞和處所疑問代詞。作為疑問代詞的「奚」產生於上古中期(即春秋戰國時期),到了東漢時期,由於「何」的兼併,「奚」在實際口語中消失。〔註21〕

貝羅貝、吳福祥探討了疑問代詞「奚」消亡的時間和原因,卻未涉及到「奚」起源的地域。本節將結合先秦傳世文獻和出土文獻,對此問題進行考察。為了更為細緻地展示出疑問代詞「奚」的使用情況,本文借鑒貝羅貝、吳福祥的疑問代詞七類分法。

(一)傳世齊魯文獻中的疑問代詞「奚」

文獻中最早的疑問代詞「奚」出現在春秋晚期戰國初期的魯國文獻中,以《論語》和《左傳》為代表。《論語》中有 11 個例子,《左傳》中有 4 個例子。在這些文獻中,「奚」既可以作為詞單獨使用,又可以作為語素構成詞語,如奚其、奚而、奚為等。在句中可以用作事物疑問代詞、方式情態疑問代詞、原因目的疑問代詞和處所疑問代詞。

在句中作主語或賓語,用作事物疑問代詞的:

(1)子曰:「『相維辟公,天子穆穆』,奚取於三家之堂?」(《論語‧八佾》)

(2)子路曰:「衛君待子而為政,子將奚先?」子曰:「必也,正名乎!」(《論語‧子路》)

〔註19〕周法高:《中國古代語法‧稱代篇》,中華書局,1990 年,第 255 頁。

〔註20〕王力:《漢語史稿(重排本)》,中華書局,2015 年,第 282 頁。

〔註21〕貝羅貝、吳福祥:《上古漢語疑問代詞的發展與演變》,《中國語文》,2000 年第 4 期。

（3）（息嬀）對曰：「吾一婦人，而事二夫，縱弗能死，其又奚言？」（《左傳‧莊公十四年》）

（4）齊侯田於莒，盧蒲嫳見，泣，且請曰：「余髮如此種種，余奚能為？」（《左傳‧昭公三年》）

用作方式情態疑問代詞的有一例，《論語‧憲問》：「孔子曰：『仲叔圉治賓客，祝鮀治宗廟，王孫賈治軍旅。夫如是，奚其喪？』」《漢語大詞典》將此句中「奚其」訓為為何、為什麼；楊伯峻《論語譯注》則將「奚其喪」譯為「怎麼會敗亡」，「奚其」義為「怎麼」〔註22〕。結合上文「子言衛靈公之無道也，康子曰：『夫如是，奚而不喪？』」「奚其喪」當為反詰問句，楊伯峻訓釋更貼近文義。貝羅貝、吳福祥指出上古中期的方式情態疑問代詞大致可以分為兩類，「如何」「若何」「奈何」「何若」「何如」「何以」「奚如」「奚若」等雙音節疑問代詞主要用來詢問方式或性狀，是一種真性詢問；「何」「胡」「曷」「安」「焉」「惡」「奚」等單音節疑問代詞主要用來詢問事理，體現的是一種假性詢問（反詰）。從《論語‧憲問》中的「奚其」這個例子來看，它是個雙音節詞，體現的卻是一種反問語氣，是貝羅貝、吳福祥觀點的反面例證。

在句中作狀語，用作原因目的疑問代詞的：

（5）或謂孔子曰：「子奚不為政？」（《論語‧為政》）

（6）子大叔曰：「國皆其國也，奚獨賂焉？」（《左傳‧襄公三十年》）

（7）（徒人）費曰：「我奚御哉？」（《左傳‧莊公八年》）

「奚」用作處所疑問代詞的有一例，《論語‧憲問》：「晨門曰：『奚自？』子路曰：『自孔氏。』」這種用法在傳世文獻中較為少見。時代略晚的齊魯文獻，如《孟子》等，所涉及的疑問代詞「奚」的用法與《論語》大致相同，不煩舉例。

（二）出土齊魯文獻中的疑問代詞「奚」

目前所見出土文獻中所見的疑問代詞「奚」，都集中在齊魯文獻。上博簡第四冊《曹沫之陳》主要內容為魯莊公和曹沫之間關於兵法的對話。魯莊公在詢

〔註22〕楊伯峻：《論語譯注》，中華書局，2014 年。

問作戰問題時，使用到「奚如」一詞：

    （8）還年而昭（問）於戠（曹）沫曰：「虗（吾）欲與齊戰，昭（問）戗（陣）系（奚）女（如）？獸（守）鄴（邊）城系（奚）女（如）？」

    （9）臧（莊）公曰：「勿兵吕（以）克系（奚）女（如）？」

    （10）臧（莊）公曰：「善獸（守）者系（奚）女（如）？」

    （11）臧（莊）公或（又）昭（問）曰：「善攻者系（奚）女（如）？」

「奚如」用作方式情態疑問代詞，表示如何、怎樣。上博簡第五冊《季庚子問於孔子》中季庚子提問時也用到了「奚如」一詞：「古（夫）子吕（以）此言為系（奚）女（如）？」上博簡第一冊《孔子詩論》有一個「奚」的用例：「女（如）此可（何），斯雀之矣。遝（送）丌（其）所悉（愛），必曰：虗（吾）系（奚）舍之？賓贈氏（是）巳（已）。」以上是出土魯國文獻中的疑問代詞「奚」的使用情況。

    出土的齊國文獻中，上博簡第五冊《鮑叔牙與隰朋之諫》中用到了「奚如」：

    （12）公曰：「肰（然）則系（奚）女（如）？」

    清華簡第六冊《管仲》與《管子》一書有許多篇章體例一致，思想相通，但內容完全不同，應當是屬於《管子》的佚篇。〔註23〕《管仲》以對話形式來展現管仲的治國理念。其中有兩處問句中使用了「奚」和「奚若」。

    「奚」在句中作賓語，用作事物疑問代詞：

    （13）𧻚（桓）公或（又）䛆（問）於笑（管）中（仲）曰：「中（仲）父，记（起）事之本系（奚）從？」笑（管）中（仲）曰：「從人。」

    「奚若」義同於「奚如」，用作方式、情態疑問代詞，表示「怎樣」之義：

    （14）𧻚（桓）公或（又）䛆（問）於笑（管）中（仲）曰：「中（仲）父，它（施）正（政）之道系（奚）若？」

    傳世和出土的齊魯文獻雖然都有疑問代詞「奚」的用例，但可以看出，

〔註23〕清華簡第六冊《管仲》篇「說明」，第110頁。

由於傳世文獻的材料更為豐富，「奚」的用法也更為多樣，既可以作事物疑問代詞詢問事項，又可以作方式情態疑問代詞表示反問，還可以做處所疑問代詞詢問地點。而出土齊魯文獻中用「奚」作事物疑問代詞詢問事項，用「奚如（若）」作方式情態疑問代詞詢問性狀，缺少了處所疑問代詞的用法。

（三）「奚」的起源地域

「奚」字早在甲骨文中就已經存在，根據于省吾先生的研究，甲骨文的「奚」象人的頂部髮辮直豎，用手捉之，最初是指從北方肅慎鬼方等部族作戰俘虜來的奴隸〔註 24〕。根據調查，在甲骨文中「奚」主要還是用作人名、部族名或地名。如：

（15）癸丑卜，互鼎（貞）：王比奚伐巴方。（《甲骨文合集》00811）

（16）甲辰卜，殻鼎（貞）：奚來白馬。王固（占）曰：「吉，其來。」（《甲骨文合集》09177）

（17）壬申卜，鼎（貞）：王田奚，往來亡災。王占曰：吉。只（獲）狐二十三。（《甲骨文合集》37474＋37767＋《殷墟甲骨輯佚：安陽民間藏甲骨》7291）

「奚」在傳世文獻中也可以作地名，《春秋·桓公十七年》：「夏五月，及齊師戰於奚。」杜預注：「奚，魯地。」

從上述文獻中來看，「奚」無論是「從北方肅慎鬼方等部族作戰俘虜來的奴隸」，還是用作的地名，範圍僅限於北方，可以判斷，「奚」是一個起源並通行於北方地區的字。

貝羅貝、吳福祥指出，上古疑問代詞的產生途徑有兩個，一是有些單音節疑問代詞的出現是文字假借的結果，如「何」本義是「負擔」義動詞，用為疑問代詞顯然是一種「本無其字」的假借；二是有些雙音節疑問代詞的產生源於句法單位（句法結構）的詞彙化。「奚」的情況可能與「何」相似，也是一種「本無其字」的假借。無論是在傳世文獻還是出土文獻中，「奚」在齊魯地區都是一個常用字，其常用性和通行性為假借為疑問代詞提供了條件，「奚」從名詞假借為疑問代詞的過程很可能是在齊魯地區完成的。

〔註24〕于省吾：《殷代的奚奴》，《東北人民大學人文科學學報》，1956 年第 1 期。

（四）楚系文獻中疑問代詞使用情況

本文所講的楚系文獻，是指楚人在楚國創作，能夠代表楚地語言特色的文獻。傳世的楚系文獻以《楚辭》最具代表性，特別是屈原的作品。出土的楚系文獻包括上博簡中的「楚語」類文獻和「楚辭」類文獻。「楚語」類文獻類似於《國語・楚語》，是楚人寫的關於楚國的小故事。「楚辭」類文獻體裁類似於《楚辭》，句中多用「可（兮）」，如《李頌》《有皇將起》《蘭賦》《鶹鵜》等。「楚語」類文獻和「楚辭」類文獻能夠代表楚地真實的語言狀況。

《楚辭》最常用的疑問代詞是「何」，《天問》是其中的典型代表。《天問》以「曰」開頭，連續提出173個問題，涉及到的疑問詞有「何」「誰」「孰」等，唯獨不使用「奚」。據統計，《天問》共使用「何」128次，有單獨使用的，也有又「何如」「何以」等組合。在《楚辭》中「何」佔據絕對優勢，有215例。「奚」只有《遠遊》一個用例：「春秋忽其不淹兮，奚久留此故居？」關於《遠遊》的作者，學界一直有爭議，郭沫若《屈原研究》認為《遠遊》並非屈原所作〔註25〕。王泗原《楚辭校釋》認為是漢人所作，而且在司馬相如之後〔註26〕。所以這個例子只能存疑。到目前為止所能看到比較可靠的屈原作品，並沒有使用過「奚」。

《李頌》《有皇將起》《蘭賦》和《鶹鵜》四篇是純粹的楚辭作品，其中三篇《蘭賦》《有皇將起》和《鶹鵜》雖然篇幅有限，但也各有一個疑問詞「何」，未曾用「奚」：

> （18）可（何）哀城（成）夫含可（兮）？（《有皇將起》）
>
> （19）汗（旱）亓（其）不雨，可（何）淵而不沽（涸）？（《蘭賦》）
>
> （20）子可（何）舍余含可（兮）？（《鶹鵜》）

上博簡中「楚語」類文獻數量眾多，也從未使用疑問代詞「奚」，最為常用的是「何」。「楚語」類文獻中主要疑問代詞使用比較有代表性的是《平王與王子木》，講述的是王子木在去城父途中不認識疇和麻，也不知道疇和麻是做什麼用的，城公據此得知「王子不得君楚國，又不得臣楚國」。

〔註25〕郭沫若：《屈原研究》，新文藝出版社，1953年，第32～35頁。
〔註26〕王泗原：《楚辭校釋》，人民教育出版社，1990年，第77～121頁。

（21）王子睹（問）成（城）公：「此可（何）？」成（城）公

畬（答）曰：「藷（疇）。」王子曰：「藷（疇）可（何）吕（以）為？」

曰：「吕（以）種（種）林（麻）。」王子曰：「何吕（以）林（麻）

為？」畬（答）曰：「吕（以）為衣。」

王子木的提問，很自然地用「何」而不用「奚」，當是楚地主要疑問代詞使用狀況的真實反映。

其他的「楚語」類文獻中，最主要的疑問代詞都是「何」：

（22）王吕（以）告楒（相）屢（徙）與中（中）余（舍）：「含（今）夕不穀（穀）夢若此，可（何）？」（《東大王泊旱》）

（23）鼓而涉之，此可（何）？（《東大王泊旱》）

（24）我可（何）為，戠（歲）女（焉）筥（熟）？（《東大王泊旱》）

（25）褐（禍）戝（敗）因童（重）於楚邦，懼魂（鬼）神以為安（怒），囪（使）先王亡（無）所逼（歸）。虐（吾）可（何）改（改）而可？」（《平王問鄭壽》）

（26）王芺（笑）曰：「壽（前）各（冬）言曰：『邦必芒（亡）。』我及含（今）可（何）若？」（《平王問鄭壽》）

（27）王芺（笑），「女（如）我昜（得）孚（免），後之人可（何）若？」（《平王問鄭壽》）

（28）含（今）奠（鄭）子豪（家）殺丌（其）君，牺（將）保丌（其）慇（恭）炎（嚴）吕（以）旻（沒）內（入）墮（地）。女（如）上帝魂（鬼）神吕（以）為茷（怒），虐（吾）牺（將）可（何）吕（以）畬（答）？（《鄭子家喪》）

（29）君人者可（何）必女（安）才（哉）？（《君人者何必安哉》）

這種情況在清華簡中也有體現。《子儀》講述了秦晉殽之戰後，秦穆公為與楚修好，主動送歸楚子儀之事。[註27]其中有一段「楚樂」，也是用「何」不用「奚」：

〔註27〕詳見清華簡第六冊《子儀》篇「說明」，頁127。

（30）乃命壁（升）蚕（琴）詞（歌）於子義（儀），楚樂和
之曰：「鳥飛可（兮）聖（憭）永，余可（何）贈以就之？遠人可
（何）麗，佰（宿）君又譸（尋）言（焉）。余隼（誰）思（使）
於告之。弙（強）弓可縵（挽），亓（其）鹽（絕）也。贈追而羿（集）
之，莫逞（往）可（兮）何吕（以）寊（實）言（焉）？余怠（畏）
其戉（式）而不訐（信），余隼（誰）思（使）於脅之。昔之禰（臘）
可（兮）余不與，今茲之禰（臘）可（兮）余或不與。攷（奪）之
練（績）可（兮）而勘（奮）之。織紝之不成，盧（吾）可（何）
以祭稷？」

這段「楚樂」屬於楚辭，所反映的楚語中主要疑問代詞使用狀況較為真實。

根據上文對傳世和出土的齊魯文獻和楚系文獻比較，大致可以確定：疑問代詞「奚」起源於春秋晚期戰國早期的齊魯地區，但未進入長江流域的楚系語言系統。楚系語言系統中主要疑問代詞一直都是通語中最常用的「何」。

二、《凡物流形》體裁來源諸說

上博簡《凡物流形》是一篇琦瑋譎詭的長文，想像力豐富，既有對天地萬物的發問，又有對「識豸」的論述。曹錦炎先生作為整理者，在非常困難的條件下對竹書進行了次序的編聯和文字的釋讀，詞語的考釋更是以詳盡精細著稱，為下一步從語言、文學、哲學、思想等角度進行專門研究打下了堅實的基礎。目前關於《凡物流形》的體裁和來源，學界觀點並不統一，主要觀點如下：

第一種：《凡物流形》是楚辭類作品。整理者曹錦炎先生將《凡物流形》與《李頌》《蘭賦》《有皇將起》《鵬鶉》放在一起，歸為楚辭作品。認為《凡物流形》是一篇有層次、有結構的長詩，體裁、性質與之最為相似，幾乎可以稱之為姐妹篇的，當屬屈原的《天問》。《凡物流形》的內容和思想雖比不上《天問》，文采詞藻也稍遜一籌，但從文章體裁、與《天問》內容的參照，以及文字的地域特色，將其歸為楚辭類作品。〔註28〕

第二種：《凡物流形》部分為楚辭類作品。日本學者淺野裕一將《凡物流形》分為《問物》和《識一》兩篇文獻，認為《問物》是楚賦的一種，而《識一》

〔註28〕曹錦炎：《上海博物館藏戰國竹書〈楚辭〉》，《文物》，2010 年第 2 期。

是道家系統的文獻。這兩種不同性質的文獻之所以會在一起，是因為《問物》的結尾和《識一》的開頭都有關於草木、禽獸的記述，在傳抄過程中發生了混亂而連接在一起。〔註29〕

　　第三種：《凡物流形》是一個複合型的文本。李銳認為這是一個取材廣泛的思想作品，簡文許多話與《老子》《文子》《莊子》《呂氏春秋》《管子》中《內業》《白心》《心術》上下諸篇〔註30〕以及馬王堆帛書《黃帝四經》、《淮南子》等文中的內容接近，但先秦時期未必有所謂道家，本篇簡文不能算作道家的作品，其具體的學派屬性，目前尚難以斷定〔註31〕。王中江認為《凡物流形》是戰國中早期的黃老學作品，不是楚辭類作品〔註32〕。曹峰認為《凡物流形》的文本是一個鬆散的結構，是作者出於某種需要，把相關的內容結合在一起。思想均非原創，很可能來自於《管子》四篇相關的學術系統〔註33〕。

　　曹錦炎先生講《凡物流形》與《天問》是姐妹篇，從《凡物流形》的前半部分來看，確實如此。在主要疑問詞的使用上，兩篇文獻風格迥異，在《天問》中，「奚」字並未出現，疑問代詞基本用「何」，達到128例；《凡物流形》基本用「奚」，可以做主語、定語和賓語，句法功能豐富多樣。為了更清晰地分析其來源，本文將《凡物流形》分為「問物」篇和「識道」篇兩個部分，重點討論「問物」篇疑問代詞使用情況。

三、「問物」篇主要疑問詞使用情況

　　《凡物流形》涉及到的疑問代詞有「奚」（28 個）、「奚故」（3 個）、「孰」（12 個）、「何」（3 個）、「如之何」（1 個）、「何故」（1 個）。

（一）疑問代詞「奚」、「奚故」的使用情況

　　「問物」篇中疑問代詞「奚」大量出現，具備豐富的語法功能。下面根據

〔註29〕淺野裕一：《〈凡物流形〉結構新解》，簡帛網，2009 年 2 月 2 日。

〔註30〕裘錫圭曾提出過《管子》的《心術》《白心》《內業》等篇都是田駢、申到一系的作品。詳見於裘錫圭《馬王堆〈老子〉甲乙本卷前後佚書與「道法家」》，《古代文史研究新探》，江蘇古籍出版社，1992 年。

〔註31〕李銳：《〈凡物流形〉釋讀箚記》，孔子 2000 網，2008 年 12 月 31 日。

〔註32〕王中江：《〈凡物流形〉的宇宙觀、自然觀和政治哲學——圍繞「一」而展開的探究並兼及學派歸屬》，《哲學研究》2009 年第 6 期。

〔註33〕曹峰：《上博楚簡〈凡物流形〉的文本結構和思想特徵》，《清華大學學報（哲學社會科學版）》，2010 年第 1 期。

詢問功能對其進行分類。

用於事物疑問代詞，詢問「什麼」，在句中作主語的：

　　　　（31）呂（凡）勿（物）流型（形），系（奚）昙（得）而城（成）？

流型（形）城（成）豊（體），系（奚）昙（得）而不死？

　　　　（32）会（陰）昜（陽）之屎，系（奚）昙（得）而固？水火之

和，系（奚）昙（得）而不厓（危）？

　　　　（33）睧（問）之曰：民人流型（形），系（奚）昙（得）而生？

流型（形）城（成）豊（體），系（奚）遊（失）而死？

　　　　（34）系（奚）胃（謂）少（小）敟（徹）？

在句中作賓語的：

　　　　（35）系（奚）㠯（以）智（知）其白？

　　　　（36）川（順）天之道，虛（吾）系（奚）㠯（以）為頁（首）？

　　　　（37）土系（奚）昙（得）而坪（平）？水系（奚）昙（得）

而清？卉木系（奚）昙（得）而生？含（禽）獸系（奚）昙（得）

而鳴？

詢問「哪個」，在句中作主語的：

　　　　（38）既菒（本）既槿（根），系（奚）後之系（奚）先？

在句中作賓語的：

　　　　（39）天陸（降）五尼（度），虛（吾）系（奚）奥（衡）系（奚）

從（縱）？五既（氣）並至，虛（吾）系（奚）異系（奚）同？

用作方式、情態疑問代詞，在句中作狀語的：

　　　　（40）虛（吾）欲昙（得）百眚（姓）之和，虛（吾）系（奚）

事之？

　　　　（41）祭員系（奚）迚（升）？

　　　　（42）敬天之㬎（明）系（奚）昙（得）？魂（鬼）之神系（奚）

飤（食）？先王之智系（奚）備？

用作原因、目的疑問代詞的：

　　　　（43）魂（鬼）生於人，系（奚）古（故）神㬎（明）？

　　　　（44）魂（鬼）生於人，虛（吾）系（奚）古（故）事之？

　　　　（45）元（其）入审（中），系（奚）古（故）少（小）雁暲皷？

（46）既城（成）既生，系（奚）寡（顧）而鳴？

用作處所疑問代詞的，在句中作賓語的：

（47）骨肉之既林（靡），亓（其）智愈暲，亓（其）夬系（奚）壹（適）

（48）骨肉之既林（靡），身豊（體）不見，虗（吾）系（奚）自飤（食）之？

用作時間疑問代詞的，在句中作定語的：

（49）亓（其）逨（來）亡（無）厇（度），虗（吾）系（奚）旹（時）之窒？

（二）疑問代詞「何」「如之何」「何故」的使用情況

因為「何」與「奚」的語法功能基本一致，簡文在大量使用「奚」的情況下，「何」的用例較為少見：

（50）虗（吾）女（如）之可（何）思（使）飤（飽）？

貝羅貝、吳福祥指出，「如之何」是一種熟語性的詞組形式。早在上古早期（商周時期）的文獻《尚書》《詩經》中就已經出現，「如之何」的「之」很可能是個複指性的代詞。《詩經》的「如之何」顯然有了詞彙化的傾向，「如何」是由詞彙化了的「如之何」刪除「之」而來。

在句中用作事物疑問代詞，表什麼，作賓語的，有三個例子：

（51）日之又（有）耳（珥），牁（將）可（何）聖（聽）？月之又（有）軍（暈），牁（將）可（何）正（征）？水之東流，牁（將）可（何）浧（盈）？

在句中用於原因目的疑問代詞，表示為什麼，有一個例子：

（52）日之（始）出，可（何）古（故）大而不羼（耀）？

（三）疑問代詞「管（孰）」的使用情況

簡文中用到的人物疑問代詞只有「管（孰）」，在句中作主語簡文中用到的人物疑問代詞只有「孰」，在句中作主語：

（53）五言才（在）人，管（孰）為之公？九囟出誨，管（孰）為之佳？虗（吾）既長而或（又）老，管（孰）為辨（薦）奉？

（54）管（孰）智（知）亓（其）彊（強）？

（55）睧（問）：天箮（孰）高與，地箮（孰）猿（遠）與（歟）？箮（孰）為天？箮（孰）為（地）？箮（孰）為畾（雷）神？箮（孰）為啻？

（56）夫雨之至，箮（孰）雫〔□〕之？夫旮（風）之至，箮（孰）飇飆而迸之？

通過《凡物流形》中「奚」的使用情況進行分類，可以發現，「奚」的用法和《論語》《左傳》等齊魯文獻基本一致，都是在句中做主語、賓語、狀語和定語。「問物」篇的疑問代詞「奚」可以用作時間疑問代詞，這在《論語》和《左傳》中並未出現，而在晚於《論語》《左傳》成文的《呂氏春秋》和《韓非子》中都有這樣的用例，可以得到這樣的信息：「問物」篇的成文時代可能略晚於《論語》和《左傳》。

四、餘　論

曹峰認為《凡物流形》的文本是個鬆散的結構，是作者把不同的內容組合起來的。這種說法是有道理的。通過「問物」中「奚」的使用情況進行分類，可以發現，「奚」的用法和《論語》《左傳》等齊魯文獻基本一致，都是在句中做主語、賓語、狀語和定語。「問物」中的「奚」可以用作時間疑問代詞，這在《論語》和《左傳》中並未出現，而在晚於《論語》《左傳》成文的《呂氏春秋》和《韓非子》中都有用例，可以得到這樣的信息：「問物」的成文時代可能略晚於《論語》和《左傳》。通過疑問代詞「奚」的使用情況可以判斷《凡物流形》的前半部分「問物」來自於齊魯地區。從創作時間、體裁和內容來看，「問物」流入楚地後很可能對屈原創作《天問》產生了直接影響。

「問物」除了使用了典型的齊魯疑問代詞「奚」外，還使用了另外一個典型的齊語「腜」：「日始出，何故大而不耀？其入中，奚故少雁暐敚？（腜）？」這句話所涉及的是《列子·湯問》中的一個小故事：

　　孔子東遊，見兩小兒辯鬥。問其故，一兒曰：「我以日始出時去人近，而日中時遠也。」一兒以日初出遠，而日中時近也。一兒曰：「日初出大如車蓋，及日中，則如盤盂，此不為遠者小而近者大乎？」一兒曰：「日初出滄滄涼涼，及其日中如探湯，此不為近者熱而遠者涼乎？」孔子不能決也。兩小兒笑曰：「孰為汝多知乎？」

　　根據對文和《列子‧湯問》可以大致推斷出簡文「少雁暲豉」的意思，宋華強認為：「雁」讀為「焉」，用如「而」。「暲」讀為「煬」。「豉」可讀為「豇」，「小而煬豇」是說正午的太陽雖然看起來小，卻炙烤著頭頂。〔註34〕「豉」讀為「豇」可從，但卻不能訓為頭頂。「豇」是先秦漢語中常見的齊語詞，表示頸、項，或者脖子。《公羊傳‧莊公十二年》：「絕其豇。」何休注：「豇，頸也。齊人語。」《釋名‧釋形體》：「咽，青徐之間謂之豇，豇，投也。物投其中咽而下也。」「問物」的作者在用兩句話概括《列子‧湯問》小故事所涉及的自然現象時，使用了典型的齊國方言詞，這也是「問物」來自於齊魯地區的一個重要證據。

凡物流形〔註35〕

　　凸（凡）勿（物）流型（形），系（奚）旻（得）而城（成）？流型（形）城（成）豐（體），系（奚）旻（得）而不死？既城（成）既生，系（奚）募（顧）而鳴？既杲（本）既槿（根），系（奚）逡（後）【1】之系（奚）先？㑹（陰）昜（陽）之屝〈序〉，系（奚）旻（得）而固？水火之和，系（奚）旻（得）而不厃（危）？聕（問）之曰：民人流型（形），系（奚）旻（得）而生？【2】流型（形）城（成）豐（體），系（奚）遊（失）而死？又（有）旻（得）而城（成），未智（知）左右之請（情）？天堲（地）立終立懇（始）：天隓（降）五厇（度），虗（吾）系（奚）【3】臭（衡）系（奚）從（縱）？五既（氣）並至，虗（吾）系（奚）異系（奚）同？五言才（在）人，管（孰）為之公？九囮出謀，管（孰）為之佳（逢）？虗（吾）既長而【4】或（又）老，管（孰）為觲（薦）奉？禝（鬼）生於人，系（奚）古（故）神睤（明）？骨肉之既林（靡），元（其）智愈暲（障），元（其）夬（慧）系（奚）窒（適），管（孰）智（知）元【5】（其）疆（強）？禝（鬼）生於人，虗（吾）系（奚）古（故）事之？骨肉之既林（靡），身豐（體）不見，虗（吾）系（奚）自歙（食）之？元（其）埜（來）亡（無）厇（度），【6】虗（吾）系（奚）旹（時）

〔註34〕宋華強：《上博竹書〈問〉篇偶識》，簡帛網，2008 年 10 月 21 日。

〔註35〕釋文簡序從復旦網網友一上示三王《也談〈凡物流形〉的編聯及相關問題》，復旦網，2009 年 1 月 20 日。簡 27 疑不屬於本篇，故不列。

之？奎祭員系（奚）迀（登），虗（吾）女（如）之可（何）思（使）歔（飽）？川（順）天之道，虗（吾）系（奚）㠯（以）為頁（首）？虗（吾）欲旻（得）【7】百眚（姓）之和，虗（吾）系（奚）事之？敬天之𤋱（明）系（奚）旻（得）？䰤（鬼）之神系（奚）飤（食）？先王之智系（奚）備？聏（聞）之曰：迀（登）【8】高從埤，至遠從邇（邇）。十回（圍）之木，亓（其）始生女（如）薜（蘖）。足牆（將）至千里，必從夰（寸）旬（始）。日之又（有）【9】耳，牆（將）可（何）聖（聽）？月之又（有）軍，牆（將）可（何）正（征）？水之東流，牆（將）涅（盈）？日之（始）出，可（何）古（故）大而不㘜（耀）？亓（其）人〈入〉【10】宇（中），系（奚）古（故）少（小）雁暲攱？聏（問）天箮（孰）高，與（地）箮（孰）㣲（遠）與（歟）？箮（孰）為天？箮（孰）為（地）？箮（孰）為靁（雷）【11】神？箮（孰）為啻？土系（奚）旻（得）而坪（平）？水系（奚）旻（得）而清？卉（艸）木系（奚）旻（得）而生？【12上】含（禽）獸系（奚）旻（得）而鳴？【13下】夫雨之至，箮（孰）雫口之？夫凸（風）之至，箮（孰）颱飄而迉之？聏（聞）之曰：戠（執）道，坐不下筶（席）。端（揣）瞀（文）【14】而智（知）名，亡（無）耳而聏（聞）聖（聲）。卉（艸）木旻（得）之㠯（以）生，含（禽）獸旻（得）之㠯（以）嘔（鳴），遠之弋【13上】天，㤼（近）之糆（薦）人，是古（故）【12B】戠（執）道，所㠯（以）攸（修）身而諭（治）邦豪（家）。聏（聞）之曰：能戠（執）戠（一），則百勿（物）不遊（失）；女（如）不能戠（執）戠（一），則【22】百勿（物）具遊（失）。女（如）欲戠（執）戠（一），印（仰）而（視）之，任而伏之，母（毋）遠惊（求），厇（度）於身旨（稽）之。旻（得）戠（一）[而]【23】惫（圖）之，女（如）併天下而戯（挭）之；旻（得）戠（一）而思之，若併天下而諭（治）之。口戠（一）以為天陞（地）旨。【17】

戝癉而豐（禮），并（屏）燹（氣）而言，不遊（失）亓（其）所然，古（故）曰𨛍（賢）。和倗（朋）和燹（氣），室聖（聲）好也 [口口]【27】

[口口]箸（書）不與事，之〈先〉智（知）四海（海），至聖（聽）

千里，達見百里。是古（故）聖人层〈處〉於亓（其）所，邦豪（家）之【16】厙（危）佚（安）鷹（存）忘（亡），惻（賊）惢（盜）之复（作），可之〈先〉智（知）。聕（聞）之曰：心不勑（勝）心，大翻（亂）乃复（作）；心女（如）能勑（勝）心，【26】是胃（謂）少（小）散（徹）。系（奚）胃（謂）少（小）散（徹）？人白（泊）為戠（執）。系（奚）㠯（以）智（知）其白（泊）？終身自若。能募（寡）言，虗（吾）能尣（一）【18】虗（吾）。夫此之胃（謂）小城（成）。曰：百眚（姓）之所貴唯君，君之所貴唯心，心之所貴唯尣（一）。旻（得）而解之，上【28】宁（賓）於天，下番（播）於（淵）。坐而思之，每（謀）於千里；（起）而用之，練（陳）於四海（海）。聕（聞）之曰：至情而智（知），【15】戠（執）智（知）而神，戠（執）神而同，[戠（執）同]而僉（險），戠（執）僉（險）而困，戠（執）困而遝（復）。氏（是）古（故）陳為新，人死遝（復）為人，水遝（復）【24】於天咸，百勿（物）不死女（如）月。出惻（則）或（又）內（入），終則或（又）詞（始），至則或（又）反。戠（執）此，言记（起）於尣（一）耑（端）。【25】聕（聞）之曰：尣（一）生兩，兩生厽（三），厽（三）生女，女城（成）結。是古（故）又（有）尣（一），天下亡（無）不又（有）；亡（無）尣（一），天下亦亡（無）尣（一）又（有）。亡【21】

是古（故）尣（一），獻（咀）之又（有）未（味），口[之又（有）口]，鼓之又（有）聖，忻（近）之可見，操之可操，揉之則遊（失），敗之則【19】高（槁），測（賊）之則滅。戠（執）此，言记（起）於尣（一）耑（端）。聕（聞）之曰：尣（一）言而禾〈夂（終）〉不螥（窮），尣（一）言而又（有）眾，【20】眾尣（一）言而萬民之利，尣（一）言而為天埅（地）旨。揉之不涅（盈）揉，專（敷）之亡（無）所鈞〈容〉，大【29】之㠯（以）智（知）天下，少（小）之㠯（以）詞（治）邦。之力古之力乃下上【30】

徵引文獻

一、傳世文獻

1. 《帛書老子校注》，高明撰，北京：中華書局，1996 年。
2. 《楚辭補注》，（宋）洪興祖撰，白化文、徐德楠等校點，北京：中華書局，1983 年。
3. 《春秋公羊傳注疏》，（漢）何休注，（唐）徐彥疏，刁小龍整理，上海：上海古籍出版社，2019 年。
4. 《春秋左傳注》，楊伯峻撰，北京：中華書局，2009 年第 3 版。
5. 《大戴禮記解詁》，（清）王聘珍撰，王文錦點校，北京：中華書局，1983 年。
6. 《大廣益會玉篇》，（南朝梁）顧野王撰，（唐）孫強（宋）陳彭年增，北京：中華書局，1987 年。
7. 《讀書雜志》，（清）王念孫撰，南京：江蘇古籍出版社，1985 年。
8. 《爾雅注疏》，（晉）郭璞注，（宋）邢昺疏，王世偉整理，上海：上海古籍出版社，2010 年。
9. 《管子校注》，黎翔鳳撰，梁運華整理，北京：中華書局，2004 年。
10. 《廣雅疏證》，（清）王念孫撰，北京：中華書局，1983 年。
11. 《國語集解》，徐元誥撰，王樹民、沈長雲點校，北京：中華書局，2002 年。
12. 《毛詩傳箋通釋》，（清）馬瑞辰撰，陳金生點校，北京：中華書局，1989 年。
13. 《孟子譯注》，楊伯峻撰，北京：中華書局，2008 年。
14. 《孟子正義》，（清）焦循撰，沈文倬點校，北京：中華書局，1987 年。
15. 《墨子閒詁》，（清）孫詒讓撰，孫啟志點校，北京：中華書局，2001 年。
16. 《論語集釋》，程樹德撰，程俊英、蔣見元點校，北京：中華書局，1990 年。

17. 《論語譯注》，楊伯峻撰，北京：中華書局，2009 年。

18. 《漢書》，（漢）班固撰，北京：中華書局，1962 年。

19. 《漢書補注》，（漢）班固撰，（清）王先謙補注，上海：上海古籍出版社，2012 年。

20. 《韓非子集解》，（清）王先慎撰，鍾哲點校，北京：中華書局，1998 年。

21. 《經傳釋詞》，（清）王引之撰，南京：江蘇古籍出版社，1985 年。

22. 《經義述聞》，（清）王引之撰，南京：江蘇古籍出版社，1985 年。

23. 《尚書正義》，（漢）孔安國傳，（唐）孔穎達正義，黃懷信整理，上海：上海古籍出版社，2007 年。

24. 《禮記集解》，（清）孫希旦撰，沈嘯寰、王星賢點校，北京：中華書局，1989 年。

25. 《禮記正義》，（漢）鄭玄注，（唐）孔穎達正義，呂友仁整理，上海：上海古籍出版社，2008 年。

26. 《論衡校注》，（漢）王充撰，張宗祥注，上海：上海古籍出版社，2013 年。

27. 《潛夫論》，（漢）王符撰，北京：中華書局，2018 年版。

28. 《史記》，（漢）司馬遷撰，北京：中華書局，1959 年。

29. 《釋名疏證補》，（漢）劉熙撰，（清）畢沅疏證，（清）王先謙補，北京：中華書局，2008 年。

30. 《說文解字》，（漢）許慎撰，北京：中華書局，1963 年。

31. 《說文解字注》，（清）段玉裁撰，上海：上海古籍出版社，1988 年第 2 版。

32. 《說文通訓定聲》。（清）朱駿聲編，北京：中華書局，1984 年。

33. 《說苑校證》，向宗魯撰，北京：中華書局，1987 年。

34. 《吳越春秋》，（漢）趙曄撰，北京：中華書局，2019 年。

35. 《孝經》，（唐）李隆基注，（宋）邢昺疏，金良年校，上海：上海古籍出版社，2014 年。

36. 《荀子集解》，（清）王先謙撰，沈嘯寰、王星賢點校，北京：中華書局，1988 年。

37. 《晏子春秋集釋》，吳則虞編，北京：中華書局，1962 年。

38. 《揚雄方言校釋匯證》，華學誠撰，北京：中華書局，2006 年。

39. 《儀禮注疏》，（漢）鄭玄注，（唐）賈公彥疏，王輝整理，上海：上海古籍出版社，2008 年。

40. 《逸周書彙校集注》，黃懷信、張懋鎔、田旭東撰，上海：上海古籍出版社，2007 年。

41. 《玉靈聚義》，（元）陸森撰，北京：北京圖書館出版社，2002 年。

42. 《戰國策》，（漢）劉向集錄，上海：上海古籍出版社，1998 年第 2 版。

43. 《周易函書附卜法詳考等四種》第 1 冊，（清）胡煦撰，程林點校，北京：中華書局，2008 年。

44. 《周禮注疏》，（漢）鄭玄注，（唐）賈公彥疏，彭林整理，上海：上海古籍出版社，2010 年。

45. 《周易正義》，（魏）王弼、（晉）韓康伯注，（唐）孔穎達正義，上海：上海古籍出版社，1990 年。

46. 《朱子語類》，黎靖德編、王星賢點校，北京：中華書局，1988 年。

47. 《莊子集釋》，（清）郭慶藩撰，王孝魚點校，北京：中華書局，2004 年第 2 版。

二、出土文獻

1. 《安徽大學藏戰國竹簡（一）》，黃德寬、徐在國主編，上海：中西書局，2019 年。

2. 《包山楚簡》，湖北省荊沙鐵路考古隊，北京：文物出版社，1991 年。

3. 《長沙馬王堆漢墓簡帛集成》，裘錫圭主編，北京：中華書局，2014 年。

4. 《郭店楚墓竹簡》，湖北省荊門市博物館，北京：文物出版社，1998 年。

5. 《江陵望山沙冢楚墓》，湖北省文物考古研究所，北京：文物出版社，1996 年。

6. 《九店楚簡》，湖北省文物考古研究所、北京大學中文系，北京：中華書局，2000 年。

7. 《清華大學藏戰國竹簡（壹）》，李學勤主編，上海：中西書局，2010 年。

8. 《清華大學藏戰國竹簡（貳）》，李學勤主編，上海：中西書局，2011 年。

9. 《清華大學藏戰國竹簡（參）》，李學勤主編，上海：中西書局，2012 年。

10. 《清華大學藏戰國竹簡（肆）》，李學勤主編，上海：中西書局，2013 年。

11. 《清華大學藏戰國竹簡（伍）》，李學勤主編，上海：中西書局，2015 年。

12. 《清華大學藏戰國竹簡（陸）》，李學勤主編，上海：中西書局，2016 年。

13. 《清華大學藏戰國竹簡（柒）》，李學勤主編，上海：中西書局，2017 年。

14. 《清華大學藏戰國竹簡（捌）》，李學勤主編，上海：中西書局，2018 年。

15. 《清華大學藏戰國竹簡（玖）》，清華大學出土文獻研究與保護中心編，上海：中西書局，2019 年。

16. 《清華大學藏戰國竹簡（拾）》，清華大學出土文獻研究與保護中心編，上海：中西書局，2020 年。

17. 《上海博物館藏戰國楚竹書（一）》，馬承源主編，上海：上海古籍出版社，2001 年。

18. 《上海博物館藏戰國楚竹書（二）》，馬承源主編，上海：上海古籍出版社，2002 年。

19. 《上海博物館藏戰國楚竹書（三）》，馬承源主編，上海：上海古籍出版社，2003 年。

20. 《上海博物館藏戰國楚竹書（四）》，馬承源主編，上海：上海古籍出版社，2004 年。

21. 《上海博物館藏戰國楚竹書（五）》，馬承源主編，上海：上海古籍出版社，2006 年。

22. 《上海博物館藏戰國楚竹書（六）》，馬承源主編，上海：上海古籍出版社，2007 年。

23. 《上海博物館藏戰國楚竹書（七）》，馬承源主編，上海：上海古籍出版社，2008 年。

24. 《上海博物館藏戰國楚竹書（八）》，馬承源主編，上海：上海古籍出版社，2009 年。

25. 《上海博物館藏戰國楚竹書（九）》，馬承源主編，上海：上海古籍出版社，2012年。

26. 《隨縣曾侯乙墓》，湖北省博物館：北京：文物出版社，1980年。

27. 《睡虎地秦墓竹簡》，睡虎地秦墓竹簡整理小組編，北京：文物出版社，1990年。

28. 《望山楚簡》，湖北省文物考古研究所、北京大學中文系，北京：中華書局，1996年。

29. 《新蔡葛陵楚墓》，河南省文物考古研究所，鄭州：大象出版社，2003年。

30. 《信陽楚墓》，河南省文物研究所，北京：文物出版社，1986年。

31. 《銀雀山漢墓竹簡（壹）》，銀雀山漢墓竹簡整理小組編，北京：文物出版社，1985年。

32. 《銀雀山漢墓竹簡（貳）》，銀雀山漢墓竹簡整理小組編，北京：文物出版社，2010年。

33. 《殷墟甲骨文摹釋全編》，陳年福撰，北京：線裝書局，2010年。

34. 《殷周金文集成》（修訂增補本），中國社會科學院考古研究所編，北京：中華書局，2007年。

35. 《曾侯乙墓》，湖北省博物館，北京：文物出版社，1989年。

三、工具書

1. 《包山楚簡文字編》，張守中編，北京：文物出版社，1996年。

2. 《長沙楚帛書文字編》，曾憲通編，北京：中華書局，1993年。

3. 《楚文字編》，李守奎編，上海：華東師範大學出版社，2003年。

4. 《楚系簡帛文字編（增訂本）》，滕壬生編，武漢：湖北教育出版社，2008年。

5. 《春秋左傳詞典》，楊伯峻、徐提編，北京：中華書局，1981年。

6. 《古辭辨》，王鳳陽編，長春：吉林文史出版社，1993年。

7. 《古代漢語虛詞詞典》，中國社會科學院語言研究所古代漢語研究室編，北京：商務印書館，1999年。

8. 《古文字通假字典》，王輝編，北京：中華書局，2008年。

9. 《故訓匯纂》，宗福邦、陳世鐃、蕭海波編，北京：商務印書館，2003年。

10. 《郭店楚簡文字編》，張守中編，北京：文物出版社，2000年。

11. 《郭店楚簡研究·第一卷·文字編》，張光裕編，臺北：藝文印書館，1981年。

12. 《郭店楚墓竹簡研究文字編》，張光裕、袁國華編，臺北：臺北藝文印書館，1999年。

13. 《漢語大詞典》，中國漢語大詞典編輯委員會、漢語大詞典編纂處編，上海：上海辭書出版社，漢語大詞典出版社，1986年～1993年。

14. 《漢語大字典》，徐中舒編，成都：四川辭書出版社，武漢：湖北辭書出版社，1993。

15. 《甲骨文字典》，徐中舒編，成都：四川辭書出版社，1990年。

16. 《金文編》，容庚編，北京：中華書局，1985年。

17. 《上古漢語詞典》，許偉健編，長春：吉林文史出版社，1998年。

18. 《〈上海博物館藏戰國楚竹書〉(一～五)文字編》，李守奎編，北京：作家出版社，2007 年。

19. 《詩經詞典》，向熹編，成都：四川人民出版社，1986 年。

20. 《同源字典》，王力編，北京：商務印書館，1982 年。

21. 《新蔡葛陵楚簡文字編》，張新俊編，成都：巴蜀書社，2008 年。

22. 《戰國楚簡文字編》，郭若愚編，上海：上海書畫出版社，1994 年。

23. 《戰國文字編》，湯餘惠編，福州：福建人民出版社，2001 年。

參考文獻

一、學術論文

1. 曹方向：《上博九〈成王為城濮之行〉通釋》，簡帛網，2013 年 1 月 7 日。

2. 曹峰：《上博楚簡〈凡物流形〉的文本結構和思想特徵》，《清華大學學報（哲

3. 學社會科學版)》，2010 年第 1 期。

4. 曹建墩：《上博簡（九）〈陳公治兵〉初步研究》，《黃河文明與可持續發展》，
2013 年第 4 期。

5. 曹錦炎：《楚帛書〈月令〉篇考釋》，《江漢考古》，1985 年第 1 期。

6. 曹錦炎：《上海博物館藏戰國竹書〈楚辭〉》，《文物》，2010 年第 2 期。

7. 曹錦炎：《楚竹書〈問〉篇的幾則成語》，《紀念徐中舒誕辰 110 週年國際學術
研討會論文集》，成都：巴蜀書社，2010 年。

8. 曹錦炎：《楚辭新知》，《簡帛》第 6 輯，上海：上海古籍出版社，2011 年。

9. 曹錦炎：《〈天子建州〉首章重釋》，《出土文獻》第 4 輯，上海：中西書局，2013
年。

10. 曹錦炎：《說上博竹書〈成王為城濮之行〉的「搜師」》，《簡帛》第 9 輯，上海：
上海古籍出版社，2014 年。

11. 曹錦炎：《說清華簡〈繫年〉的「閱」》，《清華簡〈繫年〉與古史新探》，上海：中
西書局，2016 年。

12. 陳劍：《郭店簡〈窮達以時〉、〈語叢四〉的幾處簡序調整》，《國際簡帛研究通訊》
第 2 卷第 5 期，2002 年。

13. 陳劍：《上博竹書〈仲弓〉篇新編釋文（稿）》，簡帛研究網，2004 年 4 月 19 日。

14. 陳劍：《上博竹書〈昭王與龔之脽〉和〈柬大王泊旱〉讀後記》，簡帛研究網，2005
年 2 月 15 日。

15. 陳劍：《〈上博（六）‧孔子見季桓子〉重編新釋》，復旦網，2008 年 3 月 22 日。

16. 陳劍：《〈上博（八）子道餓〉補說》，簡帛網，2011 年 7 月 19 日。

17. 陳劍：《談談〈上博（五）〉的竹簡分篇、拼合與編聯問題》，《戰國竹書論集》上海：上海古籍出版社，2013 年。

18. 陳夢家：《戰國楚帛書考》，《考古學報》，1984 年第 2 期。

19. 陳偉：《讀〈魯邦大旱〉簡記》，《上海博物館藏戰國楚竹書研究續編》，上海：上海書店出版社，2004 年。

20. 陳偉：《關於楚簡「視日」的新推測》，簡帛研究網，2005 年 3 月 6 日。

21. 陳偉：《讀〈上博六〉條記》，簡帛網，2007 年 7 月 9 日。

22. 陳偉：《車輿名試說（兩則）》，《古文字研究》第二十八輯，北京：中華書局，2010 年。

23. 陳偉：《〈顏淵問於孔子〉內事、內教二章校讀》，簡帛網，2011 年 7 月 22 日。

24. 陳偉：《〈君人者何必安哉〉新研》，《古文字與古代史》第 3 輯，中央研究院歷史語言研究所，2012 年。

25. 陳偉：《簡談〈繫年〉的「戠」和楚簡部分「晢」字當讀為「捷」》，復旦網，2013 年 1 月 16 日。

26. 陳炫瑋：《上博九〈陳公治兵〉考釋》，《淡江中文學報》第 32 期，2015 年。

27. 程少軒：《小議上博九〈卜書〉的「三族」和「三末」》，復旦網，2013 年 1 月 16 日。

28. 大西克也：《〈上博七‧君人者何必安哉〉「有白玉三回而不戔」及其他》，第十屆中國訓詁學國際學術研討會論文，臺北輔仁大學，2011 年。

29. 董珊：《讀〈上博藏戰國楚竹書（四）雜記〉》，簡帛研究網，2005 年 2 月 2 日。

30. 董珊：《讀〈上博六〉雜記》，簡帛網，2007 年 7 月 10 日。

31. 董珊：《〈景公瘧〉校讀二則》，簡帛網，2007 年 7 月 26 日。

32. 董珊：《讀〈上博七〉雜記（一）》，復旦網，2008 年 12 月 31 日

33. 董珊：《〈鮑叔牙〉篇的「考治」與其歷史文獻背景》，《簡帛》第七輯，上海古籍出版社，2012 年。

34. 范常喜：《讀〈上博四〉箚記四則》，簡帛研究網，2005 年 3 月 31 日。

35. 范常喜：《〈弟子問〉〈季康子問於孔子〉箚記三則》，簡帛網，2006 年 8 月 2 日。

36. 凡國棟：《〈上博六〉楚平王逸篇初讀》，簡帛網，2007 年 7 月 9 日。

37. 凡國棟、何有祖：《〈孔子見季桓子〉箚記一則》，簡帛網，2007 年 7 月 15 日。

38. 何有祖：《上博（四）楚竹書箚記》，簡帛研究網，2005 年 4 月 15 日。

39. 何有祖：《上博五楚竹書〈競建內之〉箚記五則》，簡帛網，2006 年 2 月 18 日。

40. 何有祖：《讀〈上博六〉箚記》，簡帛網，2007 年 7 月 9 日。

41. 何有祖：《上博七〈君人者何必安哉〉校讀》，簡帛網，2008 年 12 月 31 日。

42. 黃人二：《上博楚簡〈昭王毀室〉試讀》，《考古學報》，2008 年第 4 期。

43. 黃人二：《上博七〈君人者何必安哉〉試讀》，《故宮博物院院刊》，2009 年第 6 期。

44. 黃人二、趙思木：《〈讀上海博物館藏戰國楚竹書（八）‧顏淵問於孔子〉書後》，簡帛網，2011 年 7 月 26 日。

45. 季旭昇：《〈上博四·柬大王泊旱〉三題》，簡帛研究網，2005 年 2 月 12 日。

46. 季旭昇：《說〈上博（四）·昭王與龔之脽〉的「陳袍」》，《中國文字》，第 32 期，臺北：藝文印書館，2006 年。

47. 季旭昇：《上博五芻議（上）》，簡帛網，2006 年 2 月 18 日。

48. 季旭昇：《〈上博五·鮑叔牙與隰朋之諫〉「篤歡附忨」解》，簡帛網，2006 年 3 月 6 日。

49. 季旭昇：《上博五·雛議（上）》，簡帛網，2006 年 2 月 18 日。

50. 季旭昇：《〈上博五·鮑叔牙與隰朋之諫〉「愨志」考》，《中國文字》新 37 期，臺北：藝文印書館，2011 年。

51. 來國龍：《〈柬大王泊旱〉的敘事結構與宗教背景──兼釋「殺祭」》，中國簡帛學國際論壇，2007 年。

52. 劉剛：《讀簡雜記·上博七》，復旦網，2009 年 1 月 5 日

53. 李家浩：《讀〈郭店楚墓竹簡〉瑣議》，《中國哲學》第 20 輯，瀋陽：遼寧教育出版社，1999 年。

54. 李銳：《上博（五）劄記二則》，《古籍整理研究學刊》，2007 年第 3 期。

55. 李銳：《〈凡物流形〉釋讀劄記》，孔子 2000 網，2008 年 12 月 31 日。

56. 李天虹：《上博（六）劄記二則》，簡帛網，2007 年 7 月 21 日。

57. 李天虹：《上博六〈景公瘧〉字詞校讀》，《古文字學論稿》，合肥：安徽大學出版社，2008 年。

58. 李天虹：《〈鄭子家喪〉補釋》，簡帛網，2009 年 1 月 12 日。

59. 李天虹：《〈君人者何必安哉〉補說》，簡帛網，2009 年 1 月 21 日。

60. 李學勤：《史惠鼎與史學淵遠》，《文博》，1985 年第 6 期。

61. 李學勤：《郭店簡與禮記》，《中國哲學史》，1998 年第 4 期。

62. 李學勤：《試釋楚簡〈鮑叔牙與隰朋之諫〉》，《文物》，2006 年第 9 期。

63. 李學勤：《讀上博簡〈莊王既成〉兩章筆記》，孔子 2000 網，2007 年 7 月 16 日。

64. 廖名春：《上博藏楚簡〈魯邦大旱〉校補》，《古籍整理研究學刊》，2004 年第 1 期。

65. 廖名春：《讀楚竹書〈曹沫之陳〉劄記》，清華簡帛研究網，2005 年 2 月 12 日。

66. 廖名春：《上博竹書〈魯司寇寄言游於逡楚〉篇考辨》，《中華文史論叢》2011 年第 4 期。

67. 林清源：《〈上博九·陳公治兵〉通釋》，《第四屆古文字與古代史國際學術研討會論文集》，2013 年。

68. 林清源：《上博五〈季庚子問於孔子〉通釋》，《漢學研究》第 34 卷第 1 期，2016 年。

69. 林素清：《讀〈季康子問於孔子〉與〈弟子問〉劄記》，《楚地簡帛思想研究》，第 3 輯，2007 年。

70. 林文華：《〈上海博物館藏戰國楚竹書（七）〉文字劄考》，《美和學報》第 30 卷第 1 期。

71. 林文華：《〈君人者何必安哉〉「言不敢睪身」考》，簡帛網，2009 年 1 月 20 日。

72. 林志鵬：《讀上博第九冊〈卜書〉劄記》，簡帛網，2013 年 3 月 11 日。

73. 林志鵬：《上博（五）零釋》，簡帛網，2006 年 2 月 22 日。

74. 林志鵬：《戰國竹書〈鮑叔牙與隰朋之諫〉釋注》，《簡帛研究二〇〇八》，桂林：廣西師範大學出版社，2010 年。

75. 劉波：《上博八〈顏淵問於孔子〉箚記二則》，復旦網，2012 年 4 月 5 日。

76. 劉國忠：《清華簡保護及研究情況綜述》，《中國史研究動態》，2009 年第 9 期。

77. 劉洪濤：《讀上博竹書〈昭王毀室〉箚記一則》，簡帛網，2007 年 6 月 10 日。

78. 劉洪濤：《讀上博竹書〈天子建州〉箚記》，2007 年 7 月 12 日。

79. 劉樂賢：《上博簡〈昭王毀室〉「訋寇」試解》，《出土文獻》第三輯，中西書局，2012 年。

80. 劉樂賢：《讀上博簡〈民之父母〉等三條箚記》，簡帛研究網，2003 年 1 月 10 日。

81. 劉信芳：《竹書〈柬大王泊旱〉試解五則》，簡帛研究網，2005 年 3 月 14 日。

82. 劉釗：《值得推薦的一本好書——〈包山楚簡初探〉讀後》，《史學集刊》，1998 年第 1 期。

83. 羅小華：《楚簡車名選釋兩則》，簡帛網，2012 年 10 月 28 日。

84. 羅小華：《〈凡物流形〉所載天象解釋》，簡帛網，2009 年 1 月 3 日。

85. 孟蓬生：《上博竹書（四）閒詁》，簡帛研究網，2005 年 2 月 15 日。

86. 孟蓬生：《〈君人者何必安哉〉剩義掇拾》，復旦網，2009 年 1 月 4 日。

87. 孟蓬生：《上博竹書（四）閒詁（續）》，清華簡帛研究網，2005 年 3 月 6 日。

88. 孟蓬生：《上博竹書（二）字詞箚記》，上海大學古代文明研究中心、清華大學思想文化研究所編《上海博物館藏戰國楚竹書研究續編》，上海：上海書店，2004 年。

89. 孟蓬生：《上博竹書〈柬大王泊旱〉閒詁（續)》，簡帛研究網，2005 年 3 月 6 日。

90. 淺野裕一：《〈凡物流形〉結構新解》，簡帛網，2009 年 2 月 2 日。

91. 裘錫圭：《甲骨文中的見與視》，《甲骨文發現一百週年學術研討會論文集》，臺灣師範大學國文系，1998 年。

92. 裘錫圭：《談談古文字資料對古漢語研究的重要性》，《裘錫圭學術文集·語言文字與古文獻卷》，上海：復旦大學出版社，2012 年。

93. 裘錫圭：《〈上海博物館藏戰國楚竹書（二）·魯邦大旱〉釋文注釋》，《裘錫圭學術文集·簡牘帛書卷》，上海：復旦大學出版社，2015 年。

94. 裘錫圭：《郭店〈老子〉簡初探》，《道家文化研究》第 17 輯，北京：三聯書店，1999 年。

95. 單育辰：《〈昭王毀室〉再研究》，《楚簡楚文化與先秦歷史文化國際學術研討會論文集》，2013 年。

96. 單育辰：《占畢隨錄之六》，簡帛網，2008 年 8 月 5 日。

97. 單育辰：《占畢隨錄之七》，復旦網，2009 年 1 月 1 日。

98. 沈培：《〈上博（六）〉字詞淺釋（七則)》，簡帛網，2007 年 7 月 20 日。

99. 沈培：《試釋戰國時代從「之」從「首」（或「頁」）之字》，中國簡帛學國際論壇 2007 論文，臺灣大學，2007 年。

100. 沈培：《從戰國簡看古人占卜的「蔽志」》，《古文字與古代史》第 1 輯，中央研究院歷史語言研究所，2007 年。

101. 史傑鵬：《釋〈鮑叔牙與隰朋之諫〉中的「迫佝」》，《古文字研究》第 28 輯，北京：中華書局，2010 年。

102. 宋華強：《上博竹書（七）箚記二則》，《中國國家圖書館館刊》，2011 年 12 月。

103. 宋華強：《上博七〈鄭子家喪〉箚記三則》，《簡帛研究二〇〇九》，桂林：廣西師範大學出版社，2011 年。

104. 宋華強：《上博竹書〈問〉篇偶識》，簡帛網，2008 年 10 月 21 日。

105. 蘇建洲：《〈鄭子家喪〉甲 1「就」字釋讀再議》，復旦網，2010 年 5 月 1 日。

106. 蘇建洲：《初讀〈上博九〉箚記（一）》，簡帛網，2013 年 1 月 6 日。

107. 蘇建洲：《〈上博五・鮑叔牙與隰朋之諫（競建內之）〉剩義掇拾》，《簡帛》第九輯，上海：上海古籍出版社，2014 年。

108. 蘇建洲：《上博九〈靈王遂申〉釋讀與研究》，《出土文獻》第五輯，中華書局 2014 年。

109. 蘇建洲：《初讀〈上博九〉箚記（一）》，簡帛網，2013 年 1 月 6 日。

110. 蘇建洲：《〈保訓〉字詞考釋二則》，復旦網，2009 年 7 月 15 日。

111. 王化平：《讀上博五〈季康子問於孔子〉箚記六則》，簡帛網，2007 年 10 月 30 日。

112. 王寧：《上博九〈邦人不稱〉釋文補正簡評》，復旦網，2015 年 4 月 5 日。

113. 汪維輝：《論詞的時代性和地域性》，《語言研究》，2006 年第 2 期。

114. 汪維輝、胡波：《漢語史研究中的語料使用問題——兼論繫詞「是」發展成熟的時代》，《中國語文》，2003 年第 4 期。

115. 王中江：《〈凡物流形〉的宇宙觀、自然觀和政治哲學——圍繞「一」而展開的探究並兼及學派歸屬》，《哲學研究》，2009 年第 6 期。

116. 魏宜輝：《讀上博楚簡（四）箚記》，簡帛研究網，2005 年 5 月 31 日。

117. 鄔可晶：《〈上博（九）・舉治王天下〉「文王訪之於尚父舉治」篇編連小議》，簡帛網，2013 年 1 月 11 日。

118. 巫雪如：《楚簡考釋中的相關語法問題試探》，《簡帛》第 5 輯，上海：上海古籍出版社，2010 年。

119. 蕭聖中：《上博竹書（五）箚記三則》，載丁四新主編《楚地簡帛思想研究（三）「新出楚簡國際學術研討會」學術論文集》，湖北教育出版社，2007 年。

120. 徐在國：《〈詩・周南・葛覃〉「是义是濩」解》，《安徽大學學報》（哲學社會科學版）2017 年第 5 期。

121. 許無咎：《上博楚竹書（五）〈競建內之〉箚記一則》，簡帛研究網，2006 年 2 月 5 日。

122. 許兆昌、李大鳴：《試論〈武王踐阼〉的文本流變》，《古代文明》第 9 卷第 2 期，2015 年 4 月。

123. 禤健聰：《上博楚簡（五）零札（一）》，簡帛網，2006 年 2 月 24 日。

124. 袁金平：《讀上博（五）箚記三則》，簡帛網 2006 年 2 月 26 日。

125. 楊澤生：《上博（五）零釋十二則》，簡帛網，2006 年 3 月 20 日。

126. 楊澤生：《讀〈上博四〉箚記》，簡帛研究網，2005 年 3 月 24 日。

127. 尹強：《〈君人者何必安哉〉「言不敢睪身」補說》，簡帛網，2009 年 6 月 13 日。

128. 于省吾：《殷代的奚奴》，東北人民大學人文科學學報，1956 年第 1 期。

129. 張崇禮：《讀上博四〈昭王毀室〉箚記》，簡帛網，2007 年 4 月 21 日。

130. 張崇禮：《上博簡〈景公瘧〉字詞考釋三則》，《山東省青年管理幹部學院學報》，2016 年第 6 期。

131. 張崇禮：《讀上博九〈陳公治兵〉箚記》，復旦網，2013 年 1 月 29 日。

132. 張崇禮：《釋〈孔子見季桓子〉的「榜專」》，簡帛網，2007 年 7 月 31 日。

133. 張富海：《上博五〈鮑叔牙與隰朋之諫〉補釋》，《北方論叢》，2006 年第 4 期。

134. 張富海：《上博簡五釋詞二則》，簡帛網，2006 年 5 月 10 日。

135. 張宇衛：《再談楚簡「戠」字及相關問題》，先秦兩漢出土文獻與學術新視野國際研討會論文，臺灣大學，2013 年。

136. 趙平安：《上博簡釋字四篇》，《簡帛》第四輯，上海：上海古籍出版社，2009 年。

137. 子居：《上博八〈成王既邦〉再編連》，孔子 2000 網，2011 年 7 月 21 日。

138. 周鳳五：《上博七〈君人者何必安哉〉新探》，《臺大中文學報》第 30 期，2008 年。

139. 周鳳五：《上博四〈柬大王泊旱〉重探》，《簡帛》第 1 輯，上海古籍出版社，2006 年。

140. 復旦讀書會：《〈上博七·君人者何必安哉〉校讀》，復旦網，2008 年 12 月 31 日。

141. 復旦吉大讀書會：《上博八〈子道餓〉校讀》，復旦網，2011 年 7 月 17 日。

142. 復旦吉大讀書會：《上博八〈顏淵問於孔子〉校讀》，復旦網，2011 年 7 月 17 日。

143. 復旦吉大讀書會：《上博八〈成王既邦〉校讀》，復旦網，2011 年 7 月 17 日。

144. 復旦吉大讀書會：《上博八〈李頌〉校讀》，復旦網，2011 年 7 月 17 日。

145. 復旦吉大讀書會：《上博八〈成王既邦〉校讀》，復旦網，2011 年 7 月 17 日。

146. 復旦吉大讀書會：《上博八〈蘭賦〉校讀》，復旦網，2011 年 7 月 17 日。

147. 清華大學出土文獻研究與保護中心：《清華大學藏戰國竹簡〈繫年〉釋文》，《文物》，2009 年第 4 期。

二、專　著

1. 白於藍：《簡牘帛書通假字字典》，福州：福建人民出版社，2008 年。

2. 白於藍：《戰國秦漢簡帛古書通假字彙纂》，福州：海峽出版發行集團、福建人民出版社，2012 年。

3. 曹錦炎：《吳越歷史與考古論叢》，北京：文物出版社，2007 年。

4. 晁福林：《上博簡〈詩論〉研究》，北京：商務印書館，2013 年。

5. 陳劍：《戰國竹書論集》，上海：上海古籍出版社，2013 年。

6. 陳仁仁：《上海博物館藏戰國楚竹書〈周易〉研究》，武漢：武漢大學出版社，2010 年。

7. 陳偉：《包山楚簡初探》，武漢：武漢大學出版社，1996 年。

8. 陳偉：《郭店楚簡別釋》，武漢：湖北教育出版社，2002 年。

9. 陳偉：《新出竹簡研讀》，武漢：武漢大學出版社，2012 年。

10. 崔仁義：《荊門郭店楚簡〈老子〉研究》，北京：科學出版社，1998 年。

11. 丁原植：《郭店竹簡〈老子〉解析與研究》，臺北：臺灣萬卷樓圖書有限公司，1998年。

12. 馮其庸、鄧安生：《通假字彙釋》，北京：北京大學出版社，2006年。

13. 馮勝君：《郭店簡與上博簡對比研究》，北京：線裝書局，2007年。

14. 高亨：《古字通假會典》，濟南：齊魯書社，1997年。

15. 郭沫若：《屈原研究》，上海：新文藝出版社，1953年。

16. 郭永秉：《帝系新研：楚地出土戰國文獻中的傳說時代古帝王系統研究》，北京：北京大學出版社，2008年。

17. 何琳儀：《戰國古文字典——戰國文字聲系》，北京：中華書局，1998年。

18. 何琳儀：《戰國文字通論（訂補）》，南京：江蘇教育出版社，2003年。

19. 洪颺：《古文字考釋通假關係研究》，福州：福建人民出版社，2008年。

20. 侯才：《郭店楚墓竹簡〈老子〉校讀》，大連：大連出版社1999年。

21. 李零：《郭店楚簡校讀記（增訂本）》，北京：中國人民大學出版社，2007年。

22. 李零：《長沙子彈庫戰國楚帛書研究》，北京：中華書局，1985年。

23. 李零：《楚帛書研究11種》，上海：中西書局，2013年。

24. 李孟濤：《具象化文本：中國早期寫本中文本特徵對確立》，萊頓：布瑞爾出版社，2013年。

25. 李明曉：《戰國楚簡語法研究》，武漢：武漢大學出版社，2010年。

26. 李瑞良：《中國古代圖書流通史》，上海：上海人民出版社，2000年。

27. 李若暉：《郭店竹書〈老子〉論考》，濟南：齊魯書社，2004年。

28. 李松儒：《清華簡〈繫年〉集釋》，上海：中西書局，2015年。

29. 李守奎：《古文字與古史考——清華簡整理研究》，上海：中西書局，2015年。

30. 李守奎、肖攀：《清華簡〈繫年〉文字考釋與構型研究》，上海：中西書局，2015年。

31. 李學勤：《東周與秦代文明》，上海：上海人民出版社，1984年。

32. 李運富：《楚國簡帛文字構形系統研究》，長沙：嶽麓書院，1997年。

33. 廖名春：《郭店楚簡老子校釋》，北京：清華大學出版社，2003年。

34. 廖名春：《新出楚簡試論》，臺北：臺灣古籍出版有限公司，2001年。

35. 劉信芳：《荊門郭店老子解詁》，臺北：藝文印書館，1999年。

36. 劉永華：《中國古代車輿馬具》，北京：清華大學出版社，2013年。

37. 劉釗：《郭店楚簡校釋》，福州：福建人民出版社，2005年。

38. 劉釗：《古文字構形學》，福州：福建人民出版社，2011年。

39. 林澐：《古文字研究簡論》，長春：吉林大學出版社，1986年。

40. 馬楠：《清華簡〈繫年〉輯證》，上海：中西書局，2015年.

41. 聶慶中：《郭店楚簡〈五行〉研究》，北京：中華書局，2004年。

42. 龐樸：《竹帛〈五行〉篇校注與研究》，臺北：萬卷樓圖書有限公司，2000年。

43. 彭浩：《郭店〈老子〉校讀》，武漢：湖北人民出版社，2000年。

44. 錢鍾書：《管錐編》，北京：生活·讀書·新知三聯書店，2014年。

45. 裘錫圭：《裘錫圭學術文集》，上海：復旦大學出版社，2012 年。

46. 裘錫圭：《文字學概要》，北京：商務印書館，2013 年。

47. 裘錫圭、李家浩：《曾侯乙墓竹簡釋文與考釋》，北京：文物出版社，1989 年。

48. 饒宗頤：《長沙出土戰國繒書新釋》，《選堂叢書》之四，香港：香港義昌記印務公司，1958 年。

49. 饒宗頤、曾憲通：《楚地出土文獻三種研究》，北京：中華書局，1993 年。

50. 宋華強：《新蔡葛陵楚簡初探》，武漢：武漢大學出版社，2010 年。

51. 孫飛燕：《上博簡〈容成氏〉文本整理及研究》，北京：中國社會科學出版社，2014 年。

52. 孫飛燕：《清華簡〈繫年〉初探》，上海：中西書局，2015 年。

53. 王國維：《古史字詞新證——王國維最後的講義》，清華大學出版社，1994 年。

54. 王力：《漢語史稿》（重排本），北京：中華書局，2004 年。

55. 王青：《上博簡〈曹沫之陳〉疏證與研究》，臺北：臺灣書房出版有限公司 2009 年。

56. 王泗原：《楚辭校釋》，北京：人民教育出版社，1990 年。

57. 王穎：《包山楚簡詞彙研究》，廈門：廈門大學出版社，2008 年。

58. 魏啟鵬：《簡帛〈五行〉箋釋》，臺北：萬卷樓圖書有限公司，2000 年。

59. 吳辛丑：《簡帛典籍異文研究》，廣州：中山大學出版社，2002 年。

60. 夏含夷：《西觀漢記：西方漢學出土文獻研究概要》，上海：上海古籍出版社，2018 年。

61. 徐在國：《楚帛書詁林》，合肥：安徽大學出版社，2010 年。

62. 許兆昌：《先秦樂文化考論·前言》，哈爾濱：黑龍江人民出版社，2009 年。

63. 楊樹達：《詞詮》，北京：中華書局，1978 年。

64. 尹振環：《楚簡老子辨析》，北京：中華書局，2001 年。

65. 虞萬里：《上博館藏竹書〈緇衣〉綜合研究》，武漢：武漢大學出版社，2010 年。

66. 于省吾：《甲骨文字釋林》，北京：中華書局，1999 年。

67. 張玉金：《出土戰國文獻虛詞研究》，北京：人民出版社，2011 年。

68. 張玉金：《出土先秦文獻虛詞發展研究》，廣州：暨南大學出版社，2016 年。

69. 趙平安：《新出簡帛與古文字古文獻研究》，北京：商務印書館，2009 年。

70. 趙彤：《戰國楚方言音系》，北京：中國戲劇出版社，2006 年。

71. 周法高：《中國古代語法·稱代篇》，北京：中華書局，1990 年。

72. 周守晉：《出土戰國文獻語法研究》，北京：北京大學出版社，2005 年。

三、學位論文

1. 曹方向：《上博簡所見楚國故事類文獻校釋與研究》，武漢大學博士學位論文，2013 年。

2. 高榮鴻：《上博楚簡齊國史料研究》，臺灣中興大學碩士學位論文，2008 年。

3. 高榮鴻：《上博楚簡論語類文獻疏證》，臺灣中興大學博士學位論文，2013 年。

4. 高祐仁：《上博楚簡莊·靈·平三王研究》，臺灣成功大學博士學位論文，2011 年。

5. 弓海濤：《楚簡句法研究》，華東師範大學博士學位論文，2013 年。

6. 何有祖：《上博簡〈天子建州〉初步研究》，武漢大學博士學位論文，2009 年。

7. 胡波：《先秦兩漢常用詞演變研究與語料考論》，浙江大學博士學位論文，2014 年。

8. 胡海瓊：《〈上海博物館藏戰國楚竹書〉通用字聲母研究》，中山大學博士學位論文，2007 年。

9. 胡杰：《先秦楚系簡帛語音研究》，華中科技大學博士學位論文，2009 年。

10. 黄武志：《上博楚簡「禮記類」文獻研究》，臺灣中山大學博士學位論文，2009 年。

11. 賴怡璇：《戰國楚簡周武王相關文獻疏證》，臺灣中興大學博士學位論文，2015 年。

12. 劉波：《出土出楚文獻語音通轉現象整理與研究》，吉林大學博士學位論文，2013 年。

13. 劉傳賓：《郭店竹簡研究綜論—文本研究篇》，吉林大學博士學位論文，2010 年。

14. 劉凌：《戰國楚簡連詞研究》，華東師範大學博士學位論文，2014 年。

15. 呂俐敏：《〈上海博物館藏戰國楚竹書〉文字研究》，中國人民大學博士學位論文，2008 年。

16. 米敬萱：《新出楚簡的釋讀實踐與方法思考》，臺灣大學碩士學位論文，2009 年。

17. 曲冰：《〈上海博物館藏戰國楚竹書〉（一～五）佚書詞語研究》，吉林大學博士學位論文，2010 年。

18. 邱傅亮：《郭店楚墓竹簡異體字研究》，吉林大學博士學位論文，2013 年。

19. 申世利：《戰國楚簡代詞研究》，臺灣師範大學博士學位論文，2014 年。

20. 史達：《復原早期中國竹簡文本：為了做出一個系統對方法，包括簡背分析》，漢堡大學博士論文，2015 年。

21. 王凱博：《出土文獻資料疑義探研》，吉林大學博士學位論文，2018 年。

22. 魏宜輝：《楚系簡帛形體訛變分析》，南京大學博士學位論文，2003 年。

23. 吳建偉：《戰國楚文字構件系統分析和〈上海博物館藏戰國楚竹書（一）〉文字考辨》，華東師範大學博士學位論文，2004 年。

24. 肖攀：《清華簡〈繫年〉文字研究》，吉林大學博士學位論文，2010 年。

25. 許科：《上博簡春秋戰國故事類文獻研究》，四川大學博士學位論文，2008 年。

26. 許敏慧：《〈上海博物館藏戰國楚竹書（五）‧季康子問於孔子〉研究》，臺灣師範大學碩士學位論文，2007 年。

27. 禤健聰：《戰國楚簡字詞研究》，中山大學博士學位論文，2006 年。

28. 顏至君：《新出楚簡疑難字研究》，臺灣師範大學博士學位論文，2016 年。

29. 余穎：《楚簡文獻複音詞研究》，華中師範大學博士學位論文，2006 年。

30. 袁金平：《新蔡葛陵楚簡字詞研究》，安徽大學博士學位論文，2007 年。

31. 岳曉峰：《楚簡訛混字形研究》，浙江大學博士學位論文，2015 年。

32. 張新俊：《上博楚簡文字研究》，吉林大學博士學位論文，2005 年。

33. 趙苑夙：《上博簡楚王「語」類文獻研究》，臺灣中興大學博士論文，2013 年。

34. 周波：《戰國時代各係文字間的用字差異現象研究》，復旦大學博士學位論文，2008 年。

35. 朱曉雪：《包山楚墓文書簡、卜筮祭禱簡集釋及相關問題研究》，吉林大學博士學位論文，2011 年。

36. 朱豔芬：《〈競建內之〉與〈鮑叔牙與隰朋之諫〉集釋》，吉林大學年碩士學位論文，2008。

後　記

急景流年都一瞬，往事前歡，未免縈方寸。

我要寫的這段時光，是攻讀碩博學位歲月，自2010年負笈浙江大學始。那年的我，又高又瘦，像一條搖曳的帶魚，帶點躊躇滿志，帶點忐忑，來到浙江大學，開啟了住在文三路的那些年。

先說讀碩的時光。那是我整個讀書生涯最輕鬆歡愉的日子，盡管每個月只有幾百塊錢的月錢（大學畢業後就經濟獨立了），窮得叮噹山響，卻是開心快活。那時，有學識淵博的老師，有朝夕共讀的同窗，有玩得飛起的夥伴，上課讀書掉書袋，刷劇打球看比賽，偶而兼職賺外快，順便談個小戀愛。沒有現在生活中的種種苟且，卻充斥著率真、荒唐和熱血。「長溝流月去無聲，杏花疏影裏，吹笛到天明」。

讀博歲月是人生的進階階段。在此之前，我沒有任何古文字的根基。還記得第一次看楚簡，那些文字，如天書符號般的存在。這也注定我的讀博生涯更加艱難。要入門古文字，甲骨文、金文、簡帛文字都要學，只有貫通了文字發展的歷程，才能看清字形的演變。繼而結合原有知識框架進行研究。這段時間非常艱難，心理壓力山大。稍稍能緩解壓力，短暫忘卻煩惱的就是出去騎摩托車，杭州周邊有很多適合騎行的地方，馳騁在青山綠水之間，輕風拂面的時候，才暫得自在。然而，也就是這段歲月，錘鍊了意志，增長了學識，讓自己變得強大起來。還記得當年寫博士論文的時候，每天八點開始幹

活，午飯後休息一段時間，晚飯後休息一段時間，一直到晚上十點多，紫金港教室晚自修結束時會統一播放《梁祝》，悠揚的樂曲想起，也就是一天繁忙的結束。天天如是，大腦像電腦一般高速運轉，運算那些關於字詞的靈感。有時會很亢奮，為防止人體 CPU 過熱，我每天下午都要出去騎半小時單車，沿著餘杭塘河一路向西，看水流千尺，人來船往，腦袋空明，啥也不想。半年多的寫作時間，就如法顯西行求法一般，翻山涉水，兩肩霜花，一路豪歌向天涯。完成初稿後，心就沉靜下來了，以往的種種艱辛，成了進階路上的禮物。「二十餘年如一夢，此身雖在堪驚，閒登小閣看新晴，古今多少事，漁唱起三更」。

　　七年的巡禮求法，最感謝的是碩導汪維輝教授和博導曹錦炎教授。汪老師是著名語言學家，尤精於漢語詞彙史研究。他的治學理念，如用語言事實說話、詞彙的時空二維屬性、「語文學的功底，語言學的眼光」等，都深刻地影響了我的學術價值觀。在汪老師身邊的學習時間雖短，卻接受了系統的學術基礎培養和理念塑造，這是我取之不盡用之不竭的寶貴財富。

　　曹老師是著名古文字學家，在甲骨文、青銅器銘文、簡帛文字、璽印文字等方面有極深的造詣。拜入師門後，曹老師根據我的漢語史背景，制定了以出土文獻為材料，以漢語史為研究角度的學習規劃。這也就確定了我的研究領域和研究方法。入門古文字是所有學習的基礎，其後數年，跟著曹老師，從甲骨文、青銅器銘文到簡帛文字，從字形演變、偏旁分析到文字釋讀，曹老師手把手地教，我一點點地學，慢慢走入古文字的學術殿堂。每一個小小的進步，都有老師的辛勤付出。曹老師為人隨和，沒有什麼架子，午飯經常帶我們師兄弟幾個一塊去臨湖餐廳，邊吃邊討論學術問題，言傳身教，潤物無聲，日復一日，年復一年，在這樣的氛圍中慢慢成長起來。曹老師對學生關心，不僅在學業上，生活上也是細心照顧，當我遇到挫折和困難時，老師總是主動幫扶，竭力相助。本書的出版，亦賴老師的推薦之力。在此，向曹老師表示深深的感謝！

　　感謝我的父母！讀書二十餘載，他們在背後默默支持我，是我最大的靠山。他們並不知道我學的究竟什麼東西，卻一如既往地尊重我的意見支持我的選擇，正是有了這麼一個安定團結的大後方，我才能順利完成學業。感謝我的兄長！被哥哥罩著是非常幸福的事情。我們倆相差六歲，從小就是極好

的朋友。長大後，兄友弟恭，相互幫持。鶺鴒在原，兄弟同心。現在，他在北京打拼，我在杭州發展，父母鎮守山東老家，一家三地，雖相隔千里，但始終和諧溫馨。每年春節一起回家陪父母過年，其樂融融。縱使遠航千里，家始終是最安全的港灣。

　　進階路上需要感激的人實在太多，一起走了好長的路，然後揮手告別，各赴前程。有些人還在同一個城市，同一個圈子裏，還能時常見到，把酒言歡追昔撫今。有的人卻是一個轉身，如照影驚鴻，再也見不到了。回首那些讀書的日子，感慨萬端。

　　如今潛居杭州，躬耕校園，面對教學科研之事。說來可笑，自己讀大學時最不喜歡的課就是古代漢語，特煩老師天天《說文》掛嘴邊，一幅學究姿態。誰承想，十年後，我自己卻是天天《說文》掛嘴邊，一幅學究姿態。沒辦法，人總是會活成自己討厭的樣子，哈哈哈哈。

　　當一葉報秋之時，乃韭花逞味之始，此記。

2021 年 8 月 8 日於杭州西塘河畔寓所